Les Neuf Princes du Chaos

John Gregory Betancourt

Les Neuf Princes du Chaos

D'après l'œuvre de Roger Zelazny

Prélude aux
Neuf Princes d'Ambre, I

*Traduit de l'américain
par Brigitte Mariot*

iBooks

Habent Sua Fata Libelli

Titre original:
Roger Zelazny's The Dawn of Amber

J. Boylston & Company, Publishers

Manhanset House
Dering Harbor, New York 11965-0342 U.S.
bricktower@aol.com
bricktowerpress.com

ISBN: 978-1-59687-363-6
2025

Celui-ci est pour Roger Zelazny...
le seul véritable Seigneur d'Ambre,

pour Warren Lapine —
un ami et un visionnaire,

et pour les millions de lecteurs qui
ont visité Ambre
et les Cours du Chaos —
vous avez rendu tout cela possible.

Prologue

Un an plus tôt

Je sentais le monde chanceler autour de moi ; il oscillait comme les branches d'un saule pendant une tempête. Des couleurs étranges tournoyaient, géométries difformes parfaitement inconcevables mais pourtant bien réelles, dérivant comme des flocons de neige, formes à l'intérieur de formes, elles-mêmes imbriquées dans d'autres formes. Ma vue ne cessait de s'éclaircir et de se brouiller, à un rythme imperceptible.

Venez...

Une voix... Où cela ? Je pivotai dans cet univers kaléidoscopique.

Venez à moi...

La voix m'attirait irrésistiblement.

Venez à moi, fils du Chaos...

Je suivis cette voix à travers une étendue de formes et de couleurs en perpétuel mouvement jusqu'à une tour faite de crânes dont certains étaient humains, et d'autres indubitablement pas. Je tendis la main pour toucher les murs, mais mes doigts passèrent au travers des os comme à travers un rideau de brouillard.

Ce n'était pas réel.

Vision ? Rêve ?

Cauchemar, plutôt. Cette pensée surgit du plus profond de mon esprit.

Venez... me disait la voix.

Je cédai à son appel et me laissai emporter à travers le mur de crânes, jusqu'au cœur même de la tour.

À l'intérieur, des ombres vacillaient. Quand mes yeux se furent habitués à l'obscurité, je distinguai un escalier, composé d'os de bras et de jambes, qui s'enroulait sur le mur interne en s'élevant vers des ténèbres encore plus profondes, avant de redescendre vers un épais rougeoiement tremblotant.

Je me laissai entraîner vers le bas ; là, le rougeoiement se divisa en un cercle de torches dévoilant cinq hommes. Quatre d'entre eux portaient des cottes de mailles en argent finement ouvrées d'un motif que je n'avais jamais vu. Ils maintenaient le cinquième homme, étendu membres écartés, sur un gigantesque autel sacrificiel, formidable plaque de marbre gris incrustée de filigranes complexes en or. Sa poitrine et son abdomen avaient été ouverts et ses entrailles débordaient sur l'autel comme si un augure quelconque y avait lu l'avenir. Un frisson parcourut alors la victime ; je pris conscience que ces hommes la tenaient ainsi car elle vivait encore.

Instinctivement, je tirai mon épée. En d'autres temps et d'autres lieux — la bienséance et l'honneur me commandant de tenter de sauver cette pauvre victime —, je me serais précipité sur eux.

Mais elle n'est pas réelle, pensai-je. Juste une sorte de vision, de rêve fiévreux ou de prémonition.

Je m'obligeai à approcher, fixant le mourant, essayant de voir son visage. S'agissait-il du mien ? Cette vision me prédisait-elle mon destin ?

Non. Soulagé, je constatai que ce n'était pas moi sur l'autel. Ses yeux étaient d'un brun terne ; les miens sont aussi bleus que l'océan. Ses cheveux étaient plus clairs que les miens, sa peau plus lisse. Il vient de dépasser le stade de l'enfance, me dis-je, il doit avoir quatorze ou quinze ans.

« Qui es-tu ? » murmurai-je en moi-même.

Le supplicié tourna la tête dans ma direction.

« Aide-moi », articula-t-il silencieusement. Il semblait me fixer directement, comme s'il pouvait me voir.

Je tendis la main vers lui, mais elle ne fit que traverser son corps et la pierre de l'autel. Étais-je devenu un fantôme... une créature impuissante réduite à assister à des atrocités, sans pouvoir intervenir ?

Je retirai ma main. Un léger picotement parcourut mes doigts, comme si la circulation du sang avait été interrompue puis reprenait. Mais rien de plus. Je ne pouvais lui venir en aide.

Le jeune homme détourna son regard. Un frisson le parcourut de nouveau ; pourtant, malgré les larmes qui roulaient sur ses joues, il ne poussa pas un cri. Je devais reconnaître qu'il était brave et fort.

« Sois courageux », chuchotai-je.

Il ne répondit pas, mais se mit à trembler ; ses yeux se révulsèrent.

Une rage incontrôlable et farouche monta en moi. Pourquoi me trouvais-je ici ? Était-ce un rêve ? Que pouvait-il bien signifier ?

J'observai le visage des soldats, à la recherche d'une explication ; brusquement, je me rendis compte qu'ils n'étaient pas humains. Derrière leur heaume, leurs yeux fendus reflétaient une vague lueur rouge. Des protège-joues et des protège-nez masquaient partiellement leurs traits, sans parvenir à cacher les écailles légèrement irisées entourant leur bouche et leur menton. Je n'avais jamais rencontré jusqu'alors pareilles créatures. Pour tuer quelqu'un d'aussi jeune de manière aussi cruelle, du sang de serpent devait couler dans leurs veines.

La victime, sur le bloc de marbre, eut un dernier sursaut convulsif, puis s'immobilisa. Ils la lâchèrent.

« Lord Zon », dit l'un des soldats d'une voix rauque.

Devant le mur le plus éloigné, quelque chose s'agita dans l'obscurité insondable. Des yeux fendus, plus grands que ceux des soldats et espacés de trente centimètres, s'ouvrirent et clignèrent deux fois.

Quand la créature s'avança, la lumière des torches fit étinceler ses écailles gris métallisé et les griffes acérées de ses quatre membres grêles.

Un frisson me parcourut ; une panique aveugle me donna envie de fuir la tour en hurlant. Je m'armai cependant de courage et demeurai là, face à cette chose, sachant que c'était assurément un ennemi — l'ennemi de tous les hommes.

Oui, répondit-elle. La créature ne parlait pas, mais j'entendis parfaitement ses borborygmes dans ma tête.

« Il est mort. »

Apportez-moi un autre des fils de Dworkin.

J'eus l'impression de retrouver la mémoire. *Dworkin !* Je connaissais un homme du même nom. Mais je ne l'avais pas vu depuis si longtemps...

Deux des serpents-soldats se retournèrent et quittèrent calmement la tour par une porte située au cœur des ténèbres. Les deux soldats restants dégagèrent le jeune homme du bloc de marbre, le firent glisser jusqu'à une petite ouverture pratiquée dans le sol et l'y basculèrent. Celui-ci disparut dans l'obscurité ; je ne l'entendis pas toucher le fond.

Quelques instants plus tard, les deux autres revinrent, portant ou plutôt traînant un homme un peu plus âgé que celui qui venait de mourir. Il était affublé d'un uniforme militaire en lambeaux dont je ne reconnus pas le modèle. Son visage et ses mains étaient sales et contusionnés. Pourtant, il se rebiffait et se débattait, donnant des coups de pied, mordant, luttant farouchement pour se libérer. Il faillit se débarrasser des soldats-serpents à plusieurs reprises ; il était solide et visiblement déterminé à ne pas se laisser faire.

De nouveau, je cherchai instinctivement à m'emparer de mon épée ; je souhaitais lui venir en aide. Mais je me souvins de la façon dont ma main avait traversé le corps de la victime précédente et compris que je serais, une fois de plus, un spectateur impuissant.

Les deux soldats qui s'étaient débarrassés du cadavre de l'adolescent se précipitèrent à la rescousse et, à eux quatre, ils réussirent à soulever le nouvel arrivant et à l'allonger sur l'autel. Malgré les vaillants efforts de l'homme pour se libérer, ils parvinrent à le maintenir sur le bloc de marbre, en s'appuyant lourdement sur ses membres.

La créature-serpent s'agita dans l'ombre ; ses immenses écailles glissèrent sur les pavés. J'entendis un rire qui me glaça le sang.

Fils de Dworkin. Tu vas m'aider à présent.

« Jamais ! hurla le jeune homme. Cela va te coûter cher ! » Et il poursuivit en lançant un chapelet d'obscénités.

Puis, d'un air de défi, il fixa le serpent géant en relevant la tête ; les torches vacillantes révélèrent ses traits pour la première fois.

Mes traits ! Il avait en effet mon visage.

J'en restai bouche bée. Comment était-ce possible ? Ce cauchemar était-il une prémonition ? Ce Lord Zon allait-il me capturer aussi, me traîner jusqu'à cet autel et lire l'avenir dans mes entrailles ?

Je me rapprochai, tel un fantôme, et observai l'homme. Il me fallait le voir de plus près, il me fallait savoir qui il était et comment il s'était mis dans cette situation. Si c'*était* bien une vision future de moi-même...

Heureusement, ni les soldats ni leur maître-serpent ne semblaient s'intéresser à moi. J'aurais pu tout aussi bien être un spectre errant dans leur monde cauchemardesque, invisible et ignoré, contraint d'assister à des atrocités dépassant toute souffrance humaine, et incapable de les contrer.

Pourtant, je me rappelai qu'avant de mourir, la première victime m'avait aperçu. Comment ? Qu'est-ce que tout cela signifiait ?

Alors que je continuais à étudier l'homme au visage identique au mien, je remarquai certains petits points qui nous différenciaient. Il avait les mêmes yeux bruns que le garçon qui l'avait précédé... les miens sont bleus. Cependant, malgré cette dissemblance, il existait quantité d'étranges similitudes entre nous. Les pommettes hautes, la forme du nez et des oreilles... nous aurions pu être frères.

Ou père et fils.

Mon père est déjà mort, me dis-je. *Ce ne peut être lui.* Ou s'agirait-il bien de lui ?

Non, mon père serait beaucoup plus vieux. Cet homme avait à peu près mon âge.

Parle-moi de Dworkin, ordonna la voix dans ma tête. *Où se cache-t-il ? Où donc est-il encore allé disséminer son infâme descendance ?*

Je sentis mon cœur bondir. *Dworkin ! Encore lui !* Qu'est-ce que mon ancien professeur avait à voir avec tout cela ?

L'homme allongé sur le bloc cracha sur la créature, puis déclara : « Je n'ai jamais entendu parler de Dworkin. Tue-moi et qu'on en finisse ! »

Laissez-le partir, pensai-je avec désespoir, redoutant ce qui pourrait suivre. *Qui ou quoi que vous soyez, c'est moi que vous recherchez, pas lui. Je suis celui qui connaît Dworkin !*

La créature-serpent ne m'entendit pas. Des griffes surgirent de l'obscurité, s'emparèrent de l'homme et lui ouvrirent la poitrine et l'abdomen comme s'il s'était agi d'un morceau d'étamine. J'en eus le souffle coupé. Le prisonnier se mit à hurler sans discontinuer. En un geste rapide, la créature lui arracha les entrailles et les déposa sur l'autel, telle une offrande à de mystérieuses divinités.

Du sang gicla et stagna dans les airs en une masse nébuleuse, instable, rappelant les flocons de neige colorés voltigeant à l'extérieur de la tour. Toutefois, ce nuage était différent — je pouvais voir des trous là où il était incomplet, irrégulier ou, d'une certaine façon, mal assemblé.

Venez à moi...

La créature-serpent se tordit ; son corps ondula devant le motif aérien, exécutant son immonde sorcellerie. Des cercles lumineux jaillirent des gouttelettes de sang en suspension et s'éparpillèrent en traversant les murs de la tour, avant de disparaître dans le grand vide extérieur.

Venez à moi, fils de Dworkin...

Une forme, évoquant un voile de dentelle virevoltant, se mit à ondoyer au-dessus de l'autel en d'étranges circonvolutions. Les gouttelettes s'aplatirent en se ridant comme des vagues, puis se clarifièrent. Chacune d'elles devint une minuscule fenêtre semblant s'ouvrir sur une multitude de mondes différents. Je les fixai en retenant mon souffle. Plusieurs s'ornaient d'un ciel rouge ; d'autres, de l'azur habituel. Des océans se déchaînaient dans l'un ; dans un autre, des montagnes se déplaçaient comme des moutons dans un pré ; dans un troisième, des langues de feu tombaient des cieux. Dans certains, très paisibles, j'aperçus des villes peuplées de gens — ou de ce qui semblait être des gens — habillés de façon étrange. Bon nombre de ces mondes étaient tapissés de forêts vierges ; quelques-uns dévoilaient de vastes déserts, des prairies ou des rivières grondantes.

Venez à moi, Princes du Chaos...

Comme des bulles qui éclatent, les fenêtres commencèrent à s'effacer. La structure qui les retenait se fracturait et s'éparpillait. Je me rendis compte que l'homme sur le bloc de l'autel agonisait.

Soudain, la dernière minuscule fenêtre disparut et des perles rouges éclaboussèrent le sol en une pluie impie. Toussant, crachant du sang, le jeune homme sur l'autel se mit à trembler, agité de spasmes incontrôlables. Il finit par s'immobiliser. Il n'avait mis qu'une minute ou deux à rendre l'âme.

La créature-serpent siffla de rage et de déception.

Poursuivez les recherches.

« Oui, Lord Zon », dit le soldat qui avait déjà parlé auparavant.

Je me rapprochai, scrutant les ténèbres, essayant de mieux distinguer ce Lord Zon. Sans savoir pourquoi, j'avais la conviction que cette créature était mon ennemi. Elle voulait *me* clouer sur son autel, projeter *mon* sang dans les airs et le faire stagner en cet étrange nuage imparfait qui offrait des aperçus d'autres mondes.

« Qui êtes-vous ? » murmurai-je.

À l'instar de la première victime, Zon semblait m'entendre — ou sentir ma présence. Il se retourna et regarda autour de lui ; ses yeux étincelaient comme des éclats de rubis.

Qui est là ? demanda-t-il. *Parlez !*

Je gardai le silence et reculai. Je voulais rester invisible. Ses yeux fendus se posèrent soudain sur moi. Il siffla et darda une langue fourchue à travers sa bouche dépourvue de lèvres et entourée d'écailles.

Toi. C'est toi.

« Qui êtes-vous ? » interrogeai-je. « Que me voulez-vous ? »

La mort !

Ses griffes essayèrent de m'attraper...

... et je m'assis brusquement dans mon lit, couvert de sueur, le cœur battant la chamade dans ma poitrine, tremblant de tous mes membres et incapable de me souvenir de ce qui m'avait autant terrifié.

Un rêve — un cauchemar — une horreur quelconque...

J'inspirai profondément, retins ma respiration et tendis l'oreille pour écouter les bruits nocturnes du camp militaire au-delà de la toile de ma tente. Frottements de bottes sur les graviers, légers hennissements de chevaux, chuintements de lames de couteaux et d'épées qu'on affûtait sur des pierres à aiguiser, un « tout va bien ! » lointain lancé par une sentinelle en faction.

Chez moi.

Sain et sauf.

Tout semblait normal.

Et pourtant... et pourtant, tout avait changé. Mais je ne savais ni comment ni pourquoi.

Tendant la main dans l'obscurité, j'enroulai mes doigts autour de la douce et froide poignée de mon épée. Cette nuit, pour une raison que je n'aurais su expliquer, je désirais la garder à portée de main.

Un

Aujourd'hui

Un coup violent, frappé à la porte de l'étage inférieur, me tira du sommeil.

« Obere ! » cria-t-on vaguement.

Cela ne pouvait pas tomber plus mal. Je clignai des yeux dans l'obscurité et fronçai les sourcils. Je n'avais aucune notion du temps ; il pouvait être minuit, une heure, ou deux heures du matin. Le clair de lune, s'infiltrant entre les lames des volets, tissait un réseau complexe d'ombres et de lumières sur la courtepointe à carreaux. Dans la nuit lointaine, j'entendis des martèlements de sabots et les grincements de la charrette de quelque marchand ambulant ; de plus loin encore me parvinrent les aboiements des meutes de chiens sauvages qui fouillaient les champs de bataille, à un mile au nord de Kingstown.

Les coups sur la porte reprirent. Feindre de dormir ne servirait à rien ; les agents du roi Elnar — probablement ce capitaine Iago, toujours aussi efficace — avaient, je ne savais trop comment, retrouvé ma trace.

Je tentai de m'asseoir, mais je m'aperçus qu'un bras très doux, posé sur ma poitrine, me clouait au lit. Helda n'avait encore rien entendu ; son souffle était régulier et profond. Je gloussai à moitié. Trop de vin, trop de sexe. Même la mise à sac de Kingstown ne l'aurait pas empêchée de dormir !.

Je me dégageai aussi délicatement que possible de son étreinte, abandonnant les doux et chauds effluves de parfum, de sueur et d'encens qui emplissaient son lit. Elle émit un grognement étonné. Je lui murmurai quelque chose pour la rassurer, puis rassemblai rapidement pantalon, chemise, bottes et épée.

Ce n'était vraiment pas le moment. Ma première nuit en tête à tête avec Helda depuis presque deux mois... et le roi Elnar incapable d'attendre l'aurore pour me convoquer. Certainement le prix à payer lorsqu'on est l'un de ses bras droits, supposai-je. Bref, le capitaine Iago — ou quelle que fût la personne que le roi avait envoyée à ma recherche — aurait pu avoir la bonne idée de m'accorder quelques heures de plus. Nous avions rarement la possibilité de nous reposer, mais les créatures de l'enfer ne s'étaient pas manifestées depuis près d'une semaine, et le roi Elnar m'avait accordé une permission pour la nuit. J'avais essayé d'en profiter au maximum ; je m'étais arrêté pour boire dans une demi-douzaine de tavernes en traversant Kingstown et avais fini par rejoindre la maison de Helda pour continuer à jouir de cette aubaine, plus intimement, des heures durant.

Mes affaires sur les bras, je descendis les escaliers à pas de loup. Il fallait parer au plus pressé. Je devais faire cesser ce raffut avant que toute la ville se levât, armes au poing. Les créatures de l'enfer nous avaient refoulés avec régularité ces six derniers mois et, comme les premières lignes de combat se trouvaient postées près de Kingstown, les troupes du roi Elnar avaient l'ordre de patrouiller dans les rues — précaution un peu inutile, étant donné que les trois quarts des habitants avaient fui. Quel besoin de réveiller la garde pour un soldat simplement convoqué au camp ? Je soupirai, à moitié inquiet. Quelle calamité nous était tombée dessus cette fois ? Quelque chose de grave avait dû se passer pour qu'on me rappelât au beau milieu de la nuit. Nos éclaireurs avaient-ils repéré de nouveaux mouvements ennemis ? Ou peut-être les créatures de l'enfer s'attaquaient-elles une fois de plus à nos voies de ravitaillement ?

Les coups s'interrompirent dès que je relevai la barre. J'ouvris au large la lourde porte en bois.

« Par les six enfers... »

L'imprécation, à peine entamée, mourut dans ma gorge. Devant moi se tenait non pas le capitaine Iago — ni aucun autre officier du roi Elnar —, mais un étranger. Un petit homme mince d'une quarantaine d'années, aux longs cheveux noirs noués derrière la nuque et aux yeux brillants et pénétrants. Il leva sa lanterne et me dévisagea.

« Obere ? » interrogea-t-il.

Même si je le dépassais d'une tête et demie, quelle importance ? Sa présence était imposante, comme celle du roi Elnar — le genre d'homme que l'on regardait quand il entrait dans une pièce, ou qu'on écoutait dès qu'il prenait la parole. Il était rasé de près et vêtu de soieries rouge et or ; un étrange lion rampant, à la crinière brodée de fils d'or et d'argent, ornait sa vareuse. Des odeurs de poudre et de lavande parvinrent à mes narines.

« Peut-être », fis-je prudemment, tâtant la poignée de mon épée en me demandant qui il était et ce qu'il me voulait. « Vous êtes... ?

— C'est *bien* toi ! dit-il en me saisissant le bras. Les années t'ont changé... mais qu'il est bon de te voir en vie !

— Qui *êtes*-vous et que diable faites-vous ici à pareille heure ? » m'enquis-je, en me libérant de sa prise. Son identité était secondaire, je n'appréciais pas qu'on troublât mon repos, si nécessaire et mérité.

Une convocation royale était une chose, se faire réveiller par un étranger en était une autre.

Il parla d'une voix calme. « Tant de temps s'est-il écoulé pour que tu ne me reconnaisses plus ?

— Je ne sais vraiment pas qui... » Je m'interrompis et le regardai.

Je le regardai *vraiment*.

« Oncle Dworkin ? » murmurai-je. Je ne l'avais pas vu depuis dix ans. À cette époque-là, il avait les cheveux ras et semblait beaucoup plus grand.

Dworkin sourit et inclina la tête. « Lui-même.

— Que... Comment... »

Il me fit signe de me taire. « Plus tard. Tu dois me suivre. Et vite. J'ai fait appeler un équipage. Je t'assure que cela ne peut attendre. Tu vas venir avec moi. *Maintenant.* »

C'était un ordre, pas une suggestion.

J'émis un semblant de rire. « Aller avec toi ? Juste comme ça ?

— Oui.

— Je ne peux pas. Je dois retourner au camp dans la matinée. Je ne suis plus un enfant, Dworkin... j'ai des responsabilités et des devoirs que tu ne peux même pas imaginer.

— C'est une question de vie ou de mort.

— Qui est concerné ?

— Toi... et le roi Elnar. Je ne peux pas t'en dire plus. »

Cela me donna à réfléchir. « Le roi Elnar ? » l'interrogeai-je doucement. Mes fonctions étaient claires : d'abord protéger et servir le roi ; ensuite, Ilerium dans son intégralité. Si Dworkin savait qu'une menace pesait sur la vie du roi Elnar, il était de mon devoir de rapporter, immédiatement, une information de cette importance.

Cependant, il secoua la tête. « Plus tard. Quand nous serons loin d'ici, sains et saufs. »

J'inspirai profondément. Dworkin n'était pas vraiment mon oncle — il avait été un ami très proche de mes parents. Quand mon père avait été tué, peu après ma naissance, par des pirates de Saliir, Dworkin nous avait pratiquement adoptés, ma mère et moi. Peut-être parce qu'il n'avait ni enfant ni famille... en tout cas, j'avais presque fini par le considérer comme un père. C'était Dworkin qui avait joué au soldat avec moi, lui qui m'avait offert des vacances et emmené chasser dans les champs derrière notre maison à Piermont, comme si j'étais son propre fils. C'était Dworkin qui m'avait offert ma première véritable épée et avait commencé à m'entraîner au maniement des armes, mon gagne-pain actuel. Et cela jusqu'à sa disparition, peu après que ma mère fut emportée par la Peste Écarlate. Je venais de fêter mon quatorzième anniversaire. Ces temps avaient été complètement fous ; la mort rôdait dans l'air, la peur dans chaque cœur. Une fois que la charrette eut emmené le corps de ma mère, elle et lui avaient tout simplement *disparu*. J'avais toujours cru qu'il était mort de la peste.

Et il se tenait là, devant moi, plein de suffisance, s'attendant à ce que je laisse tout tomber pour le suivre, sans donner de raisons, prétextant qu'il s'agissait d'une question de vie ou de mort pour le roi et moi. Impossible.

Au lieu de ressentir amour filial et profond attachement, je fus soudain envahi d'une colère noire au souvenir de son abandon.

« Je ne vais aller nulle part, grognai-je, à moins que tu ne t'expliques clairement. Si tu en as envie, demande à mon ordonnance de nous organiser un petit déjeuner sous ma tente dans la matinée. Nous pourrons alors rattraper notre retard. Et tu

auras intérêt à me fournir de bonnes explications...
à propos de tout ! »

Je commençai à refermer la porte.

« Tu ne seras plus en vie dans la matinée, si tu
restes ici », dit-il avec bienveillance.

J'hésitai et observai son visage à la recherche
de... je ne savais quoi. De la vérité, sans doute.
Ou d'un signe montrant qu'il tenait encore à moi.
Après tout, ma mère était morte. Peut-être ne
s'était-il lié d'amitié avec moi que pour se rapprocher d'elle...

« Explique-toi.

— Je n'ai pas le temps ! » Il jeta un coup d'œil
vers la rue, comme s'il s'attendait à voir apparaître
quelqu'un ou quelque chose. Mais elle demeura
déserte. « Mon équipage ne devrait pas tarder à
arriver. Presse-toi, habille-toi. Nous devons nous
tenir prêts.

— En quoi le roi est-il concerné ? Tu as dit qu'il
était impliqué.

— Oui, bien qu'il ne le sache pas encore lui-
même. Mais si tu me suis maintenant, je te promets que l'invasion de ton monde prendra fin
dans la semaine. Je ne peux en dire plus. »

L'invasion de ton monde. Cette information
ne me plut guère ; je retins pourtant le flot de
questions qui me vint à l'esprit. Mais, contrairement à toute logique, j'eus envie de lui faire
confiance.

Et si vraiment il connaissait le moindre élément qui pouvait mettre un terme à notre guerre
contre les créatures de l'enfer, je me devais de

l'écouter, par égard pour le roi Elnar. Je n'avais jamais entendu Dworkin mentir. Pour respecter mon serment envers le roi et Ilerium, et à cause de toute la gentillesse dont Dworkin avait fait preuve envers ma mère et moi, durant mon enfance, je décidai de le prendre au mot... momentanément.

« Très bien. » Je lui tendis mon épée et me dépêchai de remonter mon pantalon.

Inquiet et nerveux, il jetait régulièrement des coups d'œil dans la rue. Je me rendais compte qu'il ne m'avait fourni que peu d'informations, mais peut-être parviendrais-je à en obtenir davantage en le questionnant indirectement.

« Où étais-tu pendant toutes ces années ? Je te croyais mort.

— Je voyageais, répondit-il distraitement. Mes... affaires m'ont retenu loin d'ici.

— Tu aurais pu envoyer des messages.

— Tu n'en avais pas besoin. Je n'aurais fait que te distraire. Si tu avais su que j'étais vivant, tu aurais sans doute démissionné pour te mettre à ma recherche. »

J'enfilai ma chemise et commençai à en lier les lacets. « Tu n'en sais rien !

— Bien sûr que si. Je te connais, Obere... mieux que tu ne te connais toi-même. »

Il se déplaça légèrement et regarda de nouveau vers le champ de bataille, à l'extérieur de la ville. J'interrompis ma tâche et tendis l'oreille, à l'affût de quelque chose ; les lointains chiens-charognards s'étaient tus. Un mauvais présage, sans doute.

Dworkin poursuivit avec lenteur : « Des amis m'envoyaient régulièrement des comptes rendus sur toi et ta carrière. Passer du stade de simple soldat au grade de lieutenant en dix ans est un exploit remarquable. De quoi faire la fierté de tes parents.

— Le roi Elnar récompense ceux qui agissent plutôt que ceux qui ont eu la chance d'être bien nés. » Je haussai les épaules et entrepris de boutonner les poignets de ma chemise. « Moins de la moitié de ses officiers sont de noble lignée.

— C'est ce que je me suis laissé dire.

— Et je dois beaucoup à ton enseignement. »

Il hocha imperceptiblement la tête. « Tu étais un élève doué. Mais ne parlons pas de tes talents... tu étais né pour accomplir de grandes choses. »

Tout en bouclant mon ceinturon, je m'aperçus que j'avais fini par partager son inquiétude. Un étrange silence, où couvait une pointe de fébrilité contenue, s'était abattu sur la rue... et sur toute la ville de Kingstown. Pas une stridulation d'insecte, pas un battement d'ailes de chauve-souris dans le ciel, pas le moindre aboiement dans le lointain. Une tension désagréable régnait tout autour de nous, comme le calme avant une tempête.

« Je crois qu'ils sont proches, fit Dworkin. Même les animaux le sentent...

— Qui ?

— Les ennemis. Ceux que tu appelles les créatures de l'enfer.

— Tu dis cela comme s'ils possédaient un autre nom.

— C'est le cas. » Il me regarda et sourit. « Mais ici, ce ne sont que de simples soldats, comme toi et moi.

— Ne les compare pas à moi ! Et toi, depuis quand es-tu devenu soldat ? »

Il gloussa. Une lueur bizarre éclaira ses yeux. « Tu as plus de choses en commun avec eux que tu ne le crois. Nous en avons tous les deux. »

Je reniflai d'un air moqueur ; cette idée ne me plaisait guère. Que ces créatures de l'enfer pussent être ici à Kingstown, derrière nos lignes, semblait improbable. Et pourtant Dworkin avait l'air d'en savoir beaucoup plus sur elles que les propres agents du roi Elnar. Personne dans notre camp ne savait d'où elles venaient ni combien elles étaient — elles avaient déferlé par le nord, un an auparavant, en une horde gigantesque, détruisant les villages, massacrant hommes, femmes et enfants par milliers. Le roi Elnar avait aussitôt lancé ses troupes contre elles, les avait combattues et ébranlé leur défense. Au fil des mois, leur nombre n'avait cessé d'augmenter ; elles avaient avancé sur nous, inexorablement, nous repoussant toujours plus loin, jusqu'à prendre le contrôle de la moitié d'Ilerium.

Comment Dworkin pouvait-il en savoir autant, alors que nos propres agents en savaient si peu ? Je trouvai cela pour le moins déconcertant. Et cela déclencha une série d'alarmes dans mon esprit.

Je tentai de prendre du recul mentalement. C'était un truc que j'avais mis au point pour essayer de voir au-delà des apparences. Qui était réellement Dworkin ? Quel genre d'affaires avait bien pu l'entraîner aussi loin, au beau milieu de l'épidémie de Peste Écarlate, alors que le pays avait fermé ses ports à nos bateaux ?

Je me rendis compte soudain que je connaissais bien mal mon « oncle ». Un enfant a tendance à considérer que les adultes font partie du décor. Dworkin avait fait partie de ma vie pendant si longtemps que je ne m'étais jamais posé de questions sur ses origines ni sur ses affaires ni même sur son extraordinaire dextérité avec une épée — il égalait en effet tous les maîtres qui m'avaient entraîné ces dix dernières années.

Prenant appui contre la porte de la maison de Helda pour enfiler mes bottes, je l'observai. Son accoutrement bizarre, sa longue absence, son habileté à manier une épée et la facilité avec laquelle il avait retrouvé ma trace... je ne pouvais en tirer qu'une conclusion : ce devait être un espion. Mais à la solde de qui ?

En tout cas, il semblait craindre les créatures de l'enfer. Tout homme qui avait eu l'occasion de plonger son regard dans leurs yeux rouges et fendus, ou de combattre leurs épées terriblement acérées et leurs chevaux cracheurs de feu, n'en était jamais ressorti indemne.

Je finis par décider qu'il devait travailler pour un des royaumes voisins. Et ces derniers avaient de quoi être inquiets — si les créatures de l'enfer continuaient leur progression, elles contrôleraient Ilerium dans sa totalité avant la fin de l'année et seraient libres d'attaquer ensuite Tyre, Alacia ou n'importe lequel des quinze autres royaumes.

« Où est ton équipage ? » demandai-je, en reprenant mon épée.

Il regarda à droite, vers le bas de la rue. « Je l'entends qui arrive. »

Je remis mon arme dans son fourreau et me redressai. Dworkin s'était visiblement donné du mal pour me retrouver — je m'étais doublement assuré que personne ne savait où j'allais dormir cette nuit-là, ni le roi Elnar ni même mon ordonnance. Et ses coups impétueux sur la porte témoignaient que Dworkin craignait vraiment pour ma vie.

Mais pourquoi serait-*elle* en danger ? Je fronçai les sourcils. Je n'étais qu'un lieutenant parmi tous ceux que comptait le roi Elnar... un héros bien décoré, ma foi, mais pas une figure essentielle de la guerre. Cela n'avait aucun sens.

Le fracas des roues cerclées de fer sur les pavés se rapprocha. Dworkin laissa échapper un profond soupir et parut se détendre lorsqu'un drôle de petit attelage tourna au coin du pâté de maisons.

Son apparition me laissa bouche bée. Il avait presque la forme d'une citrouille ; ses côtés, aux courbes douces, semblaient taillés dans du verre opaque ; il irradiait une sinistre lueur phosphorique qui illuminait toute la rue. Et, fait étrange, aucun cheval ne le tirait, aucun cocher ne le conduisait, bien qu'il fût pourvu d'un banc — inoccupé — sur le toit.

Un enchantement.

J'avais eu l'occasion de voir des sorciers itiné-
rants à la cour du roi Elnar ces dernières années,
mais ils étaient rares dans cette partie du pays et,
généralement, leurs illusions étaient plus tape-
à-l'œil : prestidigitation de salon et manipulations
élégantes destinées à charmer les dames après le
dîner. Le fait que Dworkin eût un sorcier aussi
puissant à sa disposition montrait l'importance de
sa mission.

J'avais moi-même acquis, au fil des ans, une
petite connaissance de la magie. Enfant, j'avais
découvert que j'étais capable, en me concentrant,
de modifier mes traits ; et je m'étais secrètement
entraîné jusqu'à pouvoir ressembler à toute personne que je rencontrais. Quand Dworkin et ma
mère s'en étaient aperçus, ils ne m'avaient guère
encouragé à perfectionner ce talent. Et, comme ces
tours étaient peu utiles dans un combat, je n'y avais
plus repensé depuis cette époque-là.

Alors que le carrosse se rapprochait, les rideaux
de dentelle blanche des fenêtres latérales voltigè-
rent pendant un bref instant. J'eus l'impression
d'apercevoir le pâle visage d'une femme, aux
lèvres rouge sang et aux yeux sombres, qui nous
regardait. Dirigeait-elle l'attelage de l'intérieur ?

« Vite », me pressa Dworkin en me prenant par
le coude pour m'entraîner vers la voiture. J'accé-
lérai l'allure pour le suivre. « Nous devons... »

Il fut interrompu par l'explosion de la maison,
derrière nous. La force du souffle me projeta au
sol. Je me remis maladroitement debout ; les pau-

mes, les coudes et les genoux en feu d'avoir été râpés par les pavés.

Incrédule, je fixai ce qui subsistait de la maison de Helda. Des flammes vert émeraude s'élevèrent à plus de cent pieds. La bâtisse s'embrasa de la cave au grenier, dégageant d'incroyables volutes verdâtres. J'en avais déjà vu de semblables sur les champs de bataille — les créatures de l'enfer nous lançaient parfois des missiles enflammés qui brûlaient du même vert.

La chaleur était intenable. De l'intérieur me parvinrent les cris d'une femme. Helda... ! Je devais la sauver.

Je m'élançai vers la porte, mais Dworkin me saisit par le bras et me tira en arrière. Il avait une poigne de fer et, malgré ma force, je ne pus m'en libérer.

« Obere... non ! » Son regard était affolé, presque désespéré.

« Je l'aime ! hurlai-je. Je l'aime...

— Elle est morte ! » Il dut crier pour dominer le tumulte du brasier.

Le toit s'effondra brutalement en un grincement sinistre. Des étincelles vertes éclaboussèrent le ciel nocturne. La construction commença à fléchir, menaçant de s'écrouler au fur et à mesure que les poutres de la charpente se consumaient au sol.

Je reculai en titubant, imaginant son âme en train de s'envoler vers le firmament. Cendres et tisons se mirent à tomber sur nos têtes en une petite pluie brûlante.

Dworkin. Il savait, d'une manière ou d'une autre, que cette attaque aurait lieu. Comment ?

Je pivotai, l'attrapai par sa chemise de soie et, d'une main, l'élevai à un pied du sol. Ce tour fonctionnait toujours. J'avais déjà eu l'occasion, dans une douzaine de salles de bar, de me sortir d'affaire face à un adversaire, en le soulevant d'une main pour l'éjecter par la porte ou la fenêtre la plus proche, comme s'il était aussi léger qu'une plume. « Sais-tu qui est responsable de ça ? lui demandai-je en le secouant. Comment as-tu su que les créatures de l'enfer attaqueraient ici cette nuit ? De qui es-tu l'espion ? Le roi est-il en danger ? »

Il se libéra de mon étreinte en m'assénant un brusque coup à l'estomac ; je fus projeté en arrière, le souffle coupé. Je n'avais pas été frappé aussi fort depuis la ruade d'un cheval pendant la bataille de Sadler's Mill. Le coup de Dworkin aurait assommé, ou peut-être même tué la plupart des hommes, mais je le dominai et revins à la charge en grognant, prêt à me battre. Je fis chuinter la lame de mon épée en la tirant de son fourreau, et je la pointai vers son visage.

« Je savais qu'on allait t'attaquer cette nuit », dit Dworkin avec méfiance, en restant hors de ma portée. « Mais pas de quelle façon.

— Et le roi ? En quoi est-il mêlé à tout ça ?

— Il ne l'est pas... pas encore. Les créatures de l'enfer sont à la recherche de quelque chose. Et le roi Elnar se trouve sur leur route. Allons, ne fais pas l'idiot, mon garçon. Tu es en vie grâce à moi.

Si j'avais souhaité ta mort, je t'aurais laissé brûler dans cette maison. »

J'eus un moment d'hésitation, fixant la ruine ; je ne pouvais nier cette réalité. Elle était morte, mon Helda, ma douce petite Helda — elle était morte, et je ne pouvais plus rien y faire à part une offrande aux dieux gardiens des enfers.

Dworkin tourna alors la tête de côté et inspecta les alentours ; tout son corps se contracta, comme celui d'un lièvre prêt à se sauver. À ce moment précis, j'entendis les chevaux, moi aussi. Ils étaient une douzaine, peut-être plus, et approchaient rapidement. Je pivotai, mon épée à la main.

Ils dépassèrent l'angle de la rue et apparurent. La lune les éclairait par derrière, mais je pouvais distinguer les yeux rouge brillant des cavaliers et le souffle rougeoyant de leurs coursiers noirs. Ils galopèrent vers nous, épées brandies, bredouillant des cris de guerre sauvages.

Deux

« Nous devons nous mettre dos à un mur ! hurla Dworkin. Ne les laisse pas nous encercler, sinon nous ne survivrons pas longtemps !

— Viens... par ici ! »

Je courus vers la maison qui faisait face à celle de Helda, un bâtiment de deux étages que les propriétaires, comme la plupart des habitants de la ville, avaient fui quelques semaines plus tôt, à l'approche de la guerre. Même si nous l'avions voulu, nous n'aurions pas pu y pénétrer ; les volets étaient clos, les portes barricadées par des planches cloutées. Mais les créatures de l'enfer ne pouvaient pas non plus nous encercler en faisant le tour de la maison. C'était un endroit idéal pour prendre position.

Je contractai tous mes muscles en levant mon épée, lorsque les cavaliers ralentirent. Comment une troupe de créatures de l'enfer pouvait-elle se trouver si loin derrière nos lignes ? J'avais l'intention de tirer cela au clair, dès mon retour au camp, quitte à pendre par les pouces chacune des sentinelles, pour la punir de s'être endormie pendant son tour de garde.

Puis, me remémorant l'équipage de Dworkin et la passagère que j'avais aperçue, je jetai un coup d'œil dans la rue. L'étrange petit véhicule n'avait pas bougé, mais son éclat avait quelque peu augmenté.

« Et ta passagère ? m'enquis-je à voix basse. Les créatures de l'enfer ne vont-elles pas l'attaquer, elle aussi ?

— Non. Elles ne vont s'intéresser à rien ni à personne tant que nous ne serons pas morts. Et si cela doit arriver... eh bien, Freda est parfaitement capable de se défendre. Elle sera partie avant même que les créatures ne puissent ouvrir la portière. »

Freda. Ce nom ne me disait rien.

Je concentrai mon attention sur le combat que nous n'allions pas tarder à engager. « Utilise deux lames, si tu les as en ta possession, lui conseillai-je, et surveille leurs chevaux. Si tu les laisses approcher, ils ne manqueront pas de projeter des flammes dans tes yeux pour t'aveugler. »

Une année passée à combattre les créatures de l'enfer m'avait enseigné la prudence ; sans elle, c'était la mort assurée ; et leurs ruses m'avaient fait perdre bien trop d'hommes.

Dworkin tira son épée, ainsi qu'un long couteau ; j'en sortis un, plus petit, de ma ceinture. Les cavaliers se précipitèrent alors sur nous en un tonnerre de martèlements de sabots sur les pavés ; ils continuaient à pousser leurs cris de guerre sauvages.

Ils formèrent un cercle ; mais, grâce au bâtiment qui protégeait nos arrières, ils ne parvenaient jusqu'à nous qu'en nombre restreint. Je me retrouvai nez à nez avec un cavalier gigantesque monté sur un cheval véritablement démoniaque. Mon adversaire fouetta l'air de son épée souple pour tenter de me lacérer avec les barbillons acérés qui garnissaient son extrémité. À ce moment précis, sa monture avança brusquement, crachant des étincelles et faisant claquer ses dents pointues.

Je parai cette attaque, et les suivantes, attendant une ouverture. La lumière de la maison qui brûlait en face de nous et la sinistre lueur de l'équipage posté au bas de la rue éclairaient cette danse étrange. Sur les champs de bataille, j'avais vu des hommes se faire décapiter en tentant d'éviter le cheval, ou même être tués par celui-ci, alors qu'ils contraient les coups d'épée du cavalier. Combattre avec deux lames constituait la meilleure défense pour un homme à pied. On pouvait ainsi tenir le cheval à distance, tout en se concentrant sur le cavalier.

Mon rival était un épéiste confirmé. Il tirait avantage de sa position élevée, faisant pleuvoir ses coups violents, essayant de m'épuiser et de me terrasser. Un homme plus faible que moi aurait succombé à un tel assaut ; je me campai fortement sur mes pieds et résistai. Mes choix étaient limités — avec une maison dans mon dos, impossible de reculer.

Les minutes suivantes s'écoulèrent dans une sorte de brouillard ; je ne fis qu'esquiver. À mes côtés, j'entendis Dworkin grogner une ou deux fois ; puis un cheval hennit et s'effondra. Ce moment de distraction fit baisser sa garde à mon adversaire et me permit de lui transpercer la poitrine de mon épée.

La créature de l'enfer s'écroula sur sa selle en émettant un long gargouillis. Je retirai ma lame. Son cheval gronda de rage et recula en se cabrant.

Je plongeai de côté, donnai un furieux coup d'épée du bout de ma lame et le regardai virevolter, puis s'enfuir par le chemin qu'il avait emprunté pour venir jusqu'ici. Il doit ramener son maître vers leur camp, songeai-je. Une autre créature de l'enfer se précipita alors pour prendre la relève ; ses yeux rouges flamboyaient.

Son cheval, en s'approchant, cracha soudain un jet de flammes. Je me penchai en arrière et brandis mon couteau vers sa gueule grimaçante. Ses dents, taillées en pointe, le rendaient vraiment hideux.

Poussant un cri de guerre incompréhensible, le cavalier m'asséna une volée de coups cinglants qui ne firent que renforcer ma détermination. *Vous ne passerez pas.* Je fis mienne cette phrase qui avait été le cri de ralliement du roi Elnar.

Prenant les devants, je hurlai à mon tour et attaquai. Il me rendit coup pour coup. Puis, d'une feinte rapide et d'une botte agile, je lui transperçai la main droite. Son épée fut projetée dans les airs. Tandis que de l'autre main il tirait sur les rênes pour essayer de faire pivoter sa monture, je m'approchai et frappai violemment le côté de son casque par trois fois.

Il tomba de sa selle, mais son pied se coinça dans les étriers. Je tapai du plat de ma lame la croupe de son cheval.

« Allez ! *Au galop !* » lui criai-je, en agitant mon épée.

La bête s'enfuit en laissant échapper une plainte effroyable. Elle poursuivit sa course et traîna la créature de l'enfer le long des rues, casque et armure battant et raclant les pavés.

Je gloussai intérieurement. Si elle était encore vivante, elle serait hors d'état de combattre pendant un certain temps.

J'eus droit à un deuxième moment de répit ; les créatures de l'enfer encore présentes manœuvraient pour mieux se positionner devant moi. Regardant alors du côté de Dworkin, je fus surpris de constater qu'il avait réussi à terrasser pas moins de six adversaires. Il en affronta deux autres sous mes yeux. Quand il se précipita entre leurs chevaux pour frapper et parer, son épée et son couteau ne formèrent plus qu'un tourbillon indistinct. Jamais, jusqu'alors, je n'avais vu pareille rapidité ni pareille habileté ; ma propre parade, plus qu'honorable, n'en parut que plus maladroite, digne d'un amateur.

Pas question de gâcher mes chances, me dis-je. Je me penchai pour m'emparer d'un petit couteau, glissé dans l'une de mes bottes, et le lançai subrepticement. Sa pointe atteignit le menton du premier adversaire de Dworkin, juste au-dessous de son casque. Je pense qu'elle ne fit que l'effleurer, mais cela suffit à le distraire et permit à Dworkin de le

43

transpercer d'un coup d'épée. Puis, tournoyant et effectuant une magnifique double feinte, il décapita le deuxième. Le corps de ce dernier bascula lentement de la selle et les deux chevaux s'enfuirent au galop.

Du bout de la rue retentit le son d'un cor ; des voix lointaines se mirent à crier des avertissements. Les sentinelles de la tour ont enfin remarqué quelque chose d'anormal, notai-je, quelque peu amusé. Des flammes vertes de cent pieds de haut et des troupes errantes de créatures de l'enfer sur leurs chevaux cracheurs de feu qui combattaient dans les rues ne leur avaient pas échappé ! La garde arriverait juste à temps pour se vanter de nous avoir sauvé la vie.

Comme si elles avaient pris conscience que le temps leur était compté, les créatures de l'enfer accélérèrent la cadence de leurs assauts. Dworkin en tua une de plus, et moi, deux, très rapidement. Il en restait six. Elles reculèrent pour calmer leurs montures et les préparer à fondre sur nous toutes ensemble. Je compris que le moment décisif approchait. Malgré ma force naturelle, mes muscles commençaient à fatiguer ; et ces six créatures de l'enfer et leurs chevaux étaient encore frais et dispos pour le combat.

Gardant mon épée brandie, je rejoignis Dworkin.

« Nous allons bientôt avoir de l'aide », lui dis-je. Il n'en avait pourtant guère besoin. Il n'était même pas essoufflé. « Il nous suffit de les contenir encore quelques minutes.

— Attends. J'ai quelque chose ici... »

Il coinça son long couteau sous un bras et se mit à fouiller dans sa poche de sa main libre, en marmonnant. Au moment où les six créatures lancèrent leurs montures pour l'assaut final, il sortit un petit cristal qui étincelait d'un vif éclat intérieur.

« Ah ! » fit-il.

Il leva le cristal à hauteur d'homme ; un rayon aveuglant de lumière blanche, plus brillante que le soleil, jaillit de son extrémité. Je n'avais jamais rien vu d'aussi éblouissant. Il pénétra dans les chairs des quatre cavaliers les plus proches, et dans celles de leurs chevaux, aussi facilement qu'une faux taillant du blé. Les créatures et les montures, hurlant de douleur, s'éparpillèrent ; le sang jaillit des divers morceaux qui frétillaient sur les pavés comme des poissons hors de l'eau. Ils ont été coupés en deux, me dis-je d'un air hébété, m'imprégnant de cet horrible spectacle. Ils finirent par s'immobiliser. Leur sang de couleur sombre se répandit rapidement en grandes flaques sur le sol.

Dworkin lâcha le cristal en jurant. Je m'aperçus que ce dernier était devenu noir ; une vive fumée nauséabonde s'en échappait. Il se fracassa sur les pavés ; là, les débris se transformèrent en poussière, puis disparurent comme de l'eau qui s'évapore. Il ne subsista rien qu'une vague traînée noire.

« Qu'est-ce que c'était ? » demandai-je, ébahi et horrifié. C'était l'arme la plus terrible que j'avais eu l'occasion de voir.

« Prestidigitation de salon.

— De la magie !

— Je suppose qu'on peut appeler cela ainsi. »

Le son des cors retentit à nouveau, nettement plus proche. Les deux créatures de l'enfer survivantes tirèrent sur les rênes de leurs chevaux qui sifflaient et crachaient des flammes ; après un instant d'hésitation, elles pivotèrent, éperonnèrent leurs montures pour les lancer au galop et s'enfuirent en rebroussant chemin.

Je ne fus pas surpris. En quelques minutes, Dworkin et moi avions tué quatorze de leurs semblables. Nous aurions pu facilement venir à bout de deux créatures supplémentaires. Il valait mieux pour elles aller rendre compte d'un échec et rester en vie, en vue d'une nouvelle attaque... surtout avec les sentinelles qui se rapprochaient.

Soudainement épuisé, je baissai mon épée et observai le carnage qui s'étalait sous nos yeux. Je dévisageai Dworkin. La lumière de l'incendie qui embrasait la maison de Helda l'avait fait paraître plus jeune et plus fort que dans mon souvenir. Mais là, alors qu'il soufflait sur ses doigts brûlés et les secouait, je le trouvai presque comique.

« Où as-tu trouvé ce cristal ? » demandai-je d'une voix calme. Si je pouvais en procurer quelques-uns de semblables au roi Elnar, le cours de la guerre changerait, indubitablement, en notre faveur.

« On ne demande jamais à un magicien de dévoiler ses secrets.

— Et maintenant, tu veux me faire croire que tu es magicien !

— Tu as une meilleure explication ?

— Mais certainement. Tu es un espion de l'un des royaumes voisins... et celui-ci dispose d'un magicien qui t'a donné ça... » — j'indiquai du menton les vestiges du cristal — « ... ainsi que ton attelage. D'autres espions t'ont prévenu d'une attaque imminente des créatures de l'enfer, et tu es venu ici pour me sauver la vie, au nom du bon vieux temps, ou pour des raisons que j'ignore encore. »

Rejetant la tête en arrière, il partit d'un rire incontrôlable.

Je fronçai les sourcils. Il n'avait visiblement pas l'intention de me révéler la vérité.

« Oui ! Oui ! finit-il par articuler. Ton explication est bien meilleure que la mienne ! Bien plus crédible ! »

Il ne ressemblait en rien à ce Dworkin, sérieux et grave, de mon souvenir.

« Tu es devenu fou », lui rétorquai-je, presque convaincu de sa folie.

Cela fit redoubler son hilarité.

Après le départ des créatures de l'enfer, quelques habitants qui se trouvaient encore dans les environs osèrent s'aventurer hors de chez eux. Ils se tenaient par petits groupes et parlaient à voix basse en montrant du doigt les cadavres, la maison en feu de Helda, l'étrange attelage sans cheval, Dworkin et moi. Les flammes vertes les effrayaient plus que tout ; ils ne firent aucun geste pour former une chaîne avec des seaux afin d'éteindre le brasier.

Je ne pouvais les en blâmer ; moi non plus, je ne m'en serais pas approché. Heureusement que l'incendie ne se propageait pas, sinon le reste de Kingstown aurait été mis en péril.

Ignorant Dworkin, je me penchai pour essuyer mon épée et mon couteau sur le manteau du cadavre d'une des créatures de l'enfer, avant de les remettre dans leur fourreau. Après une bataille, le devoir d'un soldat est de prendre soin de ses armes. Je récupérai alors le couteau que j'avais lancé, le nettoyai et le replaçai dans ma botte droite.

Mes mouvements étaient presque mécaniques. Cette aventure nocturne avait pris un caractère d'irréalité, comme si elle était arrivée à un autre que moi. Les habitants de la ville, l'incendie, mon mentor perdu de vue depuis longtemps... J'étais là, songeur, à regarder les flammes vertes. Je pensais par-dessus tout à Helda, mon Helda, qui était morte...

Les cors retentirent de nouveau, très proches désormais, peut-être dans la rue voisine. Les sentinelles de la tour n'allaient pas tarder à arriver.

Dworkin me toucha l'épaule. « Nous devons partir. »

Je le dévisageai. « Je n'irai nulle part avant de connaître la vérité.

— Bon. Je suis un espion. Cette explication en vaut une autre pour l'instant. Viens, nous devons partir avant que les créatures de l'enfer ne reviennent en plus grand nombre. Ne fais pas ta tête de mule.

— Tu penses qu'elles vont revenir ? » demandai-je, interloqué.

J'inspectai l'extrémité de la rue, là où les deux dernières créatures de l'enfer avaient disparu.

« *Cette nuit ?* Après tout ce que ton cristal leur a fait subir ?

— Bien sûr qu'elles vont revenir ! Et j'ai utilisé tous les artifices dont je disposais. Maintenant qu'elles t'ont retrouvé, elles n'auront de cesse de te voir mort. Elles vont attaquer à tout va, au lieu d'entreprendre des recherches méthodiques. »

Je secouai la tête. « Ça n'a pas de sens. Pourquoi *moi* ? Je ne suis pas important. Si elles veulent gagner la guerre, elles devraient s'en prendre au roi Elnar.

— C'est plus compliqué que cela... et cette guerre ne signifie rien pour elles. Elles ne veulent ni terres ni esclaves. Elles sont à ta recherche.

— Moi ? Mais pourquoi ?

— C'est une longue histoire. Je te raconterai tout lorsque nous serons à l'abri, je te le promets. »

Il se dirigea vers l'attelage dépourvu de chevaux, puis s'arrêta et regarda derrière lui, dans l'expectative.

« Tu ferais mieux de venir, mon garçon. »

Je pris une profonde inspiration, jetai un dernier coup d'œil à la maison en feu, aux cadavres qui jonchaient la rue, et enfin à Dworkin. Il avait l'air robuste, sûr de lui et confiant. Malgré ce qui venait de se produire — ou peut-être à cause de cela —, la colère, la peine et la rancœur d'avoir été abandonné, que je ressentais depuis si longtemps, commencèrent à s'estomper. Je compris soudain que j'avais entièrement confiance en lui, même si les raisons profondes m'échappaient.

De plus, il avait affirmé pouvoir mettre fin à la guerre. Raison suffisante pour lui accorder le bénéfice du doute.

J'acquiesçai avec un peu de raideur et lui emboîtai le pas. Très bien, me dis-je, tu sembles savoir ce que tu fais, mon oncle. Pour le moment, tu as ma confiance.

Je ne pensais pas avoir vraiment le choix. Nous pourrions régler nos différends, une fois à l'abri. Et si, comme il le disait, il était capable de sauver Ilerium des griffes des créatures de l'enfer, tant mieux. Ce cristal me donnait à penser qu'il n'avait pas fait de vaines promesses.

Trois

Immobile au bout d'une rue jonchée de cadavres de créatures de l'enfer et d'une demi-douzaine de carcasses de chevaux morts, l'attelage en forme de citrouille avait l'air encore plus ridicule sous l'éclairage verdâtre de la maison de Helda qui continuait de flamber. À notre approche, une petite porte s'ouvrit sur un des côtés, et des marches, aussi délicates que du cristal finement ciselé, se déployèrent. À l'intérieur, une petite lampe à huile pendait du plafond ; sa lumière diffuse me permit de distinguer des banquettes aux coussins de velours blanc, une minuscule table incrustée d'ivoire et une passagère — la jeune femme que j'avais aperçue un peu plus tôt.

Sans hésiter, je défis la boucle de mon ceinturon, me glissai sur le siège qui lui faisait face et posai mes armes sur mes genoux. Je découvris que ma compagne de voyage était d'une beauté à couper le souffle ; elle avait de longs cheveux noirs et un visage large qui me parut presque familier. Un nez fin, des lèvres pleines, un menton décidé...

Dworkin, compris-je. *Elle ne lui ressemble pas qu'un peu !* Serait-ce sa fille ?

Elle portait une robe de soie rouge et or ; un chapeau rond, rouge, était perché sur sa tête. Des bagues en or, incrustées d'énormes diamants, et de rubis encore plus gros — autant que je pusse en juger —, ornaient ses doigts délicats. Si elle avait assisté au combat, elle n'en laissait rien paraître. D'après moi, elle aurait tout aussi bien pu se rendre à un pique-nique campagnard.

« Bonjour, lançai-je.

— Pas maintenant, Oberon », fit-elle.

Ignorant ma présence, elle ramassa ce qui ressemblait à un jeu de tarot. Après avoir lestement battu les cartes, elle entreprit de les retourner, une par une, sur la table qui nous séparait. Elle se pencha en avant et se mit à étudier attentivement la combinaison formée par les neuf premières cartes.

« Tu vois quelque chose ? » demanda Dworkin, par la porte du carrosse. Je lui lançai un regard interrogateur.

Freda répondit : « Nous ferions mieux de nous presser. Le temps file à toute vitesse, ici.

— Notre temps s'est déjà écoulé », dit-il, en refermant la porte. À la façon dont l'attelage oscilla, j'en déduisis qu'il grimpait sur le toit. Certainement pour conduire, me dis-je, en me remémorant le siège qui se trouvait là-haut. Pourtant la voiture n'avait pas eu besoin de cocher jusqu'alors...

« Je suppose que nous allons rester en tête à tête », fis-je en lui souriant, mais elle ne m'accorda pas un regard.

Après une légère embardée, le carrosse se mit à avancer. Il me fallut un certain temps avant de me rendre compte que les roues ne claquaient pas sur les pavés. La progression toute en souplesse de notre véhicule nous donnait la sensation de flotter à un pied au-dessus du sol. La nuit avait été suffisamment riche en étonnements pour que je n'en doute pas une seconde.

Je reportai donc toute mon attention sur la jeune femme qui me faisait face — Freda, comme Dworkin l'avait appelée — et qui semblait vouloir ignorer ma présence. De ses mains habiles, elle rassembla les cartes, les mélangea de nouveau et recommença à les disposer une par une, méthodiquement, en formant cette fois un cercle sur la table. Elle ne me portait manifestement aucun intérêt, ni à Kingstown d'ailleurs, et encore moins aux créatures de l'enfer que nous venions d'exterminer.

« Je m'appelle Obere, pas Oberon. » Peut-être que de simples présentations suffiront pour établir de bons rapports, me dis-je.

« Oberon est ton nom véritable, répondit-elle sans lever les yeux. Bon, faisons les choses comme il se doit. Je suis Freda.

— Je sais. Ravi de te rencontrer.

— En vérité, tu l'es, cher garçon.

— Tu vois cela dans les cartes ?

— Non, en toi, frère Oberon. » Elle eut un sourire énigmatique ; ses yeux luisaient derrière ses longs cils noirs.

Moi aussi, j'étais capable de prendre un air ingénu.

Presque moqueur, je lui lançai : « Quel homme ne le serait pas ?

— En effet », fit-elle d'un ton grave.

« Pourquoi es-tu ici ?

— Père n'aime pas voyager seul et je pensais pouvoir lui être utile, à ma manière.

— Je pense qu'il n'a besoin de l'aide de personne.

— Il a besoin de moi. »

Souriant intérieurement, je m'enfonçai dans mon siège. Elle avait une bien grande estime d'elle-même. C'était la fille de Dworkin ! Là-dessus, aucun doute. Apparemment, l'orgueil était un signe caractéristique de la famille. Quoi qu'il en fût, je trouvai ce trait plus agaçant qu'attendrissant.

Je jetai un coup d'œil par la petite fenêtre sur ma gauche. À ma grande surprise, les premières lueurs du jour — en tout cas, cela y ressemblait fort — filtraient à travers les rideaux de dentelle. L'aube, déjà ? Depuis combien de temps roulions-nous dans ce carrosse ? D'après moi, le soleil n'aurait pas dû se lever avant trois ou quatre heures.

J'écartai le rideau et le soleil me souhaita bel et bien le bonjour. Bas dans le ciel, il dardait ses rayons, d'un rouge doré, sur des âcres et des âcres de champs parfaitement labourés. Au plus profond de moi, je sentais qu'il n'aurait pas dû se trouver déjà là. M'étais-je endormi sans m'en rendre compte ?

Non, me dis-je en secouant la tête, impossible. J'étais resté éveillé. Nous venions juste de quitter Kingstown... non ?

Je me frottai les yeux et, quand je retirai ma main, il faisait nuit de nouveau. L'obscurité m'empêchait de voir à l'extérieur. Même les étoiles et la lune étaient cachées derrière les nuages.

Je laissai retomber le rideau, convaincu que mon imagination me jouait des tours. J'*étais* resté éveillé trop longtemps. Bien sûr qu'il ne faisait pas encore jour ! Nous n'étions qu'à un mile ou deux de Kingstown.

En me radossant, je remarquai une faible lumière au-dehors. L'aube ? *De nouveau ?* Impossible !

Écartant le rideau une nouvelle fois, je collai mon visage sur la vitre.

Non, pas l'aube... les nuages s'étaient dissipés, et la lune pleine, trônant dans un champ d'étoiles semblables à des diamants scintillants, déversait sur le relief environnant une lumière radieuse. Son éclat, combiné à celui des étoiles, éclairait la route côtière sur laquelle nous progressions à une allure qu'aucun cheval au galop n'aurait pu atteindre.

Je distinguai vaguement des dunes aux courbes douces, émaillées de touffes d'herbes palustres. Au-delà des dunes s'étendait le pâle ruban d'une plage que les vagues venaient lécher.

Toutefois... nous n'aurions pas dû nous trouver là. La voiture avait emprunté la route située au sud de Kingstown, celle qui menait aux vingt miles carrés de terres arables verdoyantes et qui rejoignait ensuite les cinquante miles carrés de forêts séculaires inextricables. Cet attelage sans chevaux avançait vite, assurément, mais la plage la plus proche se trouvait à quatre jours de course effrénée de Kingstown. Au fil des ans, j'avais patrouillé sur toute la longueur du littoral d'Ilerium — et je n'avais jamais vu celle-ci. J'en étais sûr et certain. Alors, où étions-nous ? Comment étions-nous parvenus jusque-là ?

Grâce à la magie, me dis-je avec inquiétude. C'était la seule explication possible.

Je soulevai le loquet et ouvris la fenêtre, inhalant profondément les senteurs salées et iodées. Au loin, une chouette hulula. Les vagues caressaient le sable en le faisant crisser.

C'*était* bien réel, ce n'était ni un rêve ni une vision. Nous *étions* vraiment sur la côte... une côte étrange, un endroit qui n'existait nulle part en Ilerium.

Le ciel s'éclaircit peu à peu. La grande route obliqua vers les terres et s'enfonça parmi des herbes denses, blanchies par le soleil, aux tiges plus hautes que le toit de notre carrosse. Des nuages aveuglants bouillonnèrent dans le ciel ; des éclairs fusèrent tout autour de nous. Des flammes jaillirent au milieu des herbes. Je me rendis compte qu'elles étaient suffisamment sèches pour s'embraser instantanément ; si les nuages ne déversaient pas sans tarder des torrents de pluie, ces feux seraient bientôt incontrôlables. Je connaissais la rapidité de propagation des incendies, mais là, dans ce carrosse, je me sentais parfaitement en sécurité. La magie de Dworkin pourrait nous emporter loin d'ici.

L'attelage avançait toujours, de plus en plus vite, laissant les brasiers derrière nous. La lumière du jour s'intensifiait, grisâtre et diffuse désormais, dévoilant un paysage morne. Des arbres dépouillés, chênes nains et pins étrangement tordus, remplacèrent les hautes herbes. Le carrosse changea de direction, escalada des collines inattendues, puis pénétra dans une pinède et déboucha bientôt sur de nouvelles terres cultivées.

Les éclairs continuaient de zébrer le ciel ; les nuages grouillaient et bouillonnaient. L'air devint plus chaud et poisseux, mais la pluie ne tombait toujours pas. Au milieu des champs, j'aperçus quelques petites maisons en pierre aux toits de chaume, mais pas le moindre signe de présence humaine ou animale... Hommes et bêtes s'étaient probablement terrés pour se mettre à l'abri de la tempête.

Au loin, je repérai un hameau de vingt ou trente constructions de taille moyenne aux murs de pierres. Quand nous le traversâmes, en ralentissant quelque peu, des hommes et des femmes, vêtus de noir de la tête aux pieds, se précipitèrent sur le seuil de leurs portes. Tous portaient des épées, des couteaux ou des haches. Leurs visages étaient pâles, leurs traits tirés, et leurs bouches grandes ouvertes découvraient des dents aussi fines que des aiguilles, et des langues fourchues.

Une hache passa près de ma tête en sifflant ; elle heurta le flanc du carrosse et, après avoir rebondi, retomba sur le sol — encore trop près pour que cela ne fût pas inquiétant. La gorge serrée, je reculai vivement et, caché derrière les rideaux, dans l'abri précaire de cet attelage, j'observai les gens. Ce n'étaient pas des créatures de l'enfer, même si leur accueil aurait pu le laisser croire. Je n'allais pas chercher à savoir s'ils voulaient nous manger ou nous offrir à quelque dieu obscur. Je n'aimerais pas passer là, seul et sans arme, pensai-je en frissonnant. Et Dworkin ? S'ils le blessaient avec une de leurs haches...

Ils nous poursuivirent pendant quelques instants encore, mais notre carrosse les distança. Eux aussi finirent par disparaître dans le lointain.

Autour de nous, les arbres atteignirent une taille impressionnante ; ils devenaient de plus en plus sombres et menaçants. Je dus presque coller mon nez contre la vitre pour réussir à y voir quelque chose. Serpentins de mousse jaunâtre et enchevêtrements de plantes grimpantes, aux épines acérées, emprisonnaient chaque branche. Des chauves-souris gigantesques, suspendues à ces milliers de perchoirs bien commodes, ouvrirent leurs petits yeux rouges et agitèrent leurs ailes parcheminées.

Plus nous avancions, moins j'appréciais cet endroit. Où Dworkin nous conduisait-il ? La route côtière ne m'avait pas dérangé outre mesure mais, bien que je me fusse toujours considéré comme un homme courageux, le hameau m'avait donné la chair de poule, et cette forêt me faisait le même effet.

Les chauves-souris se mirent à pousser des cris aigus qui ressemblaient fort à des « tuez-*tuez*-**tuez** ». Cependant, malgré les regards avides qu'elles nous lançaient, aucune n'attaqua.

Je décidai de ne prendre aucun risque. Cette fois, je fermai la fenêtre et remis le loquet en place. Je n'allais pas les laisser entrer aussi facilement — mais si elles décidaient d'attaquer Dworkin, perché là-haut sur son siège, je ne savais pas ce que je pourrais faire pour lui venir en aide.

J'enroulai lentement mes doigts sur le manche du couteau glissé dans ma ceinture. Mais en le tirant, ne risquais-je pas d'alarmer Freda ?

Je lui souris d'un air que j'espérai rassurant. Son regard ne fit que me traverser ; elle semblait s'ennuyer et se désintéresser de moi.

La fenêtre et ces formes sombres aux yeux rouges, accrochées au-dessus de nous, ne cessaient cependant de m'attirer. Elles m'inquiétaient bien plus que les habitants du hameau. Je pouvais me défendre contre des adversaires humains — ou presque. Mais contre des nuées d'animaux sauvages...

« Père n'aime pas être suivi », déclara soudain Freda, brisant ainsi le silence pesant qui régnait entre nous. « Tendre des pièges a toujours été son fort.

— Des pièges ? » Je parvins à détacher mes yeux de la vitre pour les poser sur elle d'un air interrogateur. « Que veux-tu dire ?

— Si quelqu'un tente de nous suivre, il se fera obligatoirement attaquer. *Voilà* son plan.

— Par les chauves-souris », lâchai-je, comprenant enfin ce qu'elle voulait dire. « Et les gens de ce hameau. Et les feux de broussailles...

— Oui. » Elle eut un petit sourire et défroissa sa robe en l'étalant autour d'elle, comme si nous nous promenions agréablement dans la campagne,

59

ou nous rendions à un pique-nique. « Père est vraiment très ingénieux. Je n'aurais jamais pensé à inventer ces chauves-souris.

— Mais... comment... » Perplexe, je fronçai les sourcils. Inventer ? J'avais l'impression qu'elle me laissait entendre qu'il les avait *créées*.

« C'est un grand maître dans l'art de façonner les Ombres », fit-elle, en haussant légèrement les épaules. « Bien meilleur que moi. Je préfère, quant à moi, chercher un endroit et y rester.

— Tant qu'il est sûr.

— Évidemment. »

Encore des devinettes, grognai-je intérieurement. Les Ombres ? De quoi parlait-elle ? Elle était la digne fille de Dworkin ; j'en avais plus qu'assez de leurs petits jeux. Chaque fois que l'un d'eux s'adressait à moi, il ne faisait que m'embrouiller davantage.

Je reportai mon attention sur la table qui nous séparait.

Apparemment, elle en avait terminé avec son jeu de tarot ; le paquet de cartes était proprement empilé devant elle. Qu'avait-elle bien pu lire dans notre avenir ? Je songeai un bref instant à le lui demander, mais n'en fis rien. Je pressentais que ses réponses n'auraient guère de signification pour moi. Et je n'avais jamais accordé foi à la cartomancie.

Je regardai de nouveau par la fenêtre. L'attelage entra en trombe dans une clairière. L'aveuglant soleil de midi me frappa en pleine face ; je dus me protéger en plissant les paupières pour y voir mais, même ainsi, des taches éblouissantes défilèrent devant mes yeux.

Un désert... nous traversions un désert de sable et de rochers rouges. La chaleur nous parvenait par vagues et, bien qu'elle me brûlât légèrement le visage, je sentis un grand froid m'envahir.

Encore de la magie. Le carrosse était ensorcelé ; il nous emportait dans ce voyage cauchemardesque où le jour, la nuit, le paysage prenaient des formes irréelles et perdaient toute signification. Mes yeux s'habituèrent à cette vive lumière, mais je fus dans l'incapacité de les détacher de ce décor, même si je savais que rien de tout cela ne pouvait être réel.

Nous obliquâmes et, après avoir franchi un pont de pierre, pénétrâmes dans une autre forêt où poussaient des séquoias gigantesques, aux troncs si gros qu'il aurait fallu au moins douze hommes, main dans la main, bras écartés, pour en faire le tour. Au milieu des feuillages, presque à leurs cimes, j'aperçus des créatures de taille et de forme humaines qui sautaient de branche en branche. Mâles et femelles, vêtus de jupes faites d'herbes tressées, portaient de courtes massues de bois, fixées à de fines ceintures. Quand ils nous aperçurent, ils poussèrent des cris aigus en nous montrant du doigt.

Le ciel s'assombrit brutalement. Des grêlons de la taille de petits pois se mirent à tomber ; de puissantes bourrasques secouèrent le carrosse. Derrière nous s'éleva un formidable grincement, un bruit déchirant. Je n'avais encore jamais rien entendu de tel ; j'en frissonnai de frayeur.

J'ouvris la fenêtre, me penchai à l'extérieur et regardai vers l'arrière afin de voir ce qui se passait. Un coup de vent violent me balaya les cheveux. Je dus plisser les yeux une nouvelle fois ; ce que j'aperçus m'emplit d'une indicible crainte mêlée de respect.

Une demi-douzaine de tornades traversaient la forêt de séquoias en tournoyant. Les arbres tombaient par centaines ; des racines énormes étaient traînées hors de terre ; des troncs immenses s'abattaient, façonnant au sol un labyrinthe infranchissable. Aspirées par ces sombres entonnoirs tourbillonnants, des centaines de créatures humaines disparaissaient en hurlant.

Impossible désormais d'emprunter ce chemin, à dos de cheval. C'était sûrement un piège supplémentaire destiné à nos poursuivants... à supposer qu'ils eussent réussi à franchir les obstacles précédents : feux, villageois et chauves-souris. Mais comment Dworkin avait-il fait pour savoir qu'il fallait venir ici ? Comment avait-il fait pour savoir que les arbres allaient tomber ? Ils devaient se trouver là depuis des siècles pour avoir atteint cette taille. Le fait d'être passé au moment même où les tornades les arrachaient était, pour le moins, invraisemblable.

Non, Dworkin ne *savait* pas que les arbres tomberaient, me dis-je, avec un sentiment d'impuissance grandissant. Ils les avait *fait* tomber. C'était la seule explication possible. Avec les pouvoirs dont il disposait, il aurait pu gouverner Ilerium. Comment avais-je fait, pendant toutes les années que nous avions passées ensemble, pour ne jamais rien soupçonner ?

J'eus de la peine pour ces créatures arboricoles qui avaient succombé à cause de nous, sacrifiant leur vie contre leur gré pour couvrir notre fuite.

Les vents tombèrent au moment où nous descendîmes vers une petite vallée. Le brouillard se leva soudain, recouvrant les vitres, pendant quelque temps, d'une pellicule d'un gris maussade. Pourtant, je *savais* que des falaises se dressaient de chaque côté du chemin ; quelque part, au loin, je crus entendre, à une ou deux reprises, le doux bruit des vagues.

Je rentrai la tête et regardai Freda. Elle avait l'air serein d'un chat en train de digérer un canari. Je ne comprenais pas sa placidité. Ce voyage — qui n'était pas encore terminé ! — m'avait déjà épuisé ; mais je me sentais trop mal à l'aise pour me détendre.

« Encore combien de temps ? lui demandai-je.

— Cela dépend de Père. Il a finalement décidé de ne pas prendre le chemin le plus rapide ni le plus direct pour Juniper. »

Juniper ? Était-ce là que nous allions ?

Je n'avais jamais entendu parler de cet endroit... et, d'après son nom, il aurait pu s'agir de n'importe quoi, château, vaste royaume... À la façon dont elle a dit cela, elle s'attend à ce que j'en aie déjà entendu parler, pensai-je. Aussi lui souris-je comme si je savais à quoi elle faisait référence.

Peut-être m'en dirait-elle davantage, si elle croyait que je connaissais déjà Juniper.

Au lieu de cela, elle s'enfonça plus profondément dans son siège et croisa les mains sur ses genoux, sans me fournir d'autre explication.

Je remarquai alors qu'une nouvelle aube pointait, dissipant le brouillard avec une rapidité surnaturelle.

Les changements s'enchaînèrent de façon subtile, se produisant, presque toujours, pendant mes moments d'inattention. Le ciel prit une teinte verdâtre, vira au jaune moucheté de vert, puis redevint bleu. Les nuages allaient et venaient. Les forêts apparaissaient, se transformaient en prairies, cédant elles-mêmes la place aux terres cultivées, et de nouveau aux forêts. Le jour se leva douze fois.

Je n'avais jamais entendu parler d'enchantements qui déformaient le temps et l'environnement selon le bon vouloir d'un conducteur ; et, à mon grand étonnement, mon estime pour Dworkin — ou les gens pour qui il travaillait — ne fit qu'augmenter. Les magiciens, créateurs du cristal destructeur et de ce carrosse, avaient décidément le pouvoir de sauver Ilerium des créatures de l'enfer.

Ma tâche consistait à les convaincre de se rallier à la cause du roi Elnar.

Cela semblait être notre seul espoir.

Enfin, après ce voyage qui avait paru interminable, nous pénétrâmes dans un pays aux vertes collines ondoyantes. La route sur laquelle nous progressions — les pavés jaunes qui la recouvraient par endroits avaient fait place à de profondes ornières bordées d'herbe — s'incurva doucement. Des oiseaux au plumage éclatant voletaient parmi les buissons et les arbustes clairsemés ; leurs chants joyeux me parurent étrangement normaux après tout ce que nous venions de traverser. Au-dessus, de gros nuages blancs striaient le ciel d'un bleu pur et profond.

« Nous approchons de Juniper, à présent », déclara Freda.

Je la regardai. « Tu reconnais le paysage ?

— Oui. Nous serons là-bas dans quelques heures. »

Une douzaine de cavaliers, revêtus d'armures argentées, encerclèrent alors le carrosse.

Quatre

Ma main se porta aussitôt sur l'épée posée sur mes genoux, mais je la laissai dans son fourreau. Le comportement de ces soldats est celui d'une escorte ou d'une garde d'honneur, songeai-je, et non celui de bandits de grand chemin. L'un d'eux se retourna alors ; j'aperçus le lion rampant, rouge et or, brodé sur le devant de sa tunique. Le dessin était identique à celui de Dworkin — ils devaient être avec lui.

Je me décontractai enfin. Nous ne courions aucun danger avec eux. Et si près de ce mystérieux Juniper, quelle catastrophe pourrait bien se produire ?

L'attelage ralentit pour leur permettre de rester à notre hauteur. J'ouvris la fenêtre, en espérant ne pas passer pour un curieux, et écartai légèrement le rideau pour observer le cavalier le plus proche. D'épais galons noirs retombaient à l'arrière de son casque arrondi en argent ; une longue moustache fine voletait doucement sur ses joues, au rythme de sa monture. Ses bras sont bizarres, remarquai-je — un peu trop longs. Et ils semblaient s'incurver à mi-distance entre le coude et l'épaule, comme s'ils étaient dotés d'une articulation supplémentaire.

Il pivota tout à coup et me regarda droit dans les yeux. Les siens, jaunes et fendus, captèrent la lumière ; ils brillaient comme ceux d'un chat, mais d'une lueur presque opalescente.

Je laissai retomber le rideau en déglutissant. Ainsi dissimulé, je continuai à étudier les soldats. Ils faisaient peut-être partie de la garde de Dworkin, mais ils n'avaient rien d'humain. Ils ne présentaient pas non plus les caractéristiques déplaisantes des créatures de l'enfer. Alors qui — ou que — pouvaient-ils bien être ?

Je pris une profonde inspiration et m'obligeai à me détourner. J'en avais vu assez comme ça. Inutile de ruminer des questions auxquelles je n'avais pas encore de réponses.

Je regardai de nouveau Freda qui, après avoir mélangé son jeu de tarot, recommençait à étaler les cartes. Elle modifiait leur position à chaque tirage, les agençant parfois en cercle, parfois en diagonale. À un moment donné, elle forma même un carré au centre duquel une combinaison tombait en cascade.

« C'est une réussite ? » demandai-je, pour attirer son attention. Peut-être m'en apprendrait-elle davantage.

« Non.

— Moi, je préfère les jeux à plusieurs joueurs.

— Les jeux sont faits pour les enfants et les vieillards. »

Je me penchai vers la table et inclinai la tête pour regarder les cartes plus attentivement. Contrairement au jeu de tarot traditionnel employé par n'importe quelle cartomancienne ou diseuse de bonne aventure, et illustré de personnages religieux ou astrologiques, celui-ci représentait des hommes et des femmes que je ne reconnaissais pas, des endroits que je n'avais jamais vus — un château étrange, une clairière au milieu d'une sombre forêt, et même une plage romantique baignée par un doux clair de lune... si l'on peut dire, étant donné que deux lunes éclairaient le ciel. Licence poétique du peintre ou lieux réels ? Je ne pouvais plus jurer de rien.

Freda rassembla les cartes, les battit sept fois et en disposa quinze sur trois rangées de cinq. Seuls des portraits d'hommes et de femmes furent retournés. La plupart d'entre eux ressemblaient suffisamment à Dworkin pour faire partie de sa famille. « Que vois-tu ? » finis-je par lui demander, impatient.

« Notre famille. » Elle indiqua les cartes posées devant elle. « Neuf Princes du Chaos, les uns des autres éloignés. Six Princesses du Chaos, où sont-elles allées errer ?

— Je sais que les diseuses de bonne aventure restent toujours dans le flou, dis-je avec une pointe d'humour, mais, au moins, cela fait presque des alexandrins.

— C'est tiré d'une vieille comptine :

Neuf princes du Chaos, les uns des autres éloignés ;
Six princesses du Chaos, où sont-elles allées errer ?
Fuyez, faucon au cœur vaillant et brave licorne ;
Parmi les Ombres, échappez à votre sort si morne.

Je ne l'avais jamais entendue. Pourtant, elle était de circonstance.

« Un peu sinistre.

— Je n'en suis pas l'auteur », répondit-elle en haussant les épaules.

Je sursautai en me rendant compte que nous ne parlions plus le tantari, mais utilisions un autre langage, plus riche et au rythme plus cadencé. Il s'écoulait de sa bouche, comme l'eau d'une fontaine, et je comprenais chaque mot comme si j'avais toujours parlé cette langue. Comment la connaissais-je ? Magie, une fois de plus ? Avais-je été envoûté sans m'en apercevoir ?

Je ne pus m'empêcher de bégayer en l'interrogeant : « De... de quelle langue s'agit-il ?

— C'est du thari, voyons », fit-elle, en me dévisageant d'un regard inquiet, perplexe, comme celui qu'on jette à l'idiot du village qui demande pourquoi l'eau est mouillée.

Du *thari*... Cela sonnait juste ; j'eus la sensation, en mon for intérieur, qu'elle disait la vérité. Mais comment aurais-je connu cette langue ? Où l'aurais-je apprise ?

Ma raison et mes souvenirs m'incitaient à croire que je ne l'avais jamais fait.

Et pourtant... pourtant, je la parlais comme si je l'avais étudiée et utilisée toute ma vie. Je finis par trouver de plus en plus difficile de me remémorer le tantari, ma langue maternelle, comme s'il faisait partie d'un rêve lointain et flou.

« Tu es *resté* dans l'Ombre longtemps, n'est-ce

pas ? soupira-t-elle. On oublie facilement les conséquences que cela peut avoir sur soi... »

Dans l'*Ombre* ? Qu'est-ce que *ça* signifiait ?

Me souvenant du regard qu'elle m'avait lancé, quand je lui avais demandé quelle langue nous parlions, je ravalai mes interrogations. Autant que faire se peut, essayons d'éviter de passer encore pour un idiot ou un ignare, me dis-je.

Je rétorquai donc : « Oui, certainement. » Je ne savais quoi lui répondre. Et je n'avais aucune intention d'en dire trop... encore moins de dévoiler mes lacunes. « Je n'ai pas vu Dworkin depuis des années.

— Tu as toujours l'air aussi déconcerté ! », fit-elle, en riant gentiment et en me tapotant la main. Sa peau, aussi douce que de la soie, sentait le miel et la lavande. « Cela n'a pas d'importance. »

Je souris. Nous étions enfin sur la bonne voie.

« Ne le serais-tu pas, toi aussi... si on t'avait tirée de ton lit au beau milieu de la nuit, si tu avais dû affronter les créatures de l'enfer, si on t'avait poussée dans ce carrosse bruyant et ridicule, puis entraînée dans un voyage à une allure effrénée... et tout cela sans qu'on réponde à tes questions ?

— Oui, sûrement. » Elle s'éclaircit la gorge. « Le thari est la langue primitive », dit-elle d'un ton neutre, comme si elle sermonnait un enfant qui n'avait pas bien appris ses leçons. « Il est à l'origine de tous les langages de tous les mondes de l'Ombre. Il fait partie de toi, tout comme nous faisons partie du Chaos. Tu te *souviens* des Cours du Chaos, n'est-ce pas ? »

Je secouai la tête, me sentant de nouveau stupide et ignorant. « J'ai bien peur de ne jamais y être allé.

— Dommage. Elles sont attirantes, à leur façon. » Ses yeux se perdirent dans le vague, comme si elle les revoyait. Je compris qu'elle devait aimer cet endroit... les Cours du Chaos, comme elle les avait appelées.

Espérant en apprendre davantage, je lâchai : « Quelle nuit ! Ou quelle aube, devrais-je dire, à présent. Que penses-tu de tout cela ? » Je fis un large geste du bras, englobant l'attelage, les cavaliers et son jeu de cartes. « Qu'est-ce que cela présage ?

— La guerre. Tous ces signes en témoignent. Tout le monde le dit, surtout Locke. Et il joue au général depuis assez longtemps pour exceller dans cette discipline. Je pense toutefois que nous serons relativement en sécurité à Juniper. En tout cas, pour le moment.

— Juniper ?

— Tu n'y es jamais allé non plus ? »

Je secouai la tête. Au temps pour moi !... Ma tactique visant à dissimuler mon ignorance venait d'être démolie.

« Il ne ressemble en rien aux Cours du Chaos, mais pour un endroit situé dans les Ombres, il est assez agréable. Ou plutôt, il l'était. »

Cela ne m'aidait pas beaucoup. *Autant de nouvelles interrogations...* Juniper... les Ombres... les Cours du Chaos... — qu'*était* tout cela ?

Je regardai par la fenêtre, réfléchissant au Chaos. Du moins, ce nom m'était familier. La lecture du Grand Livre faisait partie du rituel de chaque fête religieuse à Ilerium, et j'avais entendu quelques-uns de ses passages les plus célèbres des centaines de fois, au fil des années. Nos Écritures sacrées expliquaient comment les Dieux du Chaos avaient façonné la terre à partir du néant, puis s'étaient disputé leur création. Ceux-ci, pensait-on, étaient des créatures majestueuses et magiques qui reviendraient un jour châtier les méchants et récompenser les pieux.

En tant que soldat, je n'avais jamais accordé beaucoup de foi aux choses que je ne pouvais voir ni toucher. J'avais toujours cru, au fond de moi, que les histoires racontées dans le Grand Livre n'étaient que des paraboles conçues pour enseigner la morale aux enfants. Mais là, après tout ce dont j'avais été témoin et avais accompli cette nuit, elles commençaient à avoir un certain sens. Si elles étaient fidèles à la *vérité*...

J'avalai difficilement ma salive. Les Dieux du Chaos devaient revenir, armés de feu et de fer, pour punir les incroyants. Les créatures de l'enfer marquaient peut-être le début de leur retour. Peut-être avions-nous toujours œuvré *contre* les Dieux du Chaos, sans en avoir conscience.

Car ils puniront les méchants...

Non, décidai-je, je devais avoir mal compris. Les paraboles ne correspondaient pas à ce qui se passait. Les créatures de l'enfer ne faisaient pas de quartier ; elles tuaient aussi bien les prêtres que les marchands, les vieillards séniles et les bébés. Aucun dieu n'aurait envoyé une telle armée.

Qu'*étaient* les Cours du Chaos et quelle place y avait Dworkin ?

Freda dut percevoir ma perplexité. Elle tendit la main en souriant et pressa de nouveau la mienne.

« Je me doute que cela fait beaucoup pour toi. Père ne t'as pas rendu service en te laissant grandir dans une Ombre éloignée. Mais, d'un autre côté, c'est sans doute grâce à cela que tu es encore vivant, alors que tant d'autres ne le sont plus. Je pense qu'il te destinait à un avenir plus grandiose. »

Je fronçai les sourcils. « Ah oui ? Et lequel ?

— Nous pouvons essayer de le découvrir. »

Elle rassembla rapidement le jeu de tarot et le plaça devant elle en un tas bien rangé. De son index, elle effleura la première carte du paquet.

« Ce jeu comporte quarante-six Atouts. Mélange-le bien et retourne la carte du dessus. Voyons ce qu'elle va nous apprendre. »

Je hochai la tête en gloussant. « Je ne crois pas à la cartomancie.

— Ce n'est pas ce que je fais. Selon Père, il se dégage de toutes choses, et c'est aussi valable dans le Chaos, un grand canevas ; des vérités ou des truismes, si tu préfères. Les Atouts les réfléchissent. Ceux qui sont qualifiés — comme moi — parviennent parfois à lire dans les cartes non seulement ce qui *est,* mais aussi ce qui *sera.* Comme toute la famille se trouve rassemblée à Juniper en ce moment, il vaudrait peut-être mieux, pour nous, savoir où tu te situes... et qui sera de ton côté. »

Je haussai les épaules. « Très bien. » Cela ne peut pas faire de mal, me dis-je.

Je ramassai le paquet. Au dos des cartes bleu roi était peint un lion rampant doré. Le jeu était fabriqué dans une matière un peu plus épaisse que du parchemin, plus dure et plus froide au toucher ; sa texture était presque celle de l'ivoire poli.

Je le partageai en deux, le mélangeai plusieurs fois et le reposai devant Freda. Mes paumes me démangeaient légèrement. Un peu de sueur couvrait mon visage. Le fait d'avoir touché ces cartes m'avait vraiment mis mal à l'aise.

« Retourne le premier Atout. »

J'obéis.

Dworkin y était représenté, mais déguisé en bouffon. Il portait un costume de soie rouge et or, un chapeau orné de clochettes, et de longues chaussures recourbées en pointe. C'était la dernière chose que je m'attendais à voir ; je réprimai un fou rire.

« C'est ridicule !

— Bizarre..., dit Freda, en fronçant les sourcils. La première carte retournée représente généralement un lieu, pas une personne. »

Elle la posa, à l'endroit, sur un côté de la table.

« Ce qui signifie... ?

— Dworkin, le pilier de notre famille, est ou deviendra le centre de ton univers.

— Dworkin n'est pas un bouffon.

— L'habit importe peu, contrairement à la personne symbolisée. Aber a peint ces cartes pour moi. Tout le monde sait qu'il est un peu farceur. »

J'eus donc un nouveau prénom à mémoriser :

Aber. Aber, le farceur. Je me dis qu'il me plairait sûrement. Et elle avait l'air de penser que je savais de qui il s'agissait.

« Retourne une autre carte. »

J'obtempérai. Elle représentait un jeune homme de seize ans, tout au plus, vêtu de jaune et de brun. Aucun doute possible, un autre enfant de Dworkin — avec les mêmes yeux, le même menton énergique. Sous un chapeau orné de bois d'élan ridiculement hauts, il avait vaguement l'air de s'ennuyer ; sans doute aurait-il préféré vivre de grandes aventures plutôt que de poser pour cette miniature. Il tenait dans ses mains une épée à deux tranchants, visiblement trop lourde et trop longue pour lui. Je crus le reconnaître. J'aurais pourtant juré que nous ne nous étions jamais rencontrés — ou peut-être était-ce le cas ?

Freda eut un hoquet de surprise.

« Qui est-ce ?

— Alanar », chuchota-t-elle.

Ce prénom ne me disait rien, mais je ne parvenais pas à chasser mon impression de déjà-vu. Il me semblait presque le voir, gisant dans une mare de sang... mais où donc ? Et quand ?

« Peut-être est-il sur le chemin du retour, dit Freda.

— Non, affirmai-je. Il est mort.

— Comment le sais-tu ? s'enquit-elle, en sondant mon regard. Tu ne l'as jamais rencontré.

— Je... je ne sais pas. » Je fronçai les sourcils, fouillant ma mémoire, sans parvenir à retrouver cette image. « Il n'est pas mort ?

— Il a disparu depuis plus d'un an. Personne n'a plus jamais entendu parler de lui. Personne n'a pu entrer en contact avec lui, pas même par l'intermédiaire de son Atout. Je le croyais mort. Comme tout le monde. Mais nous n'avons aucune preuve. »

Entrer en contact avec lui... par l'intermédiaire de son Atout ? Je fixai la carte, en m'interrogeant sur cette formulation singulière. De plus en plus étrange, me dis-je.

« Si tu n'as pas vu de cadavre, il y a encore des raisons d'espérer », fis-je, d'un ton que je voulais réconfortant, tout en sachant que je mentais, qu'il *était* bel et bien mort.

Elle secoua la tête. « Nos ennemis laissent rarement des cadavres derrière eux. S'il est mort, nous ne le saurons jamais. »

Je me vis obligé d'acquiescer. Après les combats, il nous était presque toujours impossible de récupérer nos camarades défunts sur les terres contrôlées par les créatures de l'enfer. Ce qu'elles *faisaient* des corps, mystère... nous ne pouvions que nous perdre en conjectures — et nos conclusions n'étaient jamais très plaisantes.

Les yeux dans le vague, Freda hocha tristement la tête. Je compris que le jeune Alanar avait beaucoup compté pour elle. Nous avions donc quelque chose en commun ; j'avais perdu Helda... et elle, son frère.

La gorge serrée, je tendis la main et pressai la sienne gentiment. « Mieux vaut ne pas y penser, dis-je doucement. Tout le monde souffre un jour ou l'autre.

— Tu as raison, bien sûr. » Elle prit une profonde inspiration et disposa le portrait d'Alanar au-dessous et légèrement à droite du bouffon représentant Dworkin. Placés aussi près l'un de l'autre, leur ressemblance était encore plus frappante. Ils étaient visiblement père et fils.

« Prends-en une autre », dit-elle, en me montrant les Atouts.

Je lui obéis en silence. Encore un jeune homme. Vêtu, celui-ci, de brun et de vert. Son visage était une agréable version, grand format, de celui de Dworkin. Une petite cicatrice, témoin d'un duel passé, barrait sa joue gauche, mais son sourire était engageant. Il portait un arc dans une main, et ce qui ressemblait à une bouteille de vin, dans l'autre. Un peu de liquide s'échappait de ses lèvres et dégoulinait sur son menton.

La carte suggérait un jeune ivrogne.

« Taine, annonça Freda, en gardant prudemment une expression neutre.

— Je ne le connais pas.

— Je pense qu'il est mort, lui aussi.

— J'en suis désolé. »

Nous passâmes rapidement sur quatre autres cartes. Chacune d'elles représentait un homme âgé de vingt à quarante ans. Presque tous ressemblaient à Dworkin — les yeux, la forme du visage ou la façon de se tenir. Très certainement des enfants à lui, décidai-je. Il devait avoir fait pas mal de conquêtes féminines, au fil des années. De combien d'enfants était-il le père ? Et avec une famille aussi nombreuse, comment avait-il réussi à me consacrer autant de temps pendant mon enfance — tout en prétendant ne pas être marié ? La prochaine fois que je me retrouverais seul avec lui, j'avais la ferme intention de le lui demander.

Freda plaça chacune de ces cartes au-dessous de celle de Dworkin, formant ainsi un cercle sur la table. En comptant Alanar et Taine, quatre de ses fils, au moins, étaient morts, pensait-elle. Je ne reconnus que les deux qu'elle avait nommés.

Je retournai alors une carte sur laquelle se trouvait un homme qui, excepté ses yeux bruns, avait le même visage que moi. Il portait des vêtements brun foncé et jaune et tenait une épée légèrement tordue, dans une attitude frisant la provocation. Je ne savais pas s'il s'agissait d'une plaisanterie, mais cette épée tordue le suggérait grandement.

« Qui est-ce ? » m'enquis-je, hésitant. Il me semblait le connaître, lui aussi. Où nous étions-nous rencontrés ? Et à quel moment ?

« Tu le connais ?

— Il me ressemble un peu... »

Je restai là, à fixer la carte pendant une minute ; puis elle me la retira des mains et la plaça au-dessous des autres.

« Mattus, son nom est Mattus.

— Il est mort, lui aussi, marmonnai-je.

— *Comment le sais-tu ?* demanda-t-elle d'une voix qui monta dans les aigus.

Je haussai les épaules d'un air désespéré. « Je ne sais pas. C'est comme... comme un vieux souvenir lointain et flou. Ou peut-être un rêve. J'arrive presque à voir quelque chose, mais pas complètement.

Je sais simplement qu'il était dans mon rêve et que je l'ai vu mourir.

« — Que lui est-il arrivé ? insista-t-elle. Comment est-il mort ? »

Je secouai la tête. « Je suis désolé. Je ne me souviens pas très bien. »

Mais j'étais certain que sa mort n'avait rien eu de paisible, même si je ne pouvais l'avouer à Freda. Je me doutais que cette nouvelle ne la laisserait pas insensible. Elle avait, visiblement, beaucoup aimé Mattus.

Elle soupira.

« Ce *n'*était peut-être *qu'*un rêve », lui dis-je, essayant de paraître rassurant et confiant ; pourtant, au fond de moi, je savais que c'était un mensonge. « Ils sont peut-être tous deux en vie quelque part.

— Ne rejette pas tes rêves avec autant de désinvolture. Ce sont souvent des présages éloquents. Au fil des années, j'ai fait des centaines de rêves qui se sont réalisés. Si tu dis qu'Alanar et Mattus sont morts et que tu les as vus mourir, alors c'est peut-être vrai.

— Ce n'était qu'un rêve.

— J'y crois sans doute, *parce que* tu l'as vu en rêve.

— Si tu le dis. » Je haussai les épaules. La plupart du temps, j'accordais aussi peu de foi aux rêves qu'à la divination.

Me reculant pour m'adosser, je regardai attentivement Freda et ses cartes. Elle semblait avoir la même force que Dworkin, mais aussi ses défauts.

Il n'avait jamais répugné à écouter de mauvaises nouvelles, même si elles étaient horribles. C'était une de ses leçons que j'avais bien retenue.

« Parle-moi de Mattus.

— Comme Alanar, il a disparu depuis près d'un an. Personne n'a réussi à le contacter. Il a toujours eu mauvais caractère, et une nuit, après une violente dispute avec Locke, il est parti comme un fou. C'est la dernière fois que nous l'avons vu. »

Locke était cet homme à l'air désagréable et bouffi d'orgueil, représenté sur une des cartes que j'avais tirées. Elle en avait parlé un peu plus tôt, et je me souvins du mépris contenu dans sa voix. Ils ne devaient guère s'apprécier ces deux-là !

Elle ajouta : « J'ai espéré que Mattus cesserait de bouder et qu'il reviendrait un jour, pardonnerait à Locke et reprendrait les choses là où il les avait laissées, avant de... » Elle eut un sourire rêveur et refoula ses larmes. « Mais ce n'est pas ton problème pour l'instant, Oberon. S'il te plaît, continue. Tire une carte. »

J'en retournai une vivement.

« Aber. » Elle l'ajouta aux huit autres en l'insérant dans le cercle qui faisait le tour de la table.

Je me penchai pour voir de plus près le farceur qui avait dessiné ces cartes. Il était vraiment très beau — en tout cas, il s'était peint ainsi —, vêtu de rouge foncé de la tête aux pieds, de la tunique aux cuissardes, sans oublier les gants et la longue cape souple. C'était difficile à dire, mais j'avais l'impression que nous avions le même âge. Ses cheveux étaient bruns et courts, ses yeux gris-vert et francs ; et il portait une barbe coupée ras. Pour son portrait, il avait adopté une pose combative, mais au lieu de tenir une épée, il s'était contenté d'un pinceau. Je ris intérieurement. Son sens de l'humour me plaisait vraiment.

Lui aussi avait un peu de Dworkin... ce petit air fantasque qu'il n'arborait qu'en de rares occasions, et généralement quand il avait trop bu, lors de congés ou de fêtes. Il divertissait alors son monde en exécutant des tours, faisant apparaître et disparaître des pièces de monnaie ou récitant des poèmes épiques où il était question de vieux héros et de leurs aventures.

Sans doute était-ce dû à un jeu de lumière, mais tandis que j'observais sa carte, j'aurais juré qu'elle s'était presque animée. J'eus l'impression que le minuscule dessin avait cligné de l'œil et commencé à tourner la tête, mais avant qu'il ne se produisît autre chose, Freda tendit la main et le recouvrit de sa paume.

« Surtout pas ! » me mit-elle en garde.

Je levai les yeux vers son visage qui s'était subitement fermé. Elle cache peut-être bien son jeu, pensai-je. Elle n'avait plus rien d'une diseuse de bonne aventure, mais devenait une femme d'action qui prenait les choses en main. Je l'en admirai d'autant plus ; les femmes velléitaires ne m'avaient jamais attiré. Les femmes ardentes, dotées d'une volonté de fer, pimentaient les histoires d'amour.

« Pourquoi ? demandai-je, d'un air absent.

— Nous sommes déjà à l'étroit, ici. Nous n'avons pas besoin de sa compagnie, pour l'instant. Et Père serait fâché contre moi, si je le laissais t'arracher à nous et t'emmener.

— Fort bien. » J'étais perplexe. Pour le moment, je devais me fier à elle ; elle semblait vouloir défendre mes intérêts. Me radossant au siège, je croisai les bras et lui offris mon regard le plus innocent. « Je ne voulais pas te causer de problème. »

Elle soupira ; ses traits s'adoucirent. « Non, pas... un *problème*. Aber peut être considéré comme... une distraction. Voilà une bonne définition. Et ce dont nous *n'avons pas* besoin en ce moment, c'est bien de distraction. »

Je penchai la tête et étudiai les cartes, à une distance que j'espérais raisonnable. Plus j'y pensais, plus j'étais convaincu que le portrait d'Aber *avait* bougé. Mais des cartes ne pouvaient pas s'animer... quoique...

Après tous les enchantements et tous les prodiges dont j'avais été témoin ces dernières heures, le doute s'installa en moi.

Cinq

Me concentrant sur l'alignement des cartes sur la table, j'essayai de les voir comme Freda les voyait. Étaient-elles disposées dans un ordre particulier ? Tous les personnages étaient des hommes : cinq probablement morts, et quatre en vie, très certainement. J'avais reconnu deux des défunts — je les avais non seulement reconnus, mais j'étais sûr qu'ils étaient *morts*. Pourtant, je ne les avais jamais rencontrés. Des quatre survivants, je ne connaissais que Dworkin.

Après une étude attentive de leurs visages, je fus presque convaincu de n'avoir jamais vu Aber, Locke ni Fenn auparavant.

« C'est toi la cartomancienne, dis-je à Freda. Quelles sont tes conclusions ?

— Je ne sais pas trop. » Elle se mordit les lèvres ; son regard passait d'une miniature à l'autre, sans s'y attarder. « Ce ne sont que des être humains, par conséquent ils ne donnent d'indications ni sur le passé, ni sur le présent, ni sur l'avenir. Manifestement, toute la famille est liée à toi pour des événements futurs, mais avec la guerre qui pointe, ce n'est pas vraiment une surprise. Père et les autres, vivants ou morts, y tiennent tous un rôle... mais lequel ?

— À toi de me le dire. » Je me reculai pour l'observer.

Elle avait l'air franchement perplexe. Elle plissa le front et tambourina du bout des doigts sur la table. Elle semblait prendre son rôle de cartomancienne très au sérieux. Elle finit par s'adosser en soupirant.

« Je vois davantage de questions que de réponses.

— Veux que je retourne une autre carte ?

— Juste une, alors. Il y en a déjà beaucoup plus que je n'en utilise habituellement pour les interprétations personnelles, mais dans ce cas précis... »

Je retournai un autre Atout. C'était un endroit que je n'avais jamais vu — un donjon lugubre, à moitié perdu dans la nuit et la tempête, à demi éclairé par une lumière éblouissante. Je précise « à demi », car la voûte céleste semblait quasiment se diviser en deux ; du côté gauche, des ténèbres piquetées d'étoiles ; du côté droit, un ciel d'un jaune orangé éclatant, tacheté de rouge, rappelant une bouteille remplie de strates de sable de différentes couleurs qui aurait été violemment secouée : on parvenait encore à dissocier les grains, mais les couches de couleurs, elles, avaient été mélangées.

Mes paumes se mirent à me démanger. Il m'était impossible de regarder ce paysage plus d'une ou deux secondes d'affilée sans éprouver le besoin d'en détacher les yeux. J'avais le sentiment que cette peinture insensée ne résultait pas d'un caprice de l'artiste, mais qu'elle représentait un lieu réel... un endroit baignant à la fois dans l'obscurité et la clarté, la nuit et le jour, le froid et la chaleur, mais privé de saison et de forme... un endroit instable. Je n'aimais pas cela.

« Le Palais des Cours du Chaos ! fit-elle. *Voilà* qui est étrange. Il ne devrait pas se trouver ici. Je ne savais même pas que j'avais emporté cette carte avec moi... en tout cas, je n'en avais pas l'intention ! »

Encore lui... le Chaos.

Saisi d'un léger frisson, je décrétai que le Palais n'avait pas l'air accueillant, quel que fût son emplacement. Ses bâtiments, son atmosphère quasi électrique, l'*essence* même de ce lieu... cette vision me donnait la chair de poule et mes cheveux se dressaient sur la tête.

Sans réfléchir, je tendis la main et remis la carte à l'envers. Dès que ces angles biscornus et que cette topographie bizarre eurent disparu, je me sentis beaucoup mieux. Je me rendis compte que le simple fait de regarder cet Atout m'avait fait transpirer.

« Pourquoi as-tu fait cela ? » me demanda Freda. Heureusement, elle ne fit aucun geste pour la remettre à l'endroit.

« Je ne sais pas, répondis-je, avec sincérité. Il m'a semblé que c'était la meilleure chose à faire. Je ne sais pas pourquoi, mais je n'avais pas envie de regarder cette carte. »

Je crois que je n'aurais pas *pu* la regarder plus longtemps. Rien que d'y penser, j'en avais la migraine.

« Je vois. » Elle plissa le front. « Mattus ressentait la même impression. Nous avons tous été obligés de le traîner jusque-là quand...

— Quand quoi ? »

Elle hésita. « Quand il a eu l'âge requis. »

Je désignai la carte en question. « Cela a-t-il une signification ?... Le fait d'avoir retourné les Cours du Chaos ?

— Tout acte a une signification, avec les Atouts. Ils reflètent le monde qui les entoure.

— Et là, qu'est-ce que ça signifie ?

— Je... je ne peux le dire. »

Brusquement mal à l'aise, pour la deuxième fois, je sentis ma gorge se serrer. *Ne peut le dire... ou ne le dira pas ?* Le choix des mots me laissa songeur et sa nervosité me donna l'impression qu'elle ne m'avait pas révélé tout ce qu'elle avait vu.

Une pensée troublante me vint à l'esprit. Je tapotai le dos de la carte du Chaos.

« Ce n'est pas l'endroit où nous allons, n'est-ce pas ?

— Non, Juniper se trouve très loin des Cours du Chaos, suffisamment loin, j'espère, pour que nous y soyons à l'abri. »

À l'abri de quoi ? Des créatures de l'enfer ? De quelqu'un ou de quelque chose ?

Je ravalai mes interrogations — fierté mal placée ou pur entêtement de ma part, peu importait, je jugeai plus prudent d'observer et d'apprendre. Je poserais le moins de questions possible, en veillant à leur simplicité et à leur concision.

Freda ramassa le jeu de cartes, les tria et finit par en retirer une qui représentait un château assoupi et recouvert de mousse, dressé au sommet d'une lointaine colline. Elle me la tendit.

« Voilà Juniper. En tout cas, voilà à quoi ça ressemblait. Aber l'a peint il y a deux ans. »

Au pied de la colline s'étendait un village paisible, composé d'environ soixante-dix constructions en briques aux toits de chaume. Devant et derrière s'étiraient des hectares de terres verdoyantes et de riches pâturages sur lesquels s'éparpillaient des maisons, des granges, des étangs et même un ruisseau d'un bleu lumineux, d'une longueur impressionnante. Juniper ressemblait aux douzaines de petites bastides qu'on trouvait à Ilerium ; et, contrairement aux Cours du Chaos, sa vue ne me donna pas la chair de poule. Cette simple constatation fit que je me sentis beaucoup mieux.

« En deux ans, de nombreuses choses peuvent avoir changé, dis-je.

— En effet. »

Comme j'admirais le paysage, les vaches, les moutons et les chevaux minuscules, dessinés avec beaucoup de talent, se mirent à avancer dans les prés. Ma gorge se serra ; je regardai Freda. Cette fois, elle attendit que je lui rendisse la carte.

« Qu'y a-t-il de changé, aujourd'hui ?

— Il est entouré d'un camp retranché... les troupes de Père, évidemment. Juniper n'est pas en état de siège, en tout cas pas pour le moment, mais il est devenu sale et bruyant. Je crois qu'il ne sera plus jamais ce qu'il a été. »

Je hochai la tête. C'était le lot de toute guerre. Une année de combats contre les créatures de l'enfer avait transformé Ilerium, mais pas à son avantage.

« Étant donné que Juniper a changé à ce point... », m'enquis-je doucement, espérant recueillir une nouvelle information sur la nature de ce jeu de tarot, « ... tes Atouts fonctionnent-ils encore ?

— Oui... tant bien que mal. Cela prend simplement plus de temps. Le caractère du lieu reste identique, même si le paysage est différent. »

Je lui rendis la carte de Juniper. Avec un petit soupir, Freda la remit dans le paquet, mélangea le jeu et le rangea dans une petite boîte en bois, du tek vraisemblablement. Sur son couvercle, une marqueterie de nacre symbolisait un lion.

« Tu as dit qu'Aber avait peint toutes tes cartes ? » interrogeai-je.

Autant profiter du fait qu'elle semble d'humeur plus loquace pour essayer de récolter un maximum d'informations, me dis-je.

« Oui. » Elle sourit, les yeux dans le vague ; je me rendis compte qu'elle devait bien aimer son frère. « Et il est doué... presque autant que Père, bien qu'Aber ait tendance à caricaturer tout le monde dans ses dessins. » Elle fixa ses yeux sur moi. « Je me demande comment il fera ton portrait... joliment, je l'espère. Je pense qu'il va t'apprécier. »

Je lançai en riant : « Pourquoi se donnerait-il la peine de peindre mon portrait ?

— Et pourquoi pas ? Il peint tous les gens et tous les endroits qui pourraient être utiles. À l'heure actuelle, il doit avoir des centaines ou même des milliers d'Atouts cachés dans ses appartements. Je ne sais même pas où il réussit à tous les entreposer. »

Je regardai par la fenêtre. Encore et toujours les mêmes vertes collines ondoyantes, la même douzaine d'étranges cavaliers avec leur articulation supplémentaire. Nous ne devons pas être loin de notre destination, me dis-je, vu que le paysage n'a guère changé. À moins que Dworkin ne fût en train de se reposer, après toutes les prouesses magiques qu'il avait accomplies.

« Sais-tu pendant combien de temps encore nous allons voyager ?

— Père ne te l'a pas dit ?

— Il est resté... vague.

— Il *est* sage d'être prudent lorsqu'on voyage, fit-elle en inclinant légèrement la tête. Je suis sûre qu'il l'a fait pour notre bien.

— Alors, dis-m'en plus sur Juniper.

— Eh bien ! C'est une Ombre reculée. Je pense que Père avait espéré, jadis, se retirer dans un endroit calme pour y réfléchir et étudier ; toutefois, ces attaques l'ont obligé à intervenir. C'est contre sa nature, mais il peut devenir un homme d'action et même... un héros... s'il le décide. Ou s'il y est forcé. » Elle jeta un coup d'œil par la fenêtre. « Nous approchons. Je reconnais ces terres.

— Tout bien considéré, cette nuit a été l'une des pires de mon existence. » Seul, le décès de ma mère

m'avait paru plus éprouvant. « En fait, je préférerais être à la maison. Au moins, quand j'y étais,
je savais à quoi m'en tenir... ou du moins, le
croyais-je. »

À ces mots, un voile de tristesse passa sur son
visage. Je me rendis compte que, sans le vouloir,
j'avais abordé un sujet délicat — *à la maison*.

« Excuse-moi. » Soudain, la vérité me sauta aux
yeux. « Ta maison... n'existe plus, n'est-ce pas ? Cet
endroit a-t-il été attaqué par des créatures de
l'enfer, lui aussi ? »

Elle acquiesça d'un signe de tête. « Je l'appe-
lais Ne'erwhon. C'était... magnifique. Et si tranquille. Et *elles* l'ont saccagé en essayant de s'emparer de moi. Père est arrivé juste à temps pour me
sauver. »

Son histoire rappelait la mienne de manière
inquiétante ; je l'en informai.

« Père a tenté de rassembler un grand nombre
de gens, m'expliqua-t-elle. Dès qu'il a découvert
que ses amis et ses parents étaient pourchassés, il
s'est mis en route pour venir nous sauver l'un après
l'autre. Voilà pourquoi il y a un tel rassemblement
à Juniper, à présent.

— Je n'en avais pas la moindre idée.

— Aucun d'entre nous ne le savait. » Elle bâilla.
« Ce voyage a été très long pour moi et je commence à être fatiguée. J'espère que tu ne vas pas
considérer cela comme de l'impolitesse, mais... »

Elle se laissa aller contre le dossier et ferma les
yeux.

« Pas du tout », murmurai-je.

Elle avait trouvé le moyen idéal d'échapper à mon interrogatoire. Et cela, au moment même où les réponses devenaient intéressantes.

Je m'enfonçai dans mon siège et attendis patiemment que sa respiration fût régulière ; puis, ses yeux roulèrent doucement derrière ses paupières. Qu'elle rêve à des jours meilleurs, il me reste beaucoup à faire ! J'entrepris, aussi discrètement que possible, de fouiller le carrosse. Aucun papier, aucun parchemin, aucun livre, ni même de cristal jetant des éclairs de feu. Sur un côté, un petit levier, commandant quelque mécanisme parfaitement dissimulé — sans doute l'ouverture de la portière.

Je découvris alors que le siège sur lequel je me trouvais était amovible. Je le fis pivoter et mis au jour un petit compartiment. À l'intérieur s'empilait un tas de couvertures blanches et douces... rien de plus.

Je soupirai et couvris Freda avec l'une d'elles. Autant qu'elle bénéficiât d'un certain confort ! Elle s'agita légèrement, marmonna un « merci » et retrouva son immobilité.

Un peu déçu de n'avoir rien trouvé d'intéressant, je m'installai de nouveau à ma place pour réfléchir à la situation. Freda, remarquai-je alors, avait laissé sur la table la boîte contenant les Atouts. Ma tentation était grande de les parcourir... même s'ils paraissaient inquiétants. J'avais déjà pu constater qu'ils n'étaient pas très utiles sans l'aide de quelqu'un capable de nommer les personnes ou les lieux représentés. Et s'ils s'animaient ? Je ne saurais pas quoi faire, sinon les retourner ou les couvrir de la main, comme Freda l'avait fait. Mieux valait ne pas y toucher.

N'étant équipé d'aucun meuble, le carrosse ne me fournit aucun autre indice à analyser. Tout avait été si proprement nettoyé qu'il ne restait plus une trace de précédents passagers.

Je me tournai vers la vitre, récapitulant tout ce que j'avais vu, tout ce que j'avais fait, ce dernier jour, et me remis à contempler les centaines d'hectares de vertes prairies qui défilaient. Atouts... Ombres... ce voyage enchanté... Juniper... les Cours du Chaos... quel inextricable fatras dans ma tête !

J'étais reconnaissant à l'oncle Dworkin d'être venu à mon secours, après m'avoir abandonné pendant des années, mais, d'une certaine façon, je devinais qu'il devait avoir des motifs cachés. Lesquels ? Quelle place occupais-je dans ses plans ?

Je sentis que les réponses ne me plairaient pas.

Six

Freda *était* réellement épuisée. Quelques minutes après que je l'eus couverte, elle se mit à ronfler. Sans doute, la magie exigeait d'elle plus que ce que j'avais imaginé — même si j'accordais toujours aussi peu de foi à ses dons de voyance. Quand elle avait lu l'avenir dans les Atouts, elle n'avait dévoilé que des bribes d'informations... quelques noms, quelques allusions à de sinistres événements futurs, susceptibles, ou non, d'impliquer Dworkin et ses divers enfants.

Mais, j'*avais vu* un dessin de Juniper ; je n'avais donc pas perdu mon temps. J'avais aussi découvert que je n'avais aucune envie de me rendre aux Cours du Chaos. Cet endroit me donnait la chair de poule.

Après quelques minutes passées à regarder par la fenêtre et à me poser d'autres questions, j'abandonnai. Après tout, Freda a peut-être eu raison, décidai-je ; je m'installai plus confortablement sur le siège rembourré et étendis mes longues jambes.

La nuit avait été harassante ; je n'avais dormi qu'une heure ou deux. Mieux valait me reposer.

Je fermai les yeux. La fatigue me submergea, mais je continuai à me retourner et à me contorsionner pendant un bon moment, sans trouver de position convenable. Je fis défiler mentalement les épisodes de la journée, les questions que je m'étais déjà posées, sans toutefois obtenir davantage de réponses.

Je finis par trouver le sommeil... mais pas un sommeil de plomb ! Il fut tout sauf réparateur. Des visions de Helda et des créatures de l'enfer hantèrent mes rêves ; je fis des cauchemars peuplés de maisons qui brûlaient en dégageant des flammes vertes, de chevaux qui crachaient des étincelles ; au-dessus de tout cela dominait un château de contes de fées atteignant des proportions gigantesques — le légendaire Juniper.

Un peu plus tard, le carrosse amorça un ralentissement. Je sentis le changement d'allure et me réveillai aussitôt, bâillant et m'étirant pour détendre mes muscles.

En face de moi, le menton sur la poitrine, Freda ronflait doucement. Ce n'est pas encore la peine de la réveiller, fis-je en moi-même, attendons d'être définitivement arrivés.

J'écartai le rideau de dentelle et regardai dehors.

Le matin avait fait place à un après-midi tirant à sa fin, à supposer que le soleil couchant constituât un indicateur temporel fiable. Les vertes forêts avaient été remplacées par des champs — et un camp militaire qui s'étirait à perte de vue. D'immenses rangées de tentes, des enclos remplis de chevaux, de moutons ou de bétail, des centaines de braseros et des milliers de soldats — certains dotés de cette articulation supplémentaire au niveau du bras, d'autres entièrement humains — s'offrirent à ma vue. Les parois du carrosse ne laissaient pas filtrer grand-chose, mais j'imaginais parfaitement les bruits habituels d'un camp militaire : fanfaronnades lancées par les troupes en manœuvre ou en repos, claquements des bottes, grincements du cuir et cliquetis des cottes de mailles.

Nous traversâmes un champ immense où des douzaines d'escadrons, en plein exercice, marchaient au pas. Au loin, j'aperçus d'autres soldats qui s'entraînaient, par groupes de deux, au maniement de l'épée. Ces scènes m'étaient familières, mais je n'en avais jamais vu à aussi grande échelle.

Le roi Elnar avait recruté huit mille hommes pour affronter les créatures de l'enfer ; j'avais toujours été persuadé qu'il était à la tête d'une formidable armée. Mais celle-ci l'éclipsait, et de loin. Il doit y avoir des dizaines de milliers de soldats ici, me dis-je, admiratif. Nous traversâmes encore de multiples rangées de tentes.

Au service de qui étaient tous ces hommes ? Un domaine aussi humble que celui de Dworkin ne pouvait subvenir aux besoins d'un si grand nombre de soldats. Il devait avoir des alliés — très puissants. Aucun des quinze Royaumes n'aurait pu rassembler et nourrir une armée aussi importante.

J'ouvris la fenêtre, me penchai à l'extérieur et tendis le cou. Je repérai immédiatement l'endroit vers lequel nous nous dirigions : Juniper. Il était tel qu'Aber l'avait peint. Mais celui-ci ne lui avait pas rendu justice.

L'immense château, aux vieilles murailles de pierres drapées de lierre et de mousse, dressé sur la colline, devait mesurer quatre-vingts pieds de haut. Même à cette distance, je distinguais parfaitement la demi-douzaine de sentinelles arpentant le chemin de ronde.

Notre escorte nous quitta au moment où la route que nous suivions décrivit un virage débouchant sur une longue allée bien droite qui menait à Juniper. Cette fantastique fortification avait été construite avec d'énormes blocs atteignant presque ma taille — quel étonnant savoir-faire, songeai-je. Il paraissait impossible d'assiéger cette place forte.

Sans ralentir, le carrosse entreprit la montée d'une longue rampe surplombée d'un côté par des remparts, et s'engagea dans un impressionnant corps de garde. Enfin, après avoir tourné à droite, il pénétra dans une haute cour pavée de dalles rouges. Il s'arrêta, puis oscilla légèrement quand Dworkin en descendit.

Je me penchai en avant et effleurai le bras de Freda.

« Mmm ? fit-elle.

— Nous sommes arrivés.

— À Juniper ? dit-elle en bâillant.

— Je crois. »

Elle tira le petit levier situé sur sa gauche. La porte s'ouvrit aussitôt et les délicates marches de verre se déployèrent.

Je sortis le premier, fixant les gens qui commençaient à se rassembler. Il y avait autant d'officiers que de serviteurs en livrée rouge et blanche chargés d'apporter de l'eau et des rafraîchissements divers. Je reconnus dans cette foule deux des fils de Dworkin, grâce aux Atouts que Freda m'avait montrés — Locke et Davin. On avait l'impression que tout le monde ressentait un besoin urgent de parler à Dworkin ; en effet, tous l'entouraient et parlaient en même temps. Locke m'ignora ; Davin, lui, me lança un coup d'œil curieux, mais ne m'adressa pas la parole. Visiblement, je n'étais pas assez important pour capter leur attention.

Quand Freda apparut à la portière du carrosse, je lui offris ma main et l'aidai à descendre.

Dworkin semblait nous avoir oubliés. Il était très occupé à donner des ordres — il leur indiquait la nouvelle position des troupes, la quantité de vivres à transporter, déterminait la durée des entraînements et la fréquence des patrouilles. Il se comportait comme s'il avait été le général en charge de cette armée.

« Viens, dit Freda, il va en avoir pour des heures. »

Passant son bras sous le mien, elle me guida vers deux portes immenses, restées ouvertes pour permettre à l'air chaud de l'après-midi de circuler. Un flot de serviteurs les franchissait sans discontinuer.

« Mais s'il a besoin de moi...

— S'il a besoin de toi, il te trouvera dès qu'il sera prêt. Il procède toujours ainsi. »

Je ne discutai pas. J'ignorais encore trop de choses pour prendre une quelconque décision. Mais j'en *savais* suffisamment pour me rendre compte que Freda était ma seule chance, pour l'instant, d'en apprendre davantage sur la surprenante double vie de Dworkin. Il faut que je parvienne à rester en tête à tête avec elle et, en usant de mon charme, que je lui soutire des informations avant que Dworkin ne se mette à ma recherche, décidai-je. Après tout, j'étais bien plus séduisant que la plupart des hommes et j'étais toujours parvenu à mes fins avec les femmes. La séduction serait peut-être le moyen de...

Les deux portes donnaient sur une vaste salle d'audience. De hautes fenêtres étroites en verre coloré, représentant des scènes de chasse et de batailles, couvraient le mur de droite. Des tapisseries, reprenant le même thème, étaient accrochées sur les autres. Plus loin, sur une petite estrade, se trouvait une sorte de trône. Il était flanqué, de chaque côté, de douze chaises plus modestes, disposées en contrebas. Toutes inoccupées. Cependant, la pièce était loin d'être déserte — une dizaine de serviteurs, au moins, vaquaient à leurs occupations, portant des boîtes, des rouleaux de parchemin, des plateaux de nourriture et que sais-je encore. D'autres avaient fait descendre le grand lustre de cristal de la poutre centrale du plafond, et s'affairaient à le nettoyer et à remplacer les bougies usagées.

« Par ici », dit Freda, en se dirigeant vers une porte située à gauche de l'estrade. Après une seconde d'hésitation, je lui emboîtai le pas.

Derrière nous, Dworkin et sa cour s'engouffrèrent dans la salle, parlant tous en même temps. Je crus entendre un des officiers l'appeler « Prince », ce qui me surprit ; mais quand je me retournai pour les regarder, ils disparaissaient déjà par une autre porte.

Alors que nous suivions un immense couloir, je constatai combien Freda était différente, ici, dans ce château. Elle souriait constamment et inclinait la tête pour saluer les serviteurs ou les soldats qui nous croisaient. Tous lui donnaient du « Ma Dame », en faisant la révérence. Et tous me regardaient avec curiosité, sans toutefois me saluer. Freda ne fournit d'indications sur mon identité à personne. Nous fîmes des tours et des détours, et montâmes un gigantesque escalier tournant qui aboutissait au deuxième étage. Là, les serviteurs étaient moins nombreux, mais ceux que j'aperçus avaient l'air plus âgés et plus raffinés. Eux aussi se courbaient et souhaitaient la bienvenue à Freda en l'appelant « Dame Freda », comme s'ils avaient l'habitude de s'adresser à elle régulièrement.

Au bout d'un ultime corridor, nous pénétrâmes dans un vaste salon aux tapis somptueux, rempli de fauteuils et de divans confortables. Une fenêtre en verre coloré, représentant une nouvelle scène de chasse, ouvrait le mur ouest ; le soleil couchant réchauffait la pièce de ses agréables rayons.

« Freda ! » s'exclama une femme assise dans l'un des divans.

Je la dévisageai. Elle semblait plus âgée que Freda. Cependant, elles devaient être sœurs ; toutes deux avaient les traits de Dworkin.

« Pella, tu es revenue ! lui dit Freda, visiblement enchantée. Quand es-tu arrivée ?

— Hier soir.

— Pas de problèmes ?

— Rien qui vaille la peine d'en parler. »

Elles s'embrassèrent chaleureusement, puis Freda me poussa en avant.

« Voici Oberon. »

Pella leva ses sourcils délicats. « L'Oberon-perdu-de-vue-depuis-longtemps ? Je croyais que Père...

— *Non*, l'interrompit Freda, d'un ton plein de sous-entendus. Oberon, voici Pella, ma sœur "de sang". »

L'Oberon-perdu-de-vue-depuis-longtemps ? Je n'étais pas sûr de comprendre ce qu'elle entendait par là. Elle donnait l'impression d'en savoir long sur moi. Comment était-ce possible — à moins que Dworkin ne lui eût parlé de moi ? Mais pourquoi aurait-il pris cette peine ?

Prenant mon air le plus charmeur, je saisis délicatement la main de Pella et la baisai.

« Appelle-moi Obere », fis-je, avec mon sourire le plus engageant.

« Qu'il est *mignon*, dit-elle à Freda. Je pense qu'il va donner du fil à retordre à Aber.

— Aber ? Il est ici, lui aussi ? demandai-je.

— Bien sûr, répondit Pella.

— Je ne crois pas qu'il se soit aventuré hors des murs de Juniper depuis au moins un an, ajouta Freda.

— Il n'est pas sorti du tout ? » m'enquis-je, perplexe. Le château semblait plutôt agréable, mais je n'aurais eu aucune envie d'y rester terré. À sa place, si ne n'avais pas suivi l'entraînement des soldats, je serais allé à la chasse, j'aurais effectué des rondes dans la forêt ou, simplement, exploré de nouveaux territoires.

« Pourchasser les filles de cuisine l'a passablement occupé.

— Ah ! » Je plissai les yeux, quelque peu surpris.

Freda s'adressa à Pella : « Il est tellement naïf. Il a été élevé dans l'Ombre, tu sais. Il ignore presque tout de Père et de notre famille.

— Pas si naïf que ça ! » protestai-je.

Toutes deux éclatèrent de rire, mais d'une façon si gentille que je ne m'en offusquai pas.

Quelqu'un s'éclaircit la gorge derrière nous. Je me retournai et découvris une autre jeune femme appuyée au chambranle de la porte, dans une attitude qui frisait la provocation. Elle était vêtue d'une robe d'un blanc chatoyant dont le décolleté découvrait largement sa poitrine. Elle était plus jeune, légèrement plus petite et bien plus attirante que Freda et Pella. Ses cheveux brun foncé étaient relevés en chignon et son maquillage rehaussait ses pommettes saillantes, son teint pâle et sa dentition blanche et régulière. Elle était splendide... et elle le savait.

Le regard de prédateur dont elle me gratifia, en me détaillant des pieds à la tête, me la rendit immédiatement antipathique.

« Oberon, voici Blaise », dit Freda. Je ne pus m'empêcher de remarquer la froideur de son ton. Apparemment, elle partageait mon sentiment vis-à-vis de cette femme.

« Des présentations ? dit un homme d'un ton joyeux, juste derrière Blaise. Un nouvel arrivant ? »

Il donna un petit coup sur les fesses de Blaise, grimaça un sourire en voyant son air indigné et passa devant elle, virevoltant en un tourbillon d'étoffe rouge.

« Aber ? » m'exclamai-je, en le dévisageant. Il était habillé comme sur sa carte : en rouge, de haut en bas.

« Exact ! » déclara-t-il, en riant. Il s'avança rapidement, me saisit le bras d'une poigne ferme et le secoua. « Et toi, je devine que tu es l'Oberon-perdu-de-vue-depuis-longtemps.

— C'est ça. Mais appelle-moi Obere.

— Laisse-moi te tirer des griffes de ces vieilles femelles, mon frère. »

Il m'entraîna vers le mur du fond, jusqu'à une desserte où s'alignaient des dizaines de bouteilles d'alcool. « Tu veux boire quelque chose ?

— Avec plaisir ! » Je me tournai vers Freda et Pella, puis vers Blaise, et leur demandai poliment : « Voulez-vous vous joindre à nous ?

— Aber connaît mes goûts, répondit Blaise d'un ton boudeur.

— Eau-de-vie de pommes, fit-il avec une grimace, en m'adressant un clin d'œil. Vin rouge pour Freda et Pella. Et pour toi, frère Oberon ? »

Frère... encore ! Pourquoi m'appelait-il ainsi ? J'aurais bien aimé le lui demander, mais je me contentai de répondre : « Ce que tu prendras me conviendra.

— Whisky, sans eau ?

— Parfait. Quelle journée ! »

Il prépara rapidement les boissons et je les fis passer. À nous cinq, nous formions presque un demi-cercle autour de la desserte ; Pella et Freda bavardaient, évoquant des gens dont je n'avais jamais entendu parler ; Blaise faisait semblant de s'y intéresser ; Aber m'observait à travers son verre. Je bus une gorgée de whisky et lui rendis son regard inquisiteur.

« Très bon, ce whisky, commentai-je.

— Il est importé d'une Ombre lointaine. Non sans difficultés et de gros risques... pour moi ! C'est le meilleur que j'ai trouvé.

— Crois-le sur parole, me dit Pella. Il s'est aventuré dans les Ombres, bien plus loin et bien plus souvent que nous tous réunis. Et il en a toujours rapporté quelque chose de délicieux.

— Tout ça pour toi, ma sœur bien-aimée ! » rétorqua-t-il en riant. Puis il leva son verre et porta un toast. « Au roi et à la famille. »

Les autres l'imitèrent.

« À Dworkin qui m'a sauvé la vie », ajoutai-je.

J'aperçus alors notre reflet dans le grand miroir suspendu au mur le plus éloigné. Je les dépassais tous d'une tête ; Aber et Pella étaient les deux plus grands après moi. Mais ce qui retint mon attention, ce fut ma ressemblance avec Aber. Nos yeux n'avaient pas la même couleur, la forme de notre visage et celle de notre nez étaient complètement différentes — mais quelque chose, chez nous, me frappa. Nous avons les mêmes pommettes, hautes et larges, compris-je — et cette similitude ne pouvait pas être qu'une simple coïncidence.

Nous nous ressemblions comme deux frères.

J'avais refusé de l'admettre jusqu'alors, mais je dus me rendre à l'évidence : les jeunes femmes avaient également de nombreux points en commun avec moi. Comme nous en avions tous avec Dworkin.

M'étranglant presque, je posai mon verre. *Mais mon père est mort ; il était officier de marine !*

C'était ce qu'on m'avait répété toute ma vie.

Pourtant, là, face à ces preuves accablantes, une vérité différente s'imposa brusquement à moi.

J'*étais* le fils de Dworkin.

Je devais l'être.

Tout devint clair. L'intérêt que Dworkin nous avait porté à ma mère et à moi. Toutes les leçons qu'il m'avait apprises pendant mon enfance. Son retour inattendu, la nuit dernière, pour me sauver des griffes des créatures de l'enfer, de la même façon qu'il l'avait fait pour Freda et ses autres enfants.

Je *faisais* partie de la famille. Comme ces étrangers faisaient désormais partie de la mienne.

Freda et Aber en étaient déjà informés. Tous

deux m'avaient appelé « frère ». Je supposai que Pella et Blaise le savaient également. J'étais, apparemment, le seul à avoir été laissé dans l'ignorance, trop aveugle, trop stupide ou trop naïf pour deviner mon ascendance véritable.

Pourquoi Dworkin et ma mère ne *m'avaient-ils* jamais rien dit ?

Pourquoi m'avait-on laissé croire, durant toutes ces années, que j'étais orphelin ? C'était injuste ! Pendant toute mon enfance, j'avais désiré une famille identique à celle des autres. Et là, je découvrais que j'avais des frères, des sœurs, un père qui avait été en vie tout ce temps — et je ne l'avais jamais su. On m'avait dépouillé de la famille que j'aurais pu avoir.

Pourquoi ma mère m'avait-elle caché la vérité ?

Pourquoi avais-je passé mon enfance, isolé et solitaire ?

À ma prochaine rencontre avec mon tout récent père, j'avais bien l'intention de lui poser quelques délicates questions. Pour le moment, il me fallait dissimuler cette toute nouvelle découverte. Ma fratrie se comportait comme si j'avais été au courant de nos liens de parenté. Je recueillais, d'ailleurs, plus d'informations quand les gens s'imaginaient que j'en savais plus qu'en réalité ; j'en avais fait l'expérience avec Freda dans le carrosse.

Je me rendis compte, tout à coup, qu'un élément important de la conversation m'avait échappé. Je reportai mon attention sur Aber.

Mon tout récent frère disait : « ... et c'est ce que revendique Locke. Toutefois, je ne suis pas sûr qu'il ait raison.

— Le temps nous le dira », lança Blaise.

Pella éclata de rire. « Ton éternel credo, très chère ! Ça ne s'est encore jamais produit. »

Blaise, se hérissant comme un loup pris au piège, ouvrit la bouche pour rétorquer quelque chose qu'elle finirait par regretter, de toute évidence ; aussi intervins-je rapidement : « Je suis content de vous rencontrer tous enfin. Combien sommes-nous à être déjà arrivés à Juniper ? Freda a parlé d'un rassemblement familial.

— Bien joué, mon frère », fit Aber, en grimaçant un sourire. « Pour répondre à ta question et éviter les chamailleries... », il lança un regard qui en disait long à Blaise et à Pella, « ... quatorze membres de la famille sont déjà présents, nous y compris.

— Quatorze ! m'exclamai-je malgré moi.

— Je sais que cela fait beaucoup, ajouta Freda, mais je suis certaine que tu n'auras aucun mal à mémoriser leurs noms.

— Quand les verrai-je ?

— Ce soir, au dîner, je suppose, dit Aber. La chair fraîche les attire toujours hors de leur trou.

— Aber ! » Freda lui jeta un regard noir.

« De leur lit ?... », s'amenda-t-il.

Freda soupira, puis s'exclama : « Voici Anari. » Elle leva une main couverte de bijoux étincelants et fit un signe à un vieillard en livrée rouge et blanche qui se précipita aussitôt vers elle.

« Ma Dame ? s'enquit-il.

— Conduis le seigneur Oberon à l'étage et trouve-lui des appartements adéquats. » Elle me gratifia d'un sourire éclatant. « Je suis sûre qu'il désire se reposer et se rafraîchir avant le dîner.

— Oui, merci », acquiesçai-je. Même si je n'avais guère envie de m'éloigner de cette desserte, je ne résistai pas à la tentation de faire une sieste et un brin de toilette. Je devais me préparer à veiller ; et, au cours de cette longue soirée, quatorze nouveaux parents épieraient la moindre de mes paroles, le moindre de mes gestes.

De plus, Freda m'avait appelé « seigneur Oberon ». Voilà un titre auquel je n'aurais aucun mal à m'habituer.

« Par ici, Monseigneur », me dit Anari, en se dirigeant vers la porte.

« Alors à tout à l'heure, au dîner ! » Je saluai poliment mes quatre frère et sœurs et pivotai pour le suivre.

Derrière moi, j'entendis le petit rire sot de Blaise et un « N'est-il pas *adorable* ? », prononcé d'une voix presque passionnée, qui me fit rougir. Personne ne m'avait jamais qualifié d'« adorable » jusqu'alors. Je n'aurais pas aimé entendre cela de la part d'une femme avec qui je couchais ; c'était d'autant plus désagréable venant d'une sœur — d'une demi-sœur plutôt, puisqu'il nous était impossible d'avoir eu la même mère.

Toujours est-il qu'adorable ou pas, j'avais fait de mon mieux avec eux. Après tout, j'étais un soldat, et non un familier des raffinements de la bonne société ou de la cour, que ma famille en fît partie ou non. Comme à l'accoutumée, je ferais mon possible ; et ils m'accepteraient tel que j'étais, à peine dégrossi, ou bien me rejetteraient. En tout cas, nous resterions une famille.

« Suivez-moi, je vous prie, Monseigneur », dit Anari. Il tourna à gauche et, à pas lents et mesurés, s'engagea dans un large escalier.

« En quoi consiste votre travail ?

— Je suis le majordome, Monseigneur. C'est moi le responsable de la bonne tenue de cette maison et des serviteurs. »

J'acquiesçai d'un hochement de tête. « Depuis combien de temps êtes-vous au service de mon père ?

— Depuis toujours, Monseigneur.

— Non, je ne faisais pas référence à ma famille... mais à mon père, Dworkin.

— J'ai eu le privilège de servir le seigneur Dworkin pendant soixante-seize ans, comme mon père et mon grand-père avant moi.

— Donc cela signifie qu'il a... », je fronçai les sourcils, essayant d'additionner les années, « ... plus de cent cinquante ans !

— Oui, Monseigneur. »

Je frissonnai, soudain mal à l'aise, et incapable de l'expliquer. Je dois avoir mal compris, pensai-je. Personne ne peut vivre cent cinquante ans. Mais Anari avait dit cela avec un tel naturel... comme s'il le croyait sincèrement et que cela allait de soi.

Dworkin ne m'avait pas donné l'impression d'être âgé de plus de cinquante ans quand il avait frappé à la porte de Helda ; mais, à bien y réfléchir, il m'avait paru bien plus jeune lors du combat contre les créatures de l'enfer.

De la magie, une fois de plus, me dis-je. Cela ne s'arrêtera-t-il donc jamais ?

Anari me fit grimper deux étages avant de me conduire dans l'aile réservée, comme il le précisa, aux appartements de ma famille. Tout, ici, témoignait d'une grande richesse et d'une puissance formidable. Et pas uniquement à cause des tableaux et des tapisseries semblables à ceux que j'avais pu voir en bas. Sur ce palier, ce n'étaient que pavages de mosaïques raffinées, alcôves abritant des statues de nymphes plus ou moins dénudées, plafonds et murs ornés de chandeliers et d'appliques de cristal, pièces dotées de meubles richement dorés. Pendant les décennies — voire les siècles — qu'avait duré sa vie, Dworkin avait accumulé suffisamment de trésors pour remplir une douzaine de royaumes.

« Voici vos appartements, Monseigneur », m'indiqua Anari, en s'arrêtant devant une imposante porte double. « J'espère que cela vous conviendra. »

Il ouvrit les deux battants — et je me retrouvai devant ce qui, à mes yeux, était un véritable palais.

De superbes tapis rouge et or, d'une épaisseur et d'un luxe incroyables, recouvraient le sol. De magnifiques tableaux et des tapisseries somptueuses, montrant des saynètes de contes de fées peuplées de personnages mythiques, étaient accrochés aux murs. Des colonnes dorées supportaient un plafond bleu clair, entouré de moulures, sur lequel on avait peint de grands nuages blancs et même, dans un coin, quelques faucons effectuant un piqué. À droite, autour d'une petite table, trois chaises aux dossiers élégamment recouverts de tissu. À gauche, contre le mur, un petit secrétaire, avec tout ce qu'il fallait pour écrire : plumes, encre, papier, cire à cacheter, sceau, buvard.

« Votre chambre se trouve par là », me précisa Anari, en entrant dans la pièce. Il se dirigea vers une autre paire de portes, cintrées celles-ci, qu'il ouvrit. J'aperçus alors un grand lit à baldaquin et un miroir en pied, ainsi qu'une table de toilette avec broc et cuvette. « Il y a également deux garde-robes et un cabinet d'habillage.

— Merci.

— Je vous en prie, Monseigneur. Avez-vous des bagages ?

— Non, à part mon épée et ce que j'ai sur le dos. »

Il recula et me considéra d'un air grave. « Je pense pouvoir vous trouver quelque chose de convenable pour ce soir. Je m'arrangerai avec l'un des tailleurs du château pour qu'il passe prendre vos mesures, dès demain matin. Après tout, nous ne pouvons laisser un homme de votre stature sans vêtements à sa taille.

— C'est certain », répondis-je aimablement, comme si je tenais ce genre de conversation quotidiennement. « Je vous laisse le soin de l'heure du rendez-vous. Aussi tard que possible dans la matinée.

— Merci, Monseigneur. » Il s'inclina légèrement. « Je ferai tout mon possible pour me montrer à la hauteur de la confiance que vous me témoignez. Maintenant, si vous le permettez, je vais demander qu'on vous prépare un bain chaud.

— Faites.

— Avez-vous besoin d'autre chose ? »

Je faillis éclater de rire. Autre chose ? J'avais besoin de *tout,* à commencer par les réponses aux dizaines de questions que je me posais sur cette famille que je venais juste de découvrir. Mais je me contentai de sourire en secouant la tête et répondis :

« Le bain suffira. Mais où se... ?

— Un valet viendra vous chercher quand votre bain sera prêt.

— Fort bien. Ce sera tout.

— Merci, Monseigneur. » Quand il referma les portes en partant, je remarquai que les vieux gonds massifs grinçaient. Au moins, personne ne pourra me surprendre en pénétrant chez moi, me dis-je — réflexe naturel pour le soldat que j'étais.

Je défis mon ceinturon et le déposai sur le dos d'une chaise sur laquelle je m'assis pour retirer mes bottes. J'appréciai d'être enfin seul. Je lançai mes bottes dans un coin, près de la porte ; puis, j'errai parmi les pièces en admirant les subtiles décorations, les dorures des moulures et de la marqueterie, les tableaux et les tapisseries murales. Je finis par m'affaler sur le lit, étendis les bras et m'enfonçai avec délice dans le duvet d'oie. C'était doux... plus doux que tous les lits dans lesquels je m'étais couché ces derniers temps. Même celui de Helda n'était pas aussi confortable.

Il ne me manque plus qu'une femme douce à mes

111

côtés, me dis-je, en étouffant un bâillement, et je pourrais facilement me considérer ici comme chez moi. Un soupçon de culpabilité vint cependant entacher mes agréables pensées : le roi Elnar et Ilerium étaient toujours assiégés. Je me souvins alors que Dworkin m'avait promis de faire cesser les attaques. À la première occasion, je le presserais de me fournir une explication. Le devoir, avant tout.

Une heure et demie plus tard, après un long bain chaud qui m'avait soulagé de la plupart des douleurs accumulées pendant la journée, je retournai dans mes appartements pour m'octroyer une courte sieste.

Pendant mon absence, le personnel du château avait fait diligence, constatai-je. Mes bottes avaient été cirées ; elles brillaient d'un éclat qui aurait fait pâlir d'envie mon ordonnance. Même mon épée n'avait pas échappé à leurs soins — l'or et l'argent, incrustés dans le manche, avaient été astiqués à la perfection. Je tirai sur la lame, n'en sortant que la moitié, et découvris qu'elle venait d'être huilée ; je n'aurais pas fait mieux.

Je pourrais vraiment m'habituer à cette sorte de vie, pensai-je, en bâillant à me décrocher la mâchoire.

Les valets qui s'étaient occupés de mon bain avaient également pris soin des habits tachés de sueur et de sang que je portai en arrivant, et les avaient remplacés par une longue tunique noire que je m'empressai d'enfiler. Apparemment, Anari n'avait pas encore apporté les vêtements qu'il m'avait promis. Je ne pouvais le lui reprocher — après tout, il n'avait pas été prévenu de mon arrivée.

N'ayant rien de plus seyant à me mettre, ni rien à faire avant le dîner, je me glissai dans le lit et m'endormis presque aussitôt.

Je me réveillai en sursaut quelques instants plus tard ; la lumière de l'après-midi commençait à décroître.

J'avais entendu un bruit. Un bruit suffisamment étrange pour me tirer du sommeil et m'alerter.

Un petit coup frappé sur la porte de la pièce attenante. Si discret que je faillis ne pas l'entendre. Puis un léger grincement de gonds quand la porte s'ouvrit discrètement... furtivement.

Quelqu'un essaierait-il de me surprendre ? Les créatures de l'enfer ne peuvent pas arriver jusqu'ici, songeai-je.

Je m'assis, cherchant instinctivement mon épée. Elle avait disparu — je me souvins alors que je l'avais laissée sur une des chaises de l'antichambre.

« Monseigneur ? » C'était la voix d'un vieil homme, mais pas celle d'Anari. « Seigneur Oberon ?

— Oui, je suis là. » Je me levai et constatai que je portais toujours la tunique que j'avais enfilée après mon bain. Je resserrai sa ceinture, puis me rendis dans la pièce principale de mon appartement, en m'étirant pour décontracter mes muscles. « Qu'y a-t-il ? »

Un homme très âgé, vêtu de la livrée du château, se tenait sur le seuil. De ses deux mains tachetées par la vieillesse, il portait un grand plateau d'argent où s'empilaient des serviettes. Il avait au moins soixante-dix ans et devait être au service de mon père depuis aussi longtemps qu'Anari. Son sourire était aimable et engageant.

« Veuillez m'excuser, seigneur Oberon. » Sa voix tremblotait. « Je suis Ivinius, le barbier. Dame Freda m'a informé que vous aviez besoin qu'on vous coupe les cheveux et qu'on vous fasse la barbe avant le dîner. »

Je passai les doigts sur les poils drus qui couvraient mon menton.

« Très prévenant de sa part.

— Ma Dame *est* très gentille, murmura-t-il. Je l'ai connue tout bébé... le cher ange. »

Il déposa son plateau sur la table. Je pus voir qu'en plus des serviettes il avait également apporté deux petits savons à barbe, plusieurs rasoirs de longueurs différentes et une collection de minuscules bouteilles en verre : des lotions et des parfums, très certainement. Il prit l'initiative d'approcher un des fauteuils vers la fenêtre.

« Laissez, je vais le faire », dis-je, en me précipitant pour l'aider. Il paraissait bien trop frêle pour pouvoir tirer des meubles.

« Nul besoin, Monseigneur. » Il poussa une dernière fois le siège et le plaça là où les derniers rayons du soleil l'éclaireraient, à l'endroit exact qu'il avait prévu. « Asseyez-vous, Monseigneur, je vous en prie. »

Pendant que j'obtempérais, il se rendit dans la chambre, souleva la table sur laquelle étaient posés la bassine et le broc, et la traîna lentement jusqu'à mon fauteuil.

« Avez-vous besoin d'aide ? » demandai-je, en me levant.

« Non, Monseigneur. » Il eut un petit gloussement. « C'est gentil de votre part, mais j'ai commencé à travailler alors que vous n'étiez pas encore né. S'il vous plaît, détendez-vous. Je vais m'occuper de vous dans un instant. »

Il a peut-être l'air gâteux, pensai-je, en me rasseyant, mais il a sa fierté. Et il connaissait visiblement sa force. Avec un petit grognement, il installa la table près de mon fauteuil. Il n'avait pas renversé une seule goutte d'eau pendant le transport.

J'écartai la tunique de mon cou et pris une profonde inspiration de contentement ; puis j'étendis les jambes tout en faisant jouer mes orteils. Un bon rasage et une bonne coupe de cheveux me feront le plus grand bien, me dis-je. Je m'étais contenté de soins plus que succincts au cours de cette dernière année passée sur les champs de bataille... et cela devait commencer à se voir.

Ivinius versa habilement un peu d'eau dans la bassine. Il saisit alors le savon à barbe et, d'une main experte, le fit mousser à l'aide d'un blaireau. Il étala des serviettes sur mes épaules et ma poitrine et savonna généreusement mes joues, mon menton et mon cou. Pendant que ma barbe ramollissait, il choisit sur le plateau le plus long des rasoirs à bord droit — presque aussi long que son avant-bras — et entreprit de l'aiguiser sur la lanière de cuir accrochée à sa ceinture.

À ma grande surprise, je me rendis compte que j'aurais très bien pu me rendormir. Je fermai à moitié les yeux, me laissant bercer par l'agréable odeur fraîche du savon sous mes narines et le frottement de la lame qui passait et repassait sur le cuir. *Les joies de la civilisation...* oui, je m'habituerai très facilement à la vie de Juniper, pensai-je, avec un sourire béat.

Je remerciai intérieurement Freda de m'avoir envoyé Ivinius. Ce que j'avais vu de plus ressemblant à un barbier, durant cette année de campagne contre les créatures de l'enfer, c'était mon ordonnance ; et celui-ci semblait avoir été doté de deux mains gauches, tant il était maladroit. Il avait réussi à rafraîchir ma coupe sans trop d'égratignures ; mais après la première — et dernière — coupure qu'il m'avait infligée en me rasant, je l'avais congédié après lui avoir réclamé mon rasoir. Mon instinct de conservation me l'avait recommandé.

D'une voix presque monocorde, Ivinius continua à me raconter, en chuchotant, des anecdotes sur ses années de service auprès du seigneur Dworkin. Il me parla de son épouse, une cuisinière âgée de soixante-deux ans ; de ses cinq fils, tous valets au château ; et de ses vingt-six petits-enfants et arrière-petits-enfants, dont l'un d'eux aurait bientôt l'âge requis pour entrer dans l'armée. Chaque fois qu'il s'interrompait, je grommelais un « mmm-mmm », un « oui-oui » ou un « continuez » de circonstance, mais, en vérité, je n'écoutais qu'une phrase sur deux.

En tournant légèrement la tête, j'aperçus notre reflet dans le miroir. Je compris alors pourquoi Freda me l'avait envoyé : ma chevelure était tellement emmêlée que même un plongeon dans un bain n'aurait pu la discipliner. De grands cernes noirs entouraient mes yeux. Je faisais dix ans de plus que mon âge. Tout le monde était trop bien élevé pour avoir osé me dire que j'étais dans un état pitoyable... en tout cas, je n'aurais certainement pas été présentable au dîner sans avoir pris soin de moi au préalable.

Ivinius termina d'aiguiser son rasoir et se tourna vers moi. Il pinça délicatement le bout de mon nez entre deux doigts et inclina ma tête sur le côté. Il ne s'était pas rendu compte que je pouvais le voir dans la glace. Soudain il resserra sa prise sur le manche du rasoir ; cela m'inquiéta. Il le tenait désormais comme un boucher s'apprêtant à découper un gigot d'agneau avec son couteau.

De la main droite, j'attrapai son poignet qui n'était plus qu'à quelques centimètres de ma gorge.

« On ne tient pas un rasoir de cette façon, lui dis-je durement, en me tournant vers lui.

— Monseigneur, répondit-il, sur ce ton qu'on prend pour calmer les chevaux. Je suis un barbier. Je connais mon métier. Laissez-moi faire.

— Je préfère me raser moi-même, si cela ne vous dérange pas.

— Si ! Cela me *dérange* », rétorqua-t-il rageusement.

Je repoussai la main armée du rasoir... ou tentai de le faire — car il s'appuya soudain sur moi de tout son poids et de toute sa force. Il était beaucoup plus fort qu'on aurait pu le croire, pour un vieillard.

Sept

Je suis un homme solide — plus fort que la majorité des humains que j'avais combattus. J'aurais pu facilement repousser loin de ma gorge le bras d'un vieil homme.

Et là, pourtant...

Ivinius, malgré son grand âge, était presque aussi fort que moi — plus fort assurément que n'aurait dû l'être un valet de soixante-dix ans.

Notre affrontement devint bientôt une lutte sans merci. Je sentis mes os craquer, les muscles de mon bras saillir et devenir durs comme de l'acier. Grognant sous l'effort, je fis tout ce que je pus pour me débarrasser de lui.

Cela ne suffit pas. Le fait d'être debout lui donnait l'avantage. Il utilisait contre moi non seulement sa force, mais aussi tout son poids. Et le rasoir se rapprochait inexorablement de ma gorge. Je déglutis avec difficulté, me rendant compte que je ne pouvais gagner.

De désespoir, je me campai fermement au sol sur mes deux pieds, et rejetai mes épaules aussi violemment que possible contre le dossier du fauteuil. Celui-ci bascula vers l'arrière. Au lieu de repousser Ivinius, je consolidai ma prise sur son poignet et le tirai de côté. La lame du rasoir fendit l'air, ratant de peu mon nez, et termina sa course non loin de mon oreille droite. J'entendis le craquement sec d'un os qui se brisait.

Ivinius hurla de douleur et laissa tomber le rasoir, en se tenant le poignet. Je le relâchai et exécutai une roulade arrière. Me relevant rapidement, jambes et bras écartés, poings fermés, prêt à me battre, je commençai à reculer, tout en cherchant une arme — quelle qu'elle fût. Malheureusement, mon épée se trouvait à l'autre bout de la pièce, sur le dossier auquel je l'avais accrochée.

« Sortez, lui lançai-je, essayant de gagner du temps. Courez. Vous pourrez peut-être en réchapper. Je vous donne quinze secondes avant d'appeler à l'aide. »

Les yeux exorbités, Ivinius se pencha et ramassa le rasoir, de sa main gauche encore valide.

« Votre mort aurait pu être douce et rapide », grogna-t-il d'une voix rauque. Et il se précipita sur moi.

Je me cognai dans le secrétaire. Cela fera l'affaire, me dis-je.

Bandant tous mes muscles, je m'en saisis et le lançai sur lui. Papier, buvard, encrier et porte-plume s'envolèrent. Ivinius ne parvint pas à esquiver à temps ; une des pattes du meuble le heurta au front. Il s'affala, lâchant le rasoir qui retomba bruyamment sur le sol.

Je me jetai sur lui et enroulai mes doigts autour de son cou ; je remarquai alors que le sang qui s'écoulait de sa blessure au front n'était pas rouge, mais jaunâtre, comme la couleur d'un insecte écrasé, ou celle du vomi. Il n'était pas humain, en dépit des apparences. Voilà qui expliquait sa force incroyable.

« Une créature de l'enfer ! » grondai-je.

Je ne vis aucune émotion humaine dans son regard, ni regret ni imploration. Rien que de la haine.

Je ne me sentais pas non plus d'humeur à m'apitoyer. Ses semblables avaient tué Helda. Depuis un an, ils faisaient régner la terreur sur Ilerium et le détruisaient à petit feu.

« Meurs ! » criai-je.

Je comprimai sa gorge. Ses yeux commencèrent à lui sortir des orbites ; sa bouche émit un horrible gargouillis. Je continuai à serrer, déversant sur cet *assassin* envoyé pour me tuer dans ma propre chambre, toute la rage et toute la haine accumulées depuis des mois contre les créatures de l'enfer.

Il se débattit désespérément pour me faire lâcher prise ; mais avec un bras cassé, il n'était plus de taille à lutter. Par une brusque torsion des poignets, je lui brisai le cou.

Son corps s'affaissa comme une outre se vidant de son contenu. Sa peau changea de couleur, virant à un jaune moucheté de gris. En quelques secondes, ce ne fut plus un homme, mais autre chose... une chose hideuse et difforme, dont les yeux noirs et durs n'en finissaient pas de sombrer au fond de ses joues désormais creuses et osseuses. Des griffes remplacèrent ses doigts couverts de taches de vieillesse et deux rangées de dents argentées s'alignèrent dans la minuscule bouche ronde qui venait d'apparaître à l'extrémité d'une mâchoire pointue.

De la magie.

Quelle que fût cette *chose,* si semblable à un homme, elle avait été ingénieusement grimée. De plus, elle avait dû parfaitement se familiariser avec les habitudes des gens du château, pour parvenir jusqu'à mes appartements et tenter de m'éliminer.

Bien sûr, j'*étais* un étranger, ici ; mais rien dans le discours de ce vieillard n'avait éveillé mes soupçons. Si le miroir n'avait pas été là, j'étais certain que j'aurais été tué. J'avalai ma salive avec peine et effleurai ma gorge.

Au fur et à mesure que se rompait le charme qui l'avait transformé, sa métamorphose se poursuivait. Son nez proéminent se réduisit à de simples trous. Sa peau se couvrit d'écailles délicatement irisées. Puis sa mutation sembla achevée.

Je contemplai un monstre comme je n'en avais encore jamais vu. Il n'avait visiblement rien de commun avec les créatures de l'enfer que j'avais affrontées à Ilerium... alors qu'était-il ? Et pourquoi désirait-il autant ma mort pour se risquer à venir me tuer dans ma chambre ?

La rage qui m'avait animé pendant le combat s'estompait ; je me sentis faiblir ; j'inspirai alors profondément une bouffée d'air purificatrice. J'avais la sensation d'avoir perdu le contrôle de ma vie, et je n'aimais pas cela.

Pourtant, je me trouvais face à un autre mystère. Que faisait cette créature ici, au beau milieu du château de Dworkin ? Comment avait-elle pu échapper à la vigilance des gardes — et même à celle d'une armée entière ? Et surtout, comment avait-elle su où *me* trouver, en se faisant passer pour un barbier ?

Je fronçai les sourcils. On l'avait certainement aidée. Quelqu'un l'avait envoyée — et avait organisé mon assassinat. Même si cette idée me faisait horreur, je savais ce que cela signifiait : un espion s'était infiltré dans le domaine de Dworkin, quelqu'un ayant une position suffisamment importante pour avoir connaissance des allées et venues de notre famille. Quelqu'un capable de faire entrer clandestinement une créature de l'enfer dans le château, de lui fournir des vêtements et des outils de barbier, capable enfin de lui donner assez d'informations pour lui permettre d'arriver jusqu'à moi sans difficulté et de gagner ma confiance.

Je me relevai et me mis à arpenter la pièce, tentant de résoudre cette énigme et de décider de la future conduite à tenir, puis je repris place sur mon siège. Fallait-il appeler la garde ? Non. Je n'étais pas sûr de pouvoir faire confiance aux sentinelles. L'une d'entre elles était peut-être une créature de l'enfer, déguisée, et je ne voulais pas risquer de me découvrir trop rapidement. Peut-être que Freda... ? Elle semblait avoir eu son lot de complots. Ou... Aber le farceur ? En quoi pourrait-il bien m'être utile ? J'avais besoin de conseils... pas d'Atouts !

Il ne restait que Dworkin, et je ne pouvais décemment pas aller me réfugier dans *son giron* au moindre petit problème. Cela donnerait de moi l'image de quelqu'un de faible, d'impuissant, incapable d'assurer sa propre protection... bref, d'une cible idéale.

Une nouvelle éventualité m'inquiéta davantage. Si des meurtriers, accoutrés en valets, erraient dans les couloirs de Juniper, supposai-je, ils pouvaient également se faire passer pour des membres de la famille. Étant donné que je ne connaissais personne depuis assez longtemps pour distinguer le vrai du faux — mis à part Dworkin, peut-être —, je me laisserais facilement berner par un autre assassin. Ivinius avait presque réussi ; je refusais de donner une deuxième chance à ses maîtres.

J'inspirai profondément et me levai. *Si tu as des doutes, ne fais rien dont tu ne sois certain.* C'était l'un des préceptes sur lequel Dworkin avait insisté pendant toute mon enfance. Pas un mot sur cette tentative de meurtre pour le moment, décidai-je. Qui sait... celui qui l'avait fomenté se trahirait, peut-être, en me voyant bien vivant, agissant comme si rien ne s'était produit ?

Quelqu'un allait sûrement s'inquiéter de savoir ce qu'il s'était passé. Il me fallait donc redoubler d'attention.

Un problème subsistait : comment faire ?

Commence par nettoyer, me dis-je. Je devais cacher le corps quelque part et m'en débarrasser à la nuit tombée. Je pouvais le jeter dans les douves ou le faire disparaître dans la forêt, mais la façon de procéder m'échappait ; en effet, j'ignorais comment circuler discrètement dans Juniper — et je ne connaissais pas non plus le chemin le plus sûr et le moins surveillé pour me rendre dans les bois.

Je décidai d'y réfléchir plus tard. Pour l'instant, contente-toi de trouver un plan, décrétai-je.

Je traînai le corps jusqu'au petit salon et le dissimulai derrière une lourde tenture afin qu'il ne fût pas visible de la pièce principale. Avec un peu de chance, les serviteurs ne le découvriraient pas avant que je ne fusse prêt et, avec encore plus de chance, il ne dégagerait pas trop vite une horrible puanteur. Puis je commençai à ranger. Je remis le fauteuil renversé à sa place, ramassai le rasoir d'Ivinius et le posai avec les serviettes sur le plateau, redressai la table de toilette, ramenai le secrétaire à son endroit habituel sans oublier de remettre en ordre buvard et papier — bref, je redonnai à la pièce l'aspect qu'elle avait avant l'affrontement. À ma grande surprise, le pire restait à faire : nettoyer l'encre. Je la frottai du mieux possible avec une des serviettes, puis recouvris la tache sur le tapis avec une carpette.

Pas mal, me dis-je, en reculant pour observer mon travail d'un œil critique. Tout avait l'air plus ou moins en état. Rien ne laissait supposer qu'un combat avait eu lieu et qu'un cadavre était caché dans la pièce attenante.

J'aperçus alors mon reflet dans le miroir qui m'avait sauvé la vie ; je poussai un soupir. J'avais encore des traces de savon sur le visage et sur le cou ; certaines d'entre elles avaient même commencé à sécher et à s'écailler. Bon, j'avais intérêt à faire un brin de toilette avant le dîner — pas la peine de gaspiller des rasoirs aussi bien affûtés, même si, au départ, ils étaient destinés à me trancher la gorge.

Je m'approchai de la table de toilette et me servis du broc et de la bassine pour humecter le blaireau ; je le passai sur ma barbe. Pendant qu'elle ramollissait, je rapprochai le miroir de la fenêtre. Je commençai à me raser avec le plus court des rasoirs — sa lame était pourtant aussi longue que ma main ! Cela occupait mes mains, tandis que je continuais à réfléchir.

Un plan... voilà ce qui était le plus urgent pour moi. Un moyen de différencier un ami d'un ennemi, une créature de l'enfer d'un serviteur ou d'un membre de la famille...

Derrière moi, une lame de parquet craqua. Je pivotai, rasoir brandi. J'aurais dû reprendre mon ceinturon et mon épée. Un autre assassin qui venait achever le travail ?...

Non, ce n'était qu'Aber, grimaçant comme un chiot ayant retrouvé son maître. Je m'obligeai à me détendre. Il tenait dans la main gauche quelque chose qui ressemblait aux Atouts de Freda et, dans la droite, une petite boîte en bois sculpté.

« Un cadeau pour toi, mon frère, dit-il, en me tendant la boîte. Ton premier paquet d'Atouts familiaux !

— Pour moi ? fis-je, en le prenant. Je croyais que c'était Freda la spécialiste !

— Oh, tout le monde a besoin d'en posséder au moins un. Du reste, elle en possède déjà plus que nécessaire.

— Je ne t'ai pas entendu arriver », ajoutai-je, en regardant la porte ostensiblement. Les gonds *n'*avaient *pas* grincé. « Comment es-tu entré ? Existe-t-il un autre moyen... un passage secret ?

— On t'a raconté trop de contes pour enfants, fit-il en riant. Des passages secrets ? Je n'en connais qu'un seul dans tout le château, et le personnel l'utilise constamment comme raccourci entre les différents étages. Ce n'est donc plus un secret pour personne, si tu veux mon avis.

— Alors comment es-tu entré ici ? »

En silence, il leva l'Atout qu'il avait en main et retourna la carte pour me la montrer : ma chambre. Il l'avait fidèlement représentée, des tapisseries accrochées sur les murs jusqu'à l'édredon, en piqué, posé sur le lit.

Brusquement, je me souvins de la façon dont la carte, sur laquelle était peint son portrait, avait paru s'animer, comme s'il prenait vie, quand Freda et moi voyagions dans le carrosse. Son commentaire laconique — sur le fait qu'elle ne souhaitait pas voir Aber nous rejoindre — refit surface dans ma mémoire et prit enfin une signification. Il devait être magicien. Un de ces magiciens utilisant les Atouts pour se déplacer. Voilà comment il était entré, sans avoir besoin d'ouvrir la porte.

« C'est un beau dessin », fis-je, en prenant la carte pour l'étudier. Il avait non seulement reproduit rigoureusement l'aspect de la chambre, mais aussi rendu son atmosphère. Tandis que je l'observais, l'image parut s'animer ; elle devint menaçante... j'avais la nette impression que si j'avais avancé d'un pas, je me serais *retrouvé* dans ma chambre. Je détournai rapidement les yeux et le regardai.

« Je suis content qu'il te plaise, dit-il, en bombant légèrement le torse. Le dessin fait partie de mes nombreux talents, si je puis me permettre.

— Existe-t-il d'autres cartes identiques ?

— Non, c'est la seule que j'ai peinte pour l'instant. »

Au lieu de la lui rendre, je la plaçai sur les serviettes sales empilées sur le plateau.

« J'espère que ça ne te dérangera pas si je la garde ! » J'avais volontairement choisi un ton péremptoire pour m'éviter de lui poser la question. Je n'avais pas envie que lui — ou qui que ce fût — arrivât chez moi sans crier gare.

« Pas du tout. » Il haussa les épaules. « Elle fait partie de ton jeu ; elle t'appartient donc de droit. Tu devrais toujours te ménager un ou deux endroits sûrs où te retirer en cas de besoin.

— Alors... merci.

— Il n'y a pas de quoi. » Il m'indiqua la boîte que je tenais encore à la main. « Allez, regarde les autres. »

Pendant quelques secondes, j'admirai le dragon en nacre incrusté sur le dessus — il m'apprit que c'était une de ses réalisations —, puis défis le fermoir et soulevai le couvercle. À l'intérieur, un compartiment tapissé de velours accueillait un petit paquet d'Atouts, posé à l'envers. Au dos des cartes, le même motif que sur celui de Freda : un pré peint en bleu où trônait un élégant lion doré.

Je sortis le jeu et l'ouvris en éventail — il contenait à peu près vingt-cinq cartes. La plupart d'entre elles représentaient des personnages, presque identiques à ceux de Freda. Je sélectionnai le portrait d'Aber. Il avait l'air encore plus héroïque que sur l'autre exemplaire, si cela était concevable ; sur celui-ci, il tenait une épée sanglante d'une main et une tête de lion tranchée, de l'autre. Il n'avait visiblement aucun problème d'ego.

« Elles sont magnifiques.

— Merci.

— Il faudra que tu me montres comment ça fonctionne, plus tard, quand nous aurons plus de temps. » Je les rangeai dans leur boîte, sans oublier celle que j'avais posée sur le plateau.

« Tu ne sais pas..., commença-t-il. Excuse-moi ! Je croyais que tu savais comment t'en servir. Ce matin, quelqu'un a utilisé ma carte. Pendant une seconde, j'ai cru vous apercevoir, Freda et toi, dans un carrosse.

— C'était bien moi, admis-je. Mais c'était un accident. Je ne savais pas ce que je faisais. »

Il haussa les épaules. « Ce n'est pas difficile. Tu tires une carte et tu te concentres dessus. Si c'est un lieu, tu le verras devenir grandeur nature, comme si une porte s'ouvrait. Fais un pas en avant pour la franchir et tu seras dans cet endroit.

— Et pour les gens ?

— Tu pourras communiquer avec eux, mais seulement s'ils ont envie de te répondre. Une fois le contact établi, on peut aider l'autre à traverser.

— Ça marche dans les deux sens ?

— Oui. Tends la main ; la personne avec qui tu communiques la saisira et te fera entrer. Rapide et enfantin.

— C'est presque trop beau pour être vrai ! », rétorquai-je, un peu sceptique. Qui irait s'embêter à cheval ou en carrosse si une simple carte permettait de voyager vite et sans peine ? « Freda m'a dit que tu aimais les farces. Tu te moques de moi, n'est-ce pas ?

— Non. C'est la vérité. Je dis *toujours* la vérité. Seulement, la plupart du temps, personne ne me croit ! »

J'émis un petit grognement. « C'est ce que disent tous les menteurs.

— Tu ne me connais pas suffisamment pour affirmer cela. Accorde-moi le bénéfice du doute, Oberon.

— Très bien... alors explique-moi comment tu es entré.

— J'ai utilisé l'Atout de ta chambre », déclarat-il, d'un ton solennel, en me montrant celle que j'avais rangée dans la boîte. « J'ai quitté l'atelier de père, il y a quelques secondes. Ce qui me rappelle la raison de ma venue ici : il souhaite te voir. Tu ferais bien de te dépêcher ; il a horreur d'attendre. »

Je ne pus m'empêcher de rire. « Il est des choses qui ne changent jamais. »

Pendant mon enfance, Dworkin avait toujours détesté attendre ; qu'il fût chez le boulanger ou en train de surveiller mes exercices de calligraphie qu'il me pressait de terminer afin de passer à des choses plus importantes, comme le maniement de l'épée ou la tactique militaire.

« Donc... », poursuivis-je, « ... si je me concentre maintenant sur la carte de père, il me tirera dans son atelier ? C'est aussi simple que ça ? » Je ne serai jamais capable de réussir un tour pareil, me dis-je. D'une certaine façon, cela me paraissait incroyablement compliqué.

« Bien sûr. Mais je ne m'amuserais pas à ce jeu avec lui, sous aucun prétexte, à moins d'y être vraiment obligé... il n'aime pas être dérangé quand il travaille. Parfois, il se livre à des expériences délicates ; et si, par malheur, tu en fais rater une... eh bien, rappelle-toi simplement qu'il a un fichu caractère...

— Merci du conseil. » Je savais exactement ce qu'il voulait dire à propos du caractère de notre père. Un jour, sur la place du marché, un soldat qui faisait deux fois sa taille avait insulté ma mère ; Dworkin avait combattu ce malotru à mains nues. Il avait fallu quatre gardes de la ville pour le contenir, sinon il aurait sûrement tué ce type. Je l'avais rarement vu aussi irrité ; ses fureurs étaient vraiment impressionnantes.

Apparemment, certaines choses étaient immuables.

« Laisse-moi finir de me préparer, dis-je, en me tournant vers le miroir et en reprenant le rasoir.

Après, tu pourrais peut-être me montrer le chemin pour m'y rendre ?

— Évidemment, j'en serais ravi.

— Anari était censé me procurer des vêtements. Tu peux sans doute lui demander de se presser.

— Et ça, là ? » Il pointait le doigt vers la porte de ma chambre. À ma grande surprise, je découvris des chausses marron, une chemise verte et des sous-vêtements posés sur une chaise à côté du lit.

« Je dois devenir aveugle », m'exclamai-je, en secouant la tête. « J'aurais juré qu'il n'y avait rien, il y a cinq minutes ! »

Il gloussa. « D'accord, tu m'as eu ! C'est moi qui les y ai mis. Après être passé voir père, je suis allé dans ma chambre pour prendre ton jeu d'Atouts. Ivinius était dans le couloir ; je l'ai chargé de te dire que je t'apporterais ces vêtements. Je suppose qu'il a oublié. »

Soulagé, j'éclatai de rire. « Alors, je ne suis pas fou !

— Non... du moins, je l'espère ! Dis-moi, pourquoi ne l'as-tu pas laissé te raser ?

— Avec ses mains qui tremblent ? Jamais de la vie !

— Évidemment, il *se fait* vieux. » Il haussa les épaules d'un air désolé. « Quelqu'un devrait demander à Anari de nous trouver un nouveau barbier.

— Je pense que ce serait une bonne idée. Je ne voudrais pas me retrouver avec la gorge tranchée. »

Je terminai de me raser rapidement, tout en observant mon frère. Il se tenait debout devant la

132

fenêtre et regardai au loin, par-delà les terres du château. Me voir encore en vie n'avait pas semblé le surprendre. Il paraissait apprécier ma compagnie ; il doit se sentir bien seul, songeai-je. Il m'était facile de l'écarter comme suspect du complot visant à m'éliminer — on ne tuait pas ses amis, surtout pas ceux qui, comme moi, détenaient aussi peu de pouvoirs dans ce château.

Voilà mon premier allié potentiel, décrétai-je.

Je m'aspergeai le visage, puis me séchai avec une serviette. Ce n'était pas une réussite, constatai-je, en me regardant dans la glace et en me frottant le menton, mais cela ferait l'affaire pour le moment. Je me ferais couper les cheveux dès le lendemain, à condition de trouver un véritable barbier.

J'entrepris de m'habiller. Anari avait le compas dans l'œil ; on aurait pu croire que les vêtements étaient faits pour moi, même s'ils étaient un peu justes au niveau des épaules, et un peu lâches à la taille, mais avec une ceinture on n'y verrait que du feu.

« Tu lui ressembles un peu, déclara Aber alors que j'enfilais mes bottes.

— À qui ?

— À Mattus. Ces vêtements lui appartiennent. »

Mattus... encore un de mes demi-frères absents. Je contemplai mon image dans le miroir d'un air plus critique... oui, pensai-je, habillé dans ces couleurs, je ressemble beaucoup à son Atout.

« Freda croit qu'il est mort. Et toi ? » demandai-je.

Il répondit, désabusé : « Je ne sais pas. Il a le même caractère que père ; il est parti après une altercation avec Locke. Maintenant, il peut se trouver n'importe où, en train de bouder et de préparer sa vengeance.

— Pourquoi se sont-ils querellés ?

— Je ne sais pas. Locke ne nous l'a jamais dit. »

Je terminai de m'habiller et voulus prendre mon épée, mais Aber secoua la tête. « Laisse-la. Père interdit les épées dans sa salle de travail. »

J'obtempérai en haussant les épaules. Celui qui avait usurpé l'identité d'Ivinius était mort... il n'y aurait certainement pas d'autre tentative pour m'assassiner, cette nuit. Et me promener désarmé prouverait que j'étais sans crainte... Je n'allais pas dévoiler à mon ennemi, ou à mes ennemis, à quel point j'avais été ébranlé.

« Ouvre la marche !

— Tu veux faire un essai avec un des Atouts ? me proposa-t-il subitement.

— Mais, tu viens de dire que...

— ... Père n'aime pas qu'on les utilise. Pourtant, j'ai peint des Atouts de toutes les pièces intéressantes du château... et de certaines autres qui le sont moins. » Il gloussa. « Ces dernières peuvent l'être encore plus, vois-tu !

— J'imagine. Et je suppose qu'il en existe une pas très loin de l'atelier de père ?

— Il y a un placard à côté de l'entrée principale... il se trouve à une trentaine de pas de la porte de sa salle de travail.

— Non », dis-je en secouant la tête. Même si l'idée d'utiliser un peu de magie me tentait, ce n'était pas le moment. « Juniper est vaste. Je ne parviendrai jamais à me repérer si nous procédons par sauts de puce. Marchons. Cela nous donnera l'occasion de faire plus ample connaissance, et tu pourras également me parler du château.

— Comme tu veux. » Il se résigna à sortir le premier. « Voici mes appartements », m'informat-il, désignant la double porte face à la mienne dans le couloir. « À gauche, ceux de Davin et de Mattus. Locke, Alanar et Titus occupent ceux de droite. Fenn, Taine et Conner, ceux d'en face. Nos sœurs sont à l'étage du dessus. »

Nous descendîmes un immense escalier en pierre qui conduisait au salon où nous avions pris un verre, un peu plus tôt. Chaque fois que nous croisions des serviteurs, ceux-ci s'écartaient, en inclinant la tête, pour nous laisser le passage. Je crus reconnaître certains de ceux que j'avais croisés lorsque j'étais arrivé ; plusieurs me saluèrent en m'appelant « seigneur Oberon ». Les nouvelles vont vite, songeai-je.

Je les dévisageai d'un air vaguement soupçonneux. N'importe lequel d'entre eux pouvait être une créature de l'enfer, espion ou assassin, déguisée en humain. Je n'allais quand même pas devenir *trop* peureux ou paranoïaque ! Si je devais désormais considérer Juniper comme ma maison, eh bien soit ; et si c'était synonyme de danger, tant pis. Je n'allais pas passer mon temps à ruminer, que ce fût à propos d'Ivinius ou d'éventuelles tentatives d'assassinat, sinon les comploteurs auraient obtenu ce qu'ils voulaient... gouverner ma vie.

Non, me jurai-je, je les débusquerai en temps et en heure. Je ne les laisserai certainement pas modifier ma façon de vivre — je continuerai à profiter de la vie, en savourant plaisirs et passions.

Mais par où commencer ? Mieux valait faire parler Aber. Il me révélerait peut-être des choses sur notre famille ou sur la situation militaire actuelle — mon besoin le plus urgent était d'obtenir des informations. Avec tous ces soldats en faction autour de Juniper, et les créatures de l'enfer infiltrées dans ses murs, la guerre dont avait parlé Freda devait être imminente.

Afin de le faire sortir de sa réserve naturelle, je décidai d'aborder un sujet rassurant, avant de passer à des points plus épineux. Ce que m'avait révélé Freda à son propos dans le carrosse me revint à l'esprit : *Aber le farceur*, *Aber l'artiste*, *Aber le boute-en-train* qu'on n'avait pas voulu convier à notre petite réunion par manque de confiance. L'art semblait être un de ses principaux centres d'intérêt.

« Ainsi, c'est toi qui peins tous les Atouts ? » lançai-je. La plupart des gens aiment parler d'eux-mêmes, et son talent pictural me paraissait constituer une bonne introduction.

« Exactement ! » Il grimaça un sourire ; je sus que j'avais visé juste. « Tout le monde se plaît à dire que je n'ai pas seulement hérité du caractère de père, mais aussi de ses dons artistiques. Lui aussi, apparemment, peignait des Atouts, quand il avait mon âge, mais je crois qu'il a arrêté depuis longtemps. Il ne cesse de répéter qu'il y a des choses beaucoup plus intéressantes à faire. Il a toujours une douzaine d'expériences en cours dans son atelier. »

Des expériences ? Un atelier ? Je n'avais jamais connu cette facette de Dworkin à Ilerium... peut-être étais-je trop jeune pour y faire attention.

« Ce qu'il fait m'impressionne toujours autant, poursuivis-je. Ce carrosse sans chevaux, par exemple... »

Il eut un grognement moqueur.

« Tu ne l'aimes pas ? » demandai-je, étonné. Parmi tous les moyens de transport que j'avais utilisés jusque-là, c'était le meilleur, à mon avis... exception faite du cheval.

« Pas vraiment, c'est trop lent ; et quand tu voyages à l'intérieur, tu ne peux pas profiter de ce qui t'entoure. Je lui ai suggéré de supprimer le toit, ainsi les passagers pourraient admirer le paysage.

— Une bonne idée... jusqu'à ce qu'il pleuve ! » Je pensai aussi à ces monstrueuses chauves-souris qui auraient pu fondre sur Freda et moi si nous avions voyagé à découvert.

« Il ne pleut jamais dans les Ombres, sauf si tu le décides. »

« Oui, évidemment », répondis-je, avec détachement. Je voulais cacher que j'ignorais le rapport exact entre les *Ombres* et ma toute récente famille. Nous nous engageâmes dans un autre couloir, laissant le salon derrière nous. Notre conversation revint sur le château de Juniper — quel était le chemin le plus rapide pour se rendre aux cuisines, où se situait la salle des gardes à cet étage (qui abritait aussi une armurerie, la grande salle à manger et même les quartiers du personnel) — et toutes ses pièces qui partaient dans des directions si différentes que j'en avais le tournis. J'étais certain de ne jamais pouvoir m'y repérer seul.

Nous atteignîmes enfin un passage étroit, dépourvu de fenêtres. Sur toute sa longueur étaient accrochées des appliques munies de petites lampes à huile éclairant des murs en pierre et un sol en ardoise, à damiers rouges et blancs. À l'entrée se tenaient deux gardes armés de piques. Ils nous laissèrent passer, inclinant simplement la tête vers Aber, comme s'il était attendu.

Nous avançâmes en silence et nous arrêtâmes à l'autre extrémité, devant une lourde porte en chêne dont les gonds étaient constitués d'impressionnants anneaux de fer. Un bélier gigantesque aurait été nécessaire pour l'ouvrir.

« Attends », me souffla Aber, en jetant un coup d'œil sur les gardes. Il leur était impossible de nous entendre, pourtant il continua de parler à voix basse. « Il faut que je te dise encore une petite chose à propos de notre famille. Tout le monde se montre d'une sagesse exemplaire, à cause de cette guerre imminente. Mais cela ne va pas durer. Il te faudra choisir un camp, et vite. Freda t'aime bien, ce qui m'importe beaucoup. J'espère que tu te rangeras de notre côté. »

Je pris le temps de digérer l'information.

« Votre côté... à Freda, Pella et toi ? fis-je, devinant des dissensions.

— Oui.

— Quant aux autres... Davin et Locke, évidemment... »

Il fit la moue. « Ils se serrent les coudes, les butors ! Oui, Locke et Davin... ainsi que Fenn et Isadora, cette garce de guerrière infernale. »

Je levai les sourcils, étonné par ces propos singuliers.

« Tu ne l'as pas encore rencontrée », fit-il, avec un sourire qui n'avait rien de contrit. « Tu *comprendras* ce que je veux dire, quand tu la verras. Sache, toutefois, que si tu confies quoi que ce soit à l'un d'entre eux, les autres le sauront. Mais aucun ne bougera tant que Locke ne le lui en aura pas donné l'ordre.

— Et Blaise dans tout ça ? »

Il eut un geste dédaigneux. « Elle a d'autres chats à fouetter. Pour l'instant, elle est tellement occupée à séduire les officiers et à jouer les courtisanes avec Leona et Syara — je crois que tu ne les as pas vues non plus, n'est-ce pas ? — qu'elle ne constitue un problème pour personne ; sauf pour père qui n'approuve pas toujours sa conduite, mais qui ne sait comment lui dire qu'elle devrait grandir un peu. Elle aimerait régner sur Juniper, mais n'a pas les appuis nécessaires pour assouvir ses ambitions. De toute la famille, c'est sans doute la plus inoffensive... la moins dangereuse semble le terme le plus approprié pour la décrire.

— Je suis sûr qu'elle serait peinée si elle t'entendait ! »

Aber me donna une légère tape sur l'épaule. « Tu as raison ! Alors, que ça reste entre nous, d'accord ? Si par malheur elle parvenait à prendre les rênes, je préférerais qu'elle soit de mon côté.

— Comme c'est... diplomatique, de ta part !

— Moi, j'aurais dit *intéressé* ! »

Je ne pus m'empêcher de rire. « Ne t'inquiète pas, je sais tenir ma langue. » Je lui jetai un regard de côté. « Je suis un soldat, tu sais. Pourquoi crois-tu que je ne me rallierai pas à Locke ? Après tout, lui et moi semblons avoir beaucoup de choses en commun.

— Le fait que tu t'interroges prouve que tu as déjà fait ton choix.

— Connaître ses options ne peut pas faire de mal. Et opter pour Locke me paraît judicieux. »

Il hésita, puis : « Je vais sûrement regretter mes paroles, mais... tu me plais, Oberon. Je sais que je dois te paraître idiot, mais c'est la vérité. Je ne sais pas pourquoi, mais tu m'as plu au premier regard. Tu ne ressembles à personne de notre famille. »

Je comprenais exactement ce qu'il essayait de me dire. « Ils sont tous si guindés, si rigides, comme s'ils craignaient de dire ou de faire une bêtise », avançai-je. J'avais déjà eu l'occasion de côtoyer ce genre d'individus à Ilerium, notamment parmi les nobles, à la cour du roi Elnar.

« D'après ce que nous avait dit père, Freda et moi pensions que tu serais un second Locke. Mais tu ne lui ressembles pas du tout. Je ne confierais même pas à Locke le soin de nettoyer mes pinceaux. Avec toi, cher frère, je prendrais peut-être le risque. »

Je me grattai la tête. « Je ne sais pas comment je dois le prendre », reconnus-je. Nettoyer ses pinceaux ?

Il éclata de rire. « Comme un compliment, évidemment ! Les bons pinceaux sont les meilleurs amis du peintre. Ils sont plus précieux que les femmes ou le vin... et deux fois plus chers.

— Certainement pas plus précieux que les femmes !

— En tout cas, plus que celles que nous offre Juniper.

— Alors, merci du compliment.

— Je ne sais pas pourquoi, mais je *sens* que tu es un ami, poursuivit-il, les yeux dans le vague. Comme si je te connaissais depuis toujours, comme si nous nous retrouvions après une trop longue séparation et que nous rattrapions le temps perdu. Ça te paraît cohérent ?

— Bien sûr. » Je comprenais parfaitement — je ressentais déjà la même chose envers Freda et lui : j'étais à l'aise.

Je changeai de sujet. « Donc, Locke n'est pas ton ami ?

— Si, quand ça l'arrange... et, généralement, quand il a besoin d'un service. Il m'a emmené boire un verre, il y a un mois. Il voulait que je lui peigne de nouveaux Atouts ; depuis, il ne m'a pas dit deux mots. Non, ce n'est pas tout à fait vrai. Hier soir, au dîner, il m'a dit "passe-moi le vin"... ça en fait quatre !

— Je vois le véritable problème.

— Vraiment ? » Il eut l'air étonné. « Quel est-il ?

— Si tu as dû lui passer le vin, cela prouve qu'il n'y a pas assez de bouteilles pour tout le monde ! »

J'eus droit à un grognement amusé.

« Tu vois ? C'est ce que je voulais dire... c'est pour ça que tu me plais. Personne dans notre famille n'a un tel sens de l'humour. Pas même Freda.

— Ça ne doit pas être si dramatique que ça.

— Pour Locke, nous ne sommes que des pions qu'il utilise à son gré. Cela ne dérange pas Davin. Sa plus grande ambition est de rester un second. Quant aux autres... » Il haussa les épaules. « Personne n'a vraiment envie de servir sous les ordres de Locke. Quand il veut quelque chose, c'est un véritable tyran. Si père ne se démenait pas autant pour nous garder ici, nous serions déjà repartis chacun de notre côté. »

Je ne pus qu'approuver. Tout ce qu'il avait dit sonnait juste.

Au fil des années, j'avais eu l'occasion de rencontrer de nombreux officiers présentant un comportement identique à celui de Locke. Généralement des nobles, et tout ce qui les intéressait, c'était d'asservir leurs inférieurs pour obtenir de l'avancement. Bizarrement, ils arrivaient toujours à se faire des adeptes. Parfois, ces derniers étaient même très nombreux.

Et, invariablement, je me retrouvais en désaccord avec eux.

Aber reprit : « Je me souviens de la première rencontre, en tant qu'adultes, de Freda et Locke ! »

Il secoua la tête. « Il lui a ordonné d'aller chercher du vin, pour lui et pour ses hommes... la traitant comme une simple servante... elle !

— Et Freda a obéi ?

— Bien sûr, comme l'aurait fait n'importe quelle maîtresse de maison digne de ce nom. Au retour, elle lui a renversé le plateau sur les genoux. »

Cela me fit sourire.

Aber ajouta : « Elle ne lui a jamais pardonné... et lui non plus.

— Eh bien, je *peux* comprendre leurs positions respectives », fis-je, en visualisant la scène d'un air amusé. « Pourtant, quelque chose me dit que je devrais quand même me rallier à Locke. Après tout, sa fonction de général en charge de l'armée de Juniper et sa position d'aîné semblent faire de lui le successeur idéal de notre père. Et je suis un soldat ; je m'entendrais certainement avec Locke. Nous... nous devrions nous comprendre tous les deux.

— Tu as tort, mon frère, dit-il avec fermeté. Pour Locke, tu es une menace. Si tu essaies de sympathiser avec lui, tu ne vivras pas assez longtemps pour prendre sa place un jour.

— Il me tuerait ? demandai-je, avec inquiétude. Il tuerait son propre frère ?

— Demi-frère. Et il ne s'en chargerait pas lui-même... il a grandi aux Cours... là-bas, il faut se battre et tricher pour survivre. Ses rivaux n'ont jamais vécu bien longtemps.

— Un meurtre ? » m'interrogeai-je, à voix haute, pensant à Ivinius, le démon-barbier, envoyé pour me tuer dans ma chambre. Locke aurait très bien pu lui donner tous les renseignements nécessaires.

« Disons plutôt une série d'accidents opportuns. Locke est prudent, et personne n'a jamais pu prouver son implication dans ceux-ci. Mais, au fil des années, il s'est produit beaucoup trop d'accidents de chasse ; il y a eu également une noyade, deux suicides et une demi-douzaine de disparitions mystérieuses, rien que dans notre famille. Sans compter ce qui est arrivé à ses adversaires.

— Des coïncidences, je dirais.

— En aussi grand nombre ? Je ne pense pas. » Il détourna les yeux.

« Quand père lui a confié son armée, j'ai su qu'il commettait une erreur monumentale. Il ne renoncera jamais au commandement, maintenant. Et il n'accueillera pas à bras ouverts un rival dans ses rangs.

— J'ai servi des rois et des généraux durant toute ma carrière. Je suis habitué à recevoir des ordres ; je ferais sûrement un bon lieutenant, pour Locke.

— Tu n'as pas d'ambitions ?

— Si, bien sûr. Mais je me vois mal arriver en conquérant et essayer de ravir sa place à Locke. Ce serait une folie. Il commande, grand bien lui fasse.

— Mais... ça ne doit pas se passer comme ça ! laissa-t-il échapper.

— Et, pourquoi ?

— Freda a dit... »

Aber hésita. De toute évidence, le tour qu'avait pris notre conversation ne lui plaisait pas... et j'éprouvais un malin plaisir à ébranler sa volonté d'entretenir avec moi une relation un peu trop intime. Il m'en avait déjà beaucoup appris — en fait, bien plus que je ne l'espérais —, mais il m'en fallait davantage. Et je cherchais un moyen d'y parvenir.

« J'imagine ce qu'elle a pu dire », fis-je, en baissant la voix pour la réduire à celle qu'on prend pour murmurer des confidences. « Je ne faisais que te taquiner, avec Locke. Freda t'a-t-elle... *tout* dit ? »

Il se détendit, visiblement soulagé.

« Elle m'en a dit pas mal, admit-il. Les cartes m'ont surpris. Je ne pensais pas qu'un jour quelqu'un défierait père et Locke. »

Ainsi, Freda m'a bien caché quelque chose quand elle a lu mon avenir, pensai-je. Défier Dworkin et Locke ? Cela ne présageait rien de bon. Les défier de quelle façon ?

Malgré mon scepticisme vis-à-vis des talents de Freda, j'étais intrigué ; je déclarai donc avec une douceur délibérée : « Freda ne *m*'a pas parlé de ce défi. »

Il déglutit soudainement, ouvrant de grands yeux inquiets. « Ah, non ?

— Non. »

Je croisai les bras, attendant patiemment ; un silence gêné s'était installé entre nous. Aber se balançait d'un pied sur l'autre, mal à l'aise, n'osant me regarder ; il fixait l'extrémité du couloir comme s'il n'avait qu'une envie : s'y précipiter pour rejoindre ses appartements.

Je comprenais tout. Freda l'avait incité à se lier d'amitié avec moi, pour découvrir dans quel camp j'étais et tenter de me gagner à leur cause. Malgré cela, Aber me plaisait ; j'avais l'impression qu'il était sincère.

Je voyais bien qu'il cherchait désespérément à ravaler ses paroles et à repartir dans une direction différente. Freda aurait su comment faire, pensais-je. Elle aurait simplement changé de sujet et continué de parler ; ou alors, elle aurait annoncé qu'elle était fatiguée, aurait fermé les yeux et se serait endormie. Elle aurait inventé n'importe quoi pour se sortir de ce jeu du chat et de la souris, de questions et de réponses, dans lequel tout le monde était perdant. Ce pauvre Aber faisait une souris parfaite !

« Et... », insistai-je, après avoir attendu suffisamment longtemps ; comme dans la plupart des questions, la réponse dépendait de la formulation, « ... qu'a-t-elle vu ? »

Il se contenta de me fixer d'un air étonné. « Tu *es* très fort, dit-il finalement. Honnêtement, je croyais que tu n'étais qu'un soldat. Mais Freda a vu juste.

— Je ne *suis* qu'un soldat.

— Non. Tu es encore meilleur qu'elle à ce jeu. Elle ne s'était pas trompée sur toi. Je croyais qu'elle avait perdu la raison, mais je comprends maintenant. Tu constitues bel et bien une menace pour Locke. Et pour notre père. Peut-être pour nous tous.

— Qu'a-t-elle dit ? insistai-je.

— Je suppose que ça ne peut nuire à personne. »
Il soupira, en regardant ailleurs. « Locke et toi allez
vous affronter. Et tu en sortiras vainqueur.

— Et notre père ?

— Lui aussi.

— Elle a vu ça dans ses cartes ?

— Oui.

— Balivernes.

— Non.

— Tu me dis exactement ce que j'ai envie
d'entendre, grondai-je. Je suis censé arriver à Juniper et tout ravager sur mon passage ? Eh bien non,
c'est impossible. Je suis peut-être ambitieux, mais
pas à ce point. Pour l'instant, mon seul but est
d'aider notre père du mieux que je le peux.

— Mais Freda a vu...

— Je m'en moque ! Je ne crois pas à la bonne
aventure. Je le lui ai déjà dit.

— Freda n'est pas une cartomancienne de foire
en quête de piécettes ! » Il parut presque blessé de
mon insinuation. « Elle a été formée dès sa tendre
enfance à repérer les schémas émergeant du
Chaos. C'est une science avérée.

— Et moi, un sceptique avéré.

— Eh bien, tu ne devrais pas. C'est ce qui t'a
conduit ici. » Il soupira et regarda ailleurs une nouvelle fois. Je l'avais visiblement désorienté.

« Continue.

— Je n'étais pas censé t'en parler, mais bon...
Locke te déteste. » Et après une hésitation : « Il
ne voulait pas que père te ramène à Juniper. S'il
n'avait pas été aussi fortement opposé à cette idée,

père serait déjà allé te rechercher depuis des années. »

Depuis des années... Alors, *voilà* pourquoi Dworkin m'a abandonné, songeai-je. De nouvelles pièces de ce puzzle qui constituait ma vie s'agencèrent. C'était Locke, et non Dworkin, qui m'avait laissé en plan, tout seul, à Ilerium, pendant toutes ces années. Même si je n'aimais guère porter un jugement hâtif sur les gens, je me surpris à détester Locke. À le haïr, même. Mon ennemi avait enfin un visage... un visage résolument *humain*.

Locke avait-il pu envoyer Ivinius, le barbier-assassin, dans mes appartements ? Parfaitement plausible ! On a déjà vu des frères s'entre-tuer pour conquérir un trône.

« Qu'est-ce qui l'a fait changer d'avis et convaincu de me ramener ici ?

— Freda. Elle t'a vu dans ses cartes. Elle lui a dit que nous avions besoin de toi ici au plus vite, et que là-bas tu mourrais... et qu'avec toi disparaîtraient tous nos espoirs de gagner la guerre. »

Plutôt commode, pensai-je. Elle pouvait prédire tout ce qu'elle voulait... qui distinguerait le vrai du faux ? Peut-être avait-elle senti qu'un nouvel allié lui était nécessaire. Et qui donc conviendrait mieux que moi ? Moi, un soldat au bras solide qui contrarierait les ambitions de Locke, obéirait à ses ordres et lui serait éternellement reconnaissant d'avoir prédit qu'un jour il prendrait le pouvoir.

Pourtant, elle avait raison sur un point : si Dworkin n'était pas venu à temps pour me sauver, je *serais* déjà mort et enterré à Ilerium.

« Bon, j'ai une question à te poser. Quelle est cette guerre dont tout le monde parle ? Contre qui nous battons-nous ? Et en quoi suis-je censé me rendre utile ?

— Je ne sais pas exactement. Je crois que personne ne le sait... jusqu'à présent les attaques ont été furtives. » Il déglutit avec difficulté. « Freda a dit que tu possédais la clef qui sauverait notre famille.

— C'est tout ?

— Oui. » Je rejetai la tête en arrière et éclatai de rire. « Quelle sottise ! Et tu as gobé ça ? »

Aber secoua la tête. « Mais c'est la vérité, mon frère ! Freda l'a vu... et tout ce qu'elle voit se vérifie toujours. C'est ce qui a tellement inquiété Locke. »

Je retins mon souffle. Aber y croyait vraiment... il croyait en la prophétie de Freda. Pour moi, tout cela avait l'air d'une ruse de devin ; toutes ses prédictions étaient si vagues qu'il devenait impossible de les utiliser — sauf si elle me manipulait pour arriver à ses fins. Toutefois... j'avais vu suffisamment de tours et de miracles, la veille, pour me demander si je n'avais pas complètement tort.

« Bien, finis-je par lâcher, j'espère que c'est vrai. Mais je n'ai aucun moyen de le savoir... personne d'autre non plus d'ailleurs. Même si Freda est convaincue que je peux sauver toute la famille, est-ce une raison suffisante pour Locke de me détester ?

— Non. » Il marqua une nouvelle hésitation.

« Il y a autre chose, insistai-je. Vas-y, dis-le.

— Père a toujours parlé de toi en termes affectueux — peut-être même trop affectueux. Il répétait : Oberon par-ci, Oberon par-là, et racontait quel grand homme d'épée tu devenais, etc. Locke en a toujours été jaloux et, comme *il* se plaît à nous le rappeler, père n'a jamais parlé de *lui* de cette façon, quand *il* était encore aux Cours du Chaos pour son éducation.

— Et, à présent que je suis ici... à présent que son plus grand rival se trouve devant lui, en chair et en os, et qu'il n'est plus uniquement un héros de fables racontées au coin du feu... à présent que Freda a prédit que j'allais sauver toute la famille à sa place... Locke se sent menacé. Il est au bord du désespoir.

— Après tout, c'est lui l'aîné, dit Aber, s'excusant presque. Mais père pourrait facilement choisir un nouveau prétendant... quelqu'un qui aurait sa préférence... *toi.* »

Moi ! Voilà la véritable raison, compris-je. Freda pensait que j'avais une chance d'hériter du titre et des biens familiaux — quels qu'ils fussent. Sans doute l'avait-elle lu dans ses cartes. Sans doute Dworkin lui avait-il donné l'impression que j'étais son préféré. Ou tout simplement détestait-elle Locke au point de lui jeter à la figure le premier rival qui passait par là.

Cela n'avait aucune importance. C'était tellement inconcevable que j'éclatai de rire.

Aber me dévisagea, comme si j'étais devenu fou.

« Je ne vais certainement hériter de rien.

— Les titres reviennent souvent au plus puissant, pas au plus âgé. »

Je secouai la tête. « Je ne suis certainement pas le plus puissant. Je n'ai aucun ami ni allié. En outre, les titres ne m'intéressent pas.

— C'est peut-être en cela que tu es dangereux. Envisage-le sous cet angle. Locke n'a jamais été le préféré de père. Il le sait. Mais son statut d'aîné lui a conféré l'avantage sur toi. De plus, il a toujours vécu ici et secondé père. Pour couronner le tout, il a derrière lui une armée importante qui lui est entièrement dévouée. »

Je levai les sourcils. « Et me voilà ! Arrivant ici pour lui ravir tous ses avantages ! De quelle façon ?

— Eh bien, tu *es* ici. » Il haussa les épaules d'un air contrit. « Mieux vaut tard que jamais. Et ton expérience militaire est grande... probablement supérieure à celle de Locke... tu es un soldat de carrière ! Père nous a parlé de tes batailles contre les créatures de l'enfer. Notre armée a besoin d'un chef énergique... d'un soldat expérimenté. Et puisque, comme tout le monde le sait, tu es censé faire gagner la guerre à notre camp, eh bien... pourquoi *pas* toi ? »

Pourquoi pas, effectivement... Pas étonnant que Locke me déteste et me craigne, pensai-je. Rien n'est plus redoutable qu'une légende... et visiblement mes talents avaient été enjolivés à chaque nouveau récit.

Quant à la prophétie de Freda...

Je répugnai à avouer à Aber que j'étais un homme désintéressé, sans ambition, n'aspirant qu'à retrouver son nom et sa place dans une famille. Cela n'allait pas lui plaire.

Mais je le lui dis. Je désavouai tout en bloc.

« Freda a tout inventé. C'est une plaisanterie, un

mauvais tour destiné à ébranler la position de Locke au sein de la famille. Je n'ai pas envie de régner sur Juniper ou sur quelque autre domaine. Je suis trop jeune pour m'installer définitivement quelque part. À présent que j'ai vu comment on pouvait voyager à travers les Ombres... eh bien, moi aussi j'ai envie d'essayer !

— Mais tu dois le faire ! Tout le monde a envie de régner !

— Pas moi.

— Mais Freda l'a vu.

— Non, elle *a dit* qu'elle l'avait vu.

— Tu la traites de menteuse ?

— Non. » Je haussai les épaules. « Tout ce que je dis, c'est que je ne crois pas aux pouvoirs de Freda ni en ses cartes magiques qui décrivent l'avenir. Et, comme je n'y crois pas, je ne vois pas pourquoi je serais obligé de vivre selon ses prédictions. Je n'ai pas l'intention de prendre ses terres ni ses titres ni son armée à Locke... ou à qui que ce soit.

— Tu penses vraiment ce que tu dis, n'est-ce pas ? » Je crus déceler du respect mêlé de crainte dans sa voix.

« Oui.

— Alors tu es le meilleur de nous tous. » Il s'inclina légèrement. « Et tu es sans doute le seul à mériter de régner.

— Sottises. » Je fis un geste dédaigneux. « Laissons cela à ceux qui en ont envie. »

Il posa une main sur mon épaule. « Je suis sincère, mon frère... je suis vraiment content que tu sois là. Et j'espère que nous pourrons être amis. »

Je lui mis, moi aussi, une main sur l'épaule. « Nous le sommes déjà.

— Freda avait raison, tu sais », dit-il, en retirant sa main. « Tu es le joyau de la famille. Je m'en rends compte, à présent. Locke a toutes les raisons de se sentir menacé, que tu le veuilles ou non.

— Laisse-moi te poser une question... si Dworkin m'aime à ce point, pourquoi m'a-t-il abandonné à Ilerium pendant si longtemps ? Au diable l'opinion de Locke ! S'il l'avait voulu, notre père aurait pu venir me chercher à n'importe quel moment.

— Je ne sais pas. Demande-le-lui. » Il inspecta le couloir. « Il attend... nous devrions y aller.

— Réponds d'abord à une dernière question.

— D'accord.

— Réponds-moi franchement... à quoi tout cela rime-t-il ? Cette guerre, ces tueries... Comment cela a-t-il commencé ? Qui est derrière tout cela ? »

Il fronça les sourcils. Je voyais bien que cela le préoccupait.

« Nous avons des rivaux héréditaires aux Cours du Chaos. Des ennemis, depuis des générations. D'une manière ou d'une autre, quelqu'un de notre clan — Freda pense qu'il s'agit de père, mais elle n'en est pas certaine — a fait quelque chose qui a ranimé l'une de ces vieilles querelles...

— Et on ne peut pas l'enterrer ? Que fait le Roi du Chaos ? Ne pourrait-il pas y mettre fin ?

— Il le pourrait sans doute. Mais nous avons

notre fierté. Si nous allions nous plaindre à Uthor, nous perdrions à jamais notre pouvoir.

— Je vois. As-tu une idée du nom du responsable ?

— Non... mais ce doit être quelqu'un de très influent. Quelle que soit son identité, c'est lui qui a lancé les hostilités en tentant d'exterminer notre famille toute entière... Chacun de ses membres, quelle que soit l'Ombre dans laquelle il se trouvait, a été attaqué d'une façon ou d'une autre.

— Dans quel but ?

— Pour éradiquer la lignée, je suppose. Telle serait son ultime vengeance, non ?

— On dirait qu'il a dépassé le stade de la colère. »

Je pris soudain conscience d'une terrible évidence. Dworkin *avait* raison : c'était bien moi que les créatures de l'enfer *recherchaient* à Ilerium... et moi seul. L'unique but de l'invasion était de *me* retrouver et de *me* tuer.

Il avait précisé que les créatures de l'enfer laisseraient notre royaume en paix, une fois qu'il m'aurait mis à l'abri. Pas étonnant — elles n'avaient plus aucune raison de continuer à se battre si je disparaissais ! Par ma simple fuite, j'avais sûrement obtenu ce que le roi Elnar et ses troupes n'avaient pu mener à bien, en douze mois de batailles.

« Je pense que Freda ne s'est pas trompée sur toi, poursuivit Aber. Tu n'obéirais pas aveuglément aux ordres de Locke, comme tous les autres ; et ça, c'est irremplaçable. Même si, en tant que guerrier, tu ne vaux que la moitié de ce que je crois, tu pourrais fort bien devenir l'héritier.

— Même si je le voulais... ce qui n'est pas le cas..., j'illustrai mes propos d'un grand geste englobant Juniper, ... je ne saurais qu'en faire.

— De Juniper ? » Il gloussa. « Ce n'est qu'une Ombre et tu pourrais facilement en trouver une autre semblable si tu le désirais. Je voulais dire "l'héritier" de la famille. De *nous*... de notre position aux Cours du Chaos. Père possède un titre là-bas, et évidemment les droits et privilèges qui vont avec... »

Il s'interrompit au moment où la lourde porte en chêne devant laquelle nous nous tenions s'ouvrit brusquement. Dworkin plissa les yeux pour me regarder. Il avait l'air très âgé et très fatigué, là, derrière cette porte, comme s'il payait les vingt-quatre heures qu'avait duré notre périple.

« Il m'avait bien semblé t'entendre », dit-il, en me prenant le bras pour me tirer à l'intérieur. Sa main avait conservé une poigne de fer.

« Tu as pris ton temps pour venir jusqu'ici, Oberon. »

Et, abandonnant Aber, il lui ferma la porte au nez.

Huit

Je me retrouvai dans une salle de travail dépourvue de fenêtres, désordonnée et sentant le moisi. De longues tables en bois faisaient le tour de la pièce ; elles débordaient d'amoncellements de papiers, de rouleaux de parchemin, de boîtes en bois, de cailloux aux contours étranges, d'innombrables cristaux de diverses tailles et de matériaux plus difficilement reconnaissables. Sur des étagères murales poussiéreuses s'alignaient des bocaux proprement étiquetés — contenant sûrement des ingrédients de potions magiques et de sortilèges, pensai-je. Sur une des tables, Dworkin avait reconstitué un squelette, en attachant les os blanchis par le soleil à l'aide de fil de fer. Il était doté d'au moins quatre bras... peut-être même huit. Sur une autre, des bougies éclairaient des bouteilles aux formes bizarres remplies de liquides aux teintes variées, dont certains exhalaient, curieusement, des senteurs épicées. À l'extrémité de la salle, sur la gauche, de petites portes étroites donnaient accès à des pièces adjacentes, aussi encombrées que la principale, d'après le peu que j'en voyais.

« Entre, entre », fit-il avec impatience, en se retournant pour me montrer le chemin. « J'ai déjà perdu suffisamment de temps avec ton sauvetage... nous avons du travail ; il vaut mieux nous y mettre.

— Très bien. » J'avais l'impression de retomber en enfance. En même temps, une voix intérieure me conseillait de l'affronter sur-le-champ — et de lui demander des explications sur tous les événements qui s'étaient produits.

Je n'en étais pas capable. Pas encore. Il était toujours mon oncle Dworkin, le mentor que j'admirais et respectais... et à qui j'obéissais. Toutes ces années à mener des hommes, toutes ces années sans sa présence semblèrent se fondre dans la nuit. C'était comme si j'avais de nouveau dix ans et que je suivais ses instructions sans discuter.

Nous passâmes dans la pièce suivante, où livres et parchemins s'entassaient dans le plus grand désordre ; je n'en avais jamais vu autant ailleurs. Il devait y en avoir des milliers.

Il continua son chemin et m'entraîna dans une autre salle pleine d'énormes machines qu'il était vraisemblablement en train de construire. Un drôle de bric-à-brac de mécanismes, à moitié assemblés (ou à moitié désassemblés, je ne savais pas trop), jonchait le sol et les paillasses. De certains partaient des tuyaux et des fils qui reliaient de grosses pierres à des sortes de sphères en cuivre à demi oxydées ; la plus grande devait mesurer au moins quatre pieds de diamètre ; la plus petite ne dépassait pas la taille d'une paume de main. D'autres faisaient penser à des châteaux de contes de fées en verre filé ; à l'intérieur de celles-ci, des lumières roses, blanches et jaunes étaient allumées ou clignotaient brièvement. En face de nous, au beau milieu d'une énorme cheminée occupant tout le mur, des liquides bouillonnaient dans trois vastes chaudrons, bien que visiblement aucun feu ne brûlât au-dessous. Ces potions, ou ce breuvage, laissaient une curieuse combinaison de senteurs — comme l'odeur un peu aigre qui flotte dans l'air après une tempête. Je sentis les petits cheveux de ma nuque se hérisser. Je frissonnai malgré moi.

Dworkin — *père* — le remarqua et gloussa.

« Que fabriques-tu ici ? demandai-je.

— Je distille.

— De l'eau-de-vie ? suggérai-je, me doutant bien qu'il ne s'agissait pas d'une chose aussi simple.

— Des forces de vie.

— Oh. » Je ne sus trop qu'en penser.

Il tira deux chaises à dossier droit et nous prîmes place l'un en face de l'autre ; il évita de me regarder dans les yeux. Se sentait-il... coupable ? De quoi... de ne pas m'avoir dit que j'avais un père, une famille ? De m'avoir caché mon patrimoine ? De m'avoir abandonné toutes ces années ?

Un long silence gêné s'installa, ponctué du faible bruit d'égouttement d'une des machines ou du sifflement régulier d'un des chaudrons.

« Dworkin... », dis-je enfin. « Ou dois-je t'appeler père, comme Aber et les autres ? »

Embarrassé, il s'agita sur son siège. « L'un ou

l'autre fera l'affaire. Peut-être que Dworkin serait mieux... je n'ai jamais vraiment été un père pour toi. Pourtant ce mot sonne bien...

— Alors, qu'il en soit ainsi... *père.*

— Qu'as-tu découvert d'autre, depuis ton arrivée ? demanda-t-il doucement.

— Moins que ce que j'aurais aimé découvrir. » Je déglutis ; j'avais la bouche sèche et, pour la première fois de ma vie, du mal à trouver mes mots. Une boule de la taille d'une orange m'obstruait la gorge ; il m'était vraiment difficile de lui parler calmement, après tout ce que j'avais appris. « Apparemment, tu as des ennemis aux Cours du Chaos... au moins un, en tout cas, qui cherche à éradiquer notre lignée. Malheureusement, il semble que je fasse partie du lot. »

Il acquiesça. « On a tenté de me tuer par deux fois, l'année dernière. Et sept de mes enfants — deux filles et cinq garçons — ont disparu ; je suppose qu'ils ont été assassinés. » Il hocha la tête. « Je ne sais pas qui est le responsable ; j'ai décidé cependant de rassembler tous les autres, dispersés dans les Ombres, en les ramenant ici pour les protéger pendant que je mène mon enquête... et prépare la défense de Juniper, dans le cas où nous serions attaqués.

— Pourquoi ne m'as-tu rien dit ? » demandai-je, en me levant et en me mettant à arpenter la pièce ; il m'était impossible de demeurer immobile une minute de plus. « J'avais le droit de savoir que tu étais mon père !

— Ta mère avait décidé de te le cacher..., souffla-t-il, ... pour te protéger. Elle savait que tu ne resterais pas en place si tu découvrais la vérité sur ta naissance. Tu aurais voulu rencontrer le reste de la famille, traverser et dominer les Ombres...

— Et comment !

— Je me suis donc fait passer pour un ami de la famille pour être auprès de toi, te guider, te regarder grandir.

— Tu t'es surtout assuré que j'apprendrais tout ce qu'il fallait que je sache, dis-je, subodorant la vérité. Tu m'as préparé à une vie militaire. Et, apparemment, tu m'as observé en secret ; tu as peut-être même dirigé ma carrière pendant toutes ces années.

— C'*est* ce que tout père dévoué aurait fait.

— Non. » Je lui lançai un regard furieux. « Un père dévoué m'aurait dit la vérité !

— Et bafoué la volonté de ta mère ?

— Elle était *morte*. Pas moi. Tu m'as abandonné ! Moi, ta propre chair, ton propre sang !

— Je lui avais fait une *promesse*. Je ne donne pas ma parole à la légère, Oberon... je l'aimais trop pour cela.

— Tu l'*aimais ?* » J'élevai la voix. « Alors que tu engendrais des quantités d'enfants dans les autres Ombres ? Combien de femmes as-tu eues ? Dix ? Vingt ? Pas étonnant que tu n'aies pas eu de temps à me consacrer ! »

Il recula, comme si on l'avait frappé. Je lui ai fait plus de mal avec mes paroles que si je l'avais giflé, compris-je. J'avais sans doute eu l'intention de le blesser — mais là, il me faisait pitié.

160

« Tu ne sais rien du fonctionnement des Ombres. Je suis beaucoup plus vieux que tu ne penses. Le temps s'écoule différemment dans chaque monde... »

Je me détournai. Je ne voulais pas lui laisser voir les larmes qui embuaient mes yeux. *Un soldat ne pleure pas*. Tout arrivait trop vite. J'avais besoin de temps pour réfléchir, pour digérer les étranges secrets, enfin révélés, et les demi-vérités dont ma vie avait été faite.

Dworkin — mon *père* — se mit debout derrière moi. Il posa une main sur mon épaule.

« Je suis là, à présent, dit-il avec douceur. Il m'est impossible de modifier le passé, mais je peux te faire des excuses. Peut-être aurais-je dû te parler plus tôt. Peut-être n'aurais-je pas dû faire cette promesse à ta mère. Mais ce qui est fait est fait. Tâche d'en tirer le meilleur parti. Tu connais ton ascendance maintenant. Tu as... une famille. Profite de la chance de nous avoir tous retrouvés. »

Je le regardai. « Je ne sais par où commencer.

— Tu dois te poser des questions. Alors, je t'écoute. »

J'hésitai un instant, cherchant à établir une priorité. « Parle-moi du... comment l'as-tu appelé ?... », j'essayai de me souvenir de ses mots, « ... le Logrus ? Parle-moi des Ombres et de la façon dont toi et les autres vous y déplacez. Je veux apprendre à le faire moi aussi.

— C'est... difficile à expliquer. » Il fronça les sourcils. « Représente-toi un monde unique, un endroit situé au centre de l'univers... une source originelle de vie, de puissance et de sagesse.

— Les Cours du Chaos ?

— Oui, c'est là-dessus que les Cours sont bâties. Elles en sont une partie, mais ne constituent pas le tout. À présent, imagine que le temps et l'univers soient un lac si vaste que tu ne peux en voir le bord quand tu te trouves en son centre. Les Cours du Chaos, flottant au milieu de ce lac, se reflètent dans ses eaux. Et chacun de leurs reflets est un monde à part entière, une ombre des Cours.

— D'accord, intervins-je, sans vraiment savoir où il voulait en venir. Combien existe-t-il de reflets ?

— Personne ne le sait. Des millions. Des milliards. Un nombre infini. Chacun d'eux est un monde... distinct, isolé, avec son propre langage, sa propre population, ses propres coutumes. Plus tu t'éloignes des Cours, plus ces mondes sont différents ; tu finis même par ne plus les reconnaître. Nous les appelons les Ombres. Sur chacune d'elles, tu trouveras toujours tout ce que tu peux imaginer. Et même ce qui dépasse ton imagination.

— Juniper n'est donc qu'une Ombre... », fis-je en plissant le front, ... « ainsi qu'Ilerium... et tout ce que j'ai connu ?

— Oui. »

J'étais abasourdi. Ces quelques mots venaient d'anéantir ma vision de l'univers — et, par là même, la place que j'y occupais. Pas étonnant qu'Ilerium ne fût plus qu'un lointain souvenir !

Rien n'avait d'importance. Rien n'avait *jamais* compté.

Et pourtant... toutes les fibres de mon corps me suggéraient qu'il y *avait eu* des choses importantes. J'*avais* aimé Helda. J'*avais* servi le roi Elnar et Ilerium, de tout mon cœur et de toute mon âme. Cela avait été toute ma vie... ma seule raison d'exister. Tout *avait* été réel... en tout cas pour moi.

Et voilà que Dworkin réduisait tout ce que j'avais toujours connu à un grain de poussière dérivant dans le grand océan d'un immense univers, un endroit incommensurable, si incroyablement vaste que je pouvais à peine l'assimiler.

« Mais tout avait l'air si *réel* ! murmurai-je.

— Les Ombres *sont* réelles. Des gens y vivent, s'y reproduisent. Ils construisent des villes, des empires. Ils travaillent, combattent, aiment, meurent. Et pendant tout ce temps, ils ignorent qu'un univers plus grand existe ailleurs.

— Et le Logrus ? Est-ce ce qui le contrôle ?

— Non. Le Logrus est... » Il marqua une hésitation, comme s'il cherchait ses mots pour décrire l'indescriptible. « C'est une clef qui te permet de trouver ta route parmi tous les mondes de l'Ombre. C'est un peu comme un labyrinthe. Un natif du Chaos qui le traverserait sur toute sa longueur, du début à la fin, pourrait se retrouver avec le Logrus gravé dans son esprit pour l'éternité. Il libère tes sens, te permet de contrôler tes mouvements. Grâce à lui, tu peux franchir les Ombres en toute liberté et trouver ton chemin parmi elles. »

Je me souvins des paroles prononcées par Freda lors de notre périple. « C'est ce que tu as fait en nous conduisant ici.

— Oui. Nous avons traversé de nombreuses Ombres. Nous avons pris un chemin détourné.

— Quand *pourrai-je* emprunter ce Logrus ?

— Bientôt. Le Logrus est un endroit difficile et dangereux. Il ne faut pas le prendre à la légère ; tu dois y être préparé. Après l'avoir traversé, tu te sentiras désorienté... malade même, pendant un certain temps. De plus, outre la faculté de voyager à travers les Ombres, il te confère d'autres pouvoirs. »

D'autres pouvoirs ? Voilà qui retint mon attention.

« Lesquels, par exemple ? m'enquis-je avec prudence.

— Celui-ci. » Dworkin tendit un bras en l'air et retira brusquement une épée du néant.

Je le regardai, bouche bée. « Comment...

— Je la range toujours dans ma chambre. Je savais où je l'avais laissée, et j'ai utilisé le Logrus pour la récupérer... pour jeter un pont entre mon bras et l'endroit où elle se trouvait. Une sorte de raccourci mental, si tu préfères, entre ici et là-bas. »

Il posa l'épée sur la table la plus proche. Je la fixai, n'en croyant toujours pas mes yeux.

« Et je pourrai faire ça ? demandai-je sceptique.

— Pas encore. Pas tout de suite. Tu dois d'abord maîtriser le Logrus. Ça, au moins, ça te revient de droit... c'est une tradition. Personne, pas même le roi Uthor, ne peut te le refuser. Évidemment, le problème est de t'envoyer dans les Cours du Chaos et de t'en faire revenir indemne, et sans que nos ennemis le sachent et nous tuent. Une fois dans les Cours, tu dois réchapper du Logrus. Tout le monde n'y parvient pas, tu sais. Mon frère est mort à sa première tentative. Le Logrus l'a détruit, mentalement et physiquement. Tu vois, ce n'est pas si simple que ça.

— Je veux essayer, déclarai-je avec fermeté. Tu ne peux pas m'agiter un présent sous le nez et me dire que je n'ai pas le droit d'y toucher !

— Chaque chose en son temps.

— Tu recommences à te moquer de moi !

— Dois-je te rappeler combien d'enfants j'ai déjà perdus ? Il est risqué pour chacun d'entre nous de quitter cet endroit, dit Dworkin avec fermeté. Pas maintenant, pas encore. Juniper est bien défendu, pour une Ombre, mais au-delà des terres que nous contrôlons, des créatures nous surveillent. Elles attendent que nous fassions une erreur... n'importe laquelle.

— Eh bien, nous les tuerons ! » J'aspirais à partir, à traverser le Logrus et à disposer des pouvoirs qui me revenaient de droit... les pouvoirs que mon père, mes frères et mes sœurs possédaient déjà. « Ce cristal que tu as utilisé contre les créatures de l'enfer... tu dois bien en avoir d'autres ?

— Ce n'est pas aussi simple. Parmi ceux qui nous épient, certains sont des parents. Les Cours du Chaos... ne ressemblent à rien de ce que tu connais ; et tes connaissances sont limitées. Luttes et conflits y sont encouragés ; seuls les plus forts exercent un réel pouvoir. Je suis resté absent trop longtemps et, à présent, j'ai perdu le peu d'influence que j'avais.

— Je ne comprends pas. »

Il croisa les bras, les yeux dans le vague. « Il existe d'anciens codes d'honneur censés nous empêcher de nous entre-tuer entre Seigneurs du Chaos. Mais ici, dans la plus profonde et la plus lointaine des Ombres, ces codes ne sont pas toujours respectés... parfois, ils sont même oubliés. Je ne suis pas assez influent pour réclamer le respect des privilèges et les protections qui me sont dus. Mais je soupçonne que certains de nos ennemis le sont. Et s'ils venaient à disparaître — assassinés par moi, toi ou l'un des nôtres —, le courroux du roi Uthor retomberait sur nous. Nous n'y survivrions pas. »

Je fronçai les sourcils — tout cela ne me disait rien qui vaille. « Nous serons maudits si nous agissons, ou morts si nous restons inactifs. Si nous tuons des ennemis, il faut que ce soit de la légitime défense.

— Ou que ça ait l'air d'un accident. » Il soupira et secoua la tête lentement. Je me rendis compte qu'il n'aimait pas plus que moi cette situation. « Après tout, renchérit-il, ils ne nous font aucun mal en nous surveillant, du moins c'est ce qu'ils peuvent dire.

— Ils nous espionnent.

— Oui, si tu veux.

— Mais alors, ces créatures de l'enfer, à Ilerium...

— ... étaient des soldats détachés par une autre Ombre, envoyés pour nous retrouver et nous éliminer, mon garçon. Ils ne sont que les *hommes de main* de nos ennemis... Supprimons le cerveau, et le corps mourra. C'est notre seul moyen de survivre.

— Et ce cerveau... qui est-ce ?

— Si seulement je le savais ! Parmi la douzaine de Seigneurs du Chaos, n'importe qui pourrait l'être. Ma famille a son lot de rivalités et de vengeances héréditaires. Et je dois admettre que j'ai fait des erreurs au fil des années... la liste de mes ennemis personnels est bien plus longue qu'elle ne devrait. Il pourrait s'agir de n'importe lequel d'entre eux.

— C'est pour cette raison que tu as quitté les Cours ?

— L'une des raisons. Je croyais qu'ils m'oublieraient, si je me perdais au milieu des Ombres. »

Je me mordis la lèvre pensivement. Son histoire coïncidait avec celle d'Aber ; chacun de ses mots sonnait juste. J'avais déjà eu l'occasion de constater que le simple fait d'être en vie engendrait des inimitiés. Certes, je m'étais trouvé une famille... mais, en même temps, j'avais récupéré ma part de problèmes.

« Avant de commencer, reprit Dworkin, je dois vérifier quelque chose. Cela ne prendra qu'un instant... »

Il se dirigea vers une table encombrée de morceaux de fil de fer, de tubes et d'éprouvettes, de globes de verre ou de cristal et de pots en cuivre — l'attirail complet du parfait magicien ou du parfait alchimiste, à mon humble avis. Il fouilla dans ce bric-à-brac, écartant un objet, en poussant un autre, tout en marmonnant dans sa barbe.

« Depuis combien de temps ces vengeances durent-elles, aux Cours du Chaos ?

— Depuis la nuit des temps. Les Cours existent depuis *très* longtemps.

— C'est-à-dire ? » La famille du roi Elnar régnait sur Ilerium depuis presque un millénaire.

« Chacune des familles des Cours peut établir son ascendance sur des générations, et même remonter jusqu'à celui qui, le premier, a découvert le pouvoir du Logrus. Son nom est désormais oublié, mais on sait qu'il l'a créé avec son propre sang et à l'aide de sortilèges qui lui étaient apparus. Il l'a construit, puis l'a traversé. À la fin de son périple, lorsqu'il a découvert qu'il avait la possibilité de voyager à travers les Ombres, il a bâti un empire qui est toujours debout. Tous ses enfants ont traversé le Logrus en leur temps et ont, à leur tour, bénéficié de cette faculté de se déplacer au milieu des Ombres. Ils sont ainsi devenus les premiers Seigneurs du Chaos et ont fondé toutes les familles nobles, et toutes les grandes maisons qui détiennent encore le pouvoir aux Cours du Chaos. Par conséquent, au fil des générations, ils nous ont engendrés, toi, moi et le reste de notre famille.

— Pendant combien de générations ? Pendant combien d'années ?

— Dix mille... Peut-être davantage. Qui sait ? Le temps importe peu pour ceux qui voyagent dans les Ombres... »

Cela me semblait parfaitement inconcevable. Des règlements de comptes, vieux de dix mille ans...

« Et combien existe-t-il de familles nobles ? Combien y a-t-il de Seigneurs du Chaos ?

— Il existe des centaines de familles, bien que de nombreuses soient mineures, comme la nôtre. Quant aux Seigneurs du Chaos, ils doivent se compter par milliers. Le roi Uthor, en personne, conserve le Livre de la Noblesse où sont inscrits les détails de toutes les lignées, de la plus puissante à la plus humble. S'il reste des survivants à cette guerre imminente, ils y figureront automatiquement. Je... je n'ai donné de détails à personne, aux Cours, sur mes enfants nés dans les Ombres. »

Cela piqua ma curiosité. « Même pas sur moi ? Tu ne leur as pas parlé de moi ?

— Non.

— Ils ont pourtant réussi à me retrouver. Comment est-ce possible ?

— Oui, ils t'*ont* retrouvé. » Il s'interrompit, en fronçant les sourcils. « Intéressante question... Tu *aurais* dû être en sécurité à Ilerium. Personne, aux Cours, ne connaissait ton existence. »

D'après Aber, Dworkin avait souvent parlé de moi à Locke, à Freda et aux autres membres de notre famille. Voilà comment on m'avait retrouvé. Je ne doutais pas une seconde qu'un traître se

169

cachait parmi nous — quelqu'un qui avait révélé mon nom et l'endroit où je vivais.

Mais qui ? Locke ? Freda ? Aber ? Un des autres ? Je déglutis avec peine, faisant défiler leurs visages, un par un. Je n'imaginais pourtant pas que Blaise ou Pella pussent me trahir. Davin, peut-être ?

Tandis que je continuais à chercher, Dworkin reprit : « Une science régit le Logrus. C'est la raison pour laquelle il fonctionne. Il crée une sorte de raccourci mental, un moyen d'imprimer, malgré soi, son image dans l'esprit. C'est la clef qui permet de se déplacer dans les Ombres.

— Existe-t-il d'autres moyens ? Je croyais que les Atouts...

— Oui, il y a d'autres moyens de traverser les Ombres ; il existe aussi des... légendes, si je puis dire, qui parlent d'un autre procédé aux propriétés similaires, bien que celui-ci ait été oublié, ou détruit, il y a des siècles. Le Logrus est donc tout ce qu'il nous reste. Je ne me l'explique pas encore, mais j'ai l'impression qu'il permet à certains d'entre nous de manipuler les Ombres mieux que d'autres.

— Et tu es l'un des meilleurs, je présume !

— Moi ? » Il gloussa. « C'est sans doute ton impression, mais comparé à certains Seigneurs du Chaos, je ne suis encore qu'un gamin maladroit. »

Je haussai les épaules. Décidément, il mésestimait ses capacités. Notre déplacement dans son carrosse sans chevaux et la série de pièges destinés à d'éventuels poursuivants avaient grandement impressionné Freda ; moi-même, je pensais que ce n'était pas si facile à réaliser.

« Tu as dit que je devais me préparer pour le Logrus. De quelle façon ? De quel entraînement ai-je donc besoin ? Dois-je apprendre une nouvelle technique ?

— Il te faudra acquérir force, résistance et détermination, répondit Dworkin. Il y a presque deux cents ans, quand j'ai emprunté le Logrus, il a failli me tuer. Je suis resté entre la vie et la mort, fiévreux, alité pendant quinze jours. Des visions étranges ont défilé dans mon esprit. J'ai rêvé d'un nouveau Logrus, doté d'un diagramme différent ; depuis, le retrouver est devenu l'un des buts de toutes mes recherches. » Il fit un grand geste, m'indiquant la pièce et celles qui lui étaient attenantes. « Après une longue réflexion, j'ai fini par me convaincre que ce nouveau diagramme pourrait être l'objet de la convoitise de nos ennemis.

— Mais comment ? L'as-tu vraiment créé ?

— Non... mais j'en ai souvent parlé ouvertement quand j'étais jeune et je sais que cela m'a valu d'être étroitement surveillé. Après tout, si j'avais créé un nouveau Logrus... une nouvelle source de pouvoir sur les Ombres... qui sait quelles facultés il m'aurait conférées !

— Et tu penses que, pour t'en empêcher, quelqu'un essaie de vous tuer, toi et tous tes enfants.

— C'est une possibilité, admit-il. Mais j'en ai envisagé des dizaines d'autres. La mère de Locke est issue d'une famille influente. Ses parents se sont opposés à notre mariage... et se sont sentis

171

insultés quand je l'ai quittée en emmenant notre enfant.

— C'était ton droit. Locke est ton premier-né et ton héritier présomptif.

— Valéria ne voyait pas les choses de cette façon.

— Ah ! » Je hochai la tête. Il ne faut jamais sous-estimer le pouvoir de l'amour. De nombreuses guerres avaient eu lieu, en Ilerium, pour moins que cela. Et les mères n'ont pas toujours un comportement rationnel quand on touche à leur progéniture.

Nous avions donc deux causes possibles pour ces attaques : premièrement, le désaccord entre Dworkin et la mère délaissée de Locke ; deuxièmement, sa vision d'un nouveau diagramme. Et il avait reconnu qu'il en existait bien d'autres.

Toutefois, l'idée qu'un autre Logrus pût exister me déconcertait. Si Dworkin l'avait concrétisé, et s'il avait fonctionné à l'instar du modèle original, il aurait sans nul doute menacé l'équilibre des Cours du Chaos. Dworkin aurait pu se couronner roi. Et si son Logrus, lui aussi, avait engendré des Ombres, il aurait pu créer de nouveaux mondes à son image...

Je frissonnai. Oui, je comprenais pourquoi ceux qui jouissaient d'une position importante aux Cours du Chaos pouvaient se sentir menacés — au point de vouloir me tuer, moi, le pauvre bâtard que j'étais, ignorant tout de mon ascendance, et abandonné dans une Ombre perdue, sans échappatoire possible.

« Parle-moi de cet autre Logrus. »

Dworkin réfléchit un moment, se gratta la tête, puis se dirigea vers l'une des paillasses où il entreprit de nouvelles fouilles.

« J'en suis arrivé à croire que la raison pour laquelle j'avais eu tant de mal à circuler dans le Logrus était due au fait qu'il ne s'adaptait pas parfaitement au mien. Ils sont aussi proches que des cousins germains, mais ne sont pas identiques. Et ce nouveau Logrus a commencé à émerger aussi chez mes enfants. Chez Freda. Chez Aber et Conner également. Mais pas chez Locke, hélas, pauvre garçon... ou peut-être heureux homme. Ah ! »

Il retira du fouillis une sorte de tige en argent, sertie de diamants, pivota sur lui-même et se rendit à l'autre bout de la pièce. Une petite machine, toute en tubes de verre, fils de fer et mécanismes minuscules emboîtés les uns dans les autres, était posée dans un coin. Je n'avais pas encore remarqué sa présence au milieu de tous les autres appareils, beaucoup plus imposants. En son centre se trouvait une chaise à dossier haut munie d'accoudoirs.

« Voilà ce dont nous avons besoin. Assieds-toi là. Nous allons commencer tout de suite.

— Qu'est-ce que c'est ? m'enquis-je d'un ton dubitatif. Commencer quoi ?

— Je dois regarder ton diagramme personnel. Assieds-toi. Mets-toi à l'aise. C'est l'affaire de quelques minutes. Je vais chercher à savoir s'il te sera facile ou difficile d'emprunter le Logrus. »

Son discours paraissait plausible ; pourtant, mon instinct me fit hésiter. J'eus la vision éphémère d'un autel sur lequel agonisait un homme écartelé et d'étranges motifs qui dérivaient au-dessus de lui ; puis, elle disparut. *Alanar.* Je sus que c'était lui grâce à l'Atout que Freda m'avait montré. Pourquoi la mémoire me revenait-elle subitement ? Qu'est-ce que ça signifiait ? Pourquoi avais-je aperçu un mourant ?

Un étau glacé m'étreignit le cœur. Je paniquai. Je n'avais pas envie de rester là.

« *Assieds-toi*, ordonna Dworkin.

— Ça ne me plaît pas, fis-je, méfiant, en reculant d'un pas. Je ne pense pas que ce soit une bonne idée.

— Balivernes, mon garçon. » Il me prit par le bras et me propulsa en avant. Je m'assis sur la chaise, presque mécaniquement. « J'ai fait subir ce test à tous tes frères et sœurs... et à moi aussi. Il *est* indispensable. »

Il recula, leva sa baguette et la pointa sur moi. J'eus un imperceptible tressaillement ; je m'attendais à voir un éclair brillant ou un rayon de lumière aveuglant — mais il ne se passa rien... ou du moins, rien ne *parut* se passer. Pas un bruit, pas une lueur, ni même un grondement de tonnerre. Uniquement le clapotis des liquides qui bouillonnaient dans les chaudrons.

M'apercevant que j'avais inconsciemment retenu ma respiration, j'exhalai brusquement. De toute évidence, je m'étais inquiété pour rien. Soit la baguette métallique ne fonctionnait pas, soit elle ne provoquait aucune douleur. Je me détendis.

« Encore une minute.

— Que fait cet objet ?

— Il s'imprègne des forces contenues en toi. Tiens-toi tranquille. Ne te lève surtout pas. »

Il opéra quelques réglages sur la baguette et la machine s'anima soudain, produisant un vrombissement et un craquement de bois sec. Je fis un bond de trois pieds au moins sur mon siège. Tournant la tête, je levai les yeux vers ce mécanisme complexe. Au moment où les rouages et les engrenages se mirent à tourner, des étincelles bleues jaillirent et se propagèrent sur toute sa surface. Un chuintement de bouilloire portée à ébullition s'en échappa.

Dworkin s'approcha et inséra la tige d'argent dans un orifice, au centre du mécanisme. Je ressentis au même moment un drôle de picotement à la base du crâne, un peu comme un début de migraine. Des souvenirs affluèrent brutalement, puis disparurent ; ma vie entière défila en images : ma petite enfance avec ma mère, mon adolescence avec Dworkin et même mes années passées au service du roi Elnar. J'aperçus Helda, et une douzaine d'autres femmes que j'avais aimées avant elle.

Les images se télescopaient sans ordre précis. De plus en plus rapidement. Le chuintement de la machine se transforma alors en un sifflement strident qui retentit jusqu'au tréfonds de mon être.

Des villes et des villages... des batailles et de longues marches éreintantes... des fêtes et des jours fériés... mon septième anniversaire et le cadeau de Dworkin : ma première épée... les combats contre les créatures de l'enfer... mes jeux avec des gamins dans les rues... les visages de gens oubliés depuis longtemps...

Un diagramme prit forme lentement devant moi, tout en arabesques et courbes élégantes, boucles et vrilles en perpétuel mouvement circulaire ; ce dessin géométrique qui se déformait sans cesse me rappela quelque chose que j'avais dû, jadis, voir en rêve. Des étincelles bleues flottaient autour de moi. Au milieu de tout cela, je distinguais à peine la silhouette de Dworkin qui, mains levées, traçait le diagramme dans les airs, entre lui et moi. Au contact de ses doigts, celui-ci prit l'éclat d'un rubis.

Les souvenirs continuaient d'affluer, de nouveaux visages, de nouvelles batailles, des tranches de vie disparues depuis longtemps. Ils arrivaient de plus en plus vite, s'emmêlant, puis se voilant. Le sifflement, à l'arrière de ma tête, s'était mué en une stridulation qui me vrillait le crâne. Mes yeux me brûlaient. J'avais la chair de poule. Je tentai de m'éjecter du siège, d'échapper à la machine de Dworkin, mais je ne pus bouger ni mes bras ni mes jambes. Lorsque j'ouvris la bouche pour le supplier d'arrêter, seul un cri déchirant en sortit.

La machine était en train de me tuer.

J'essayai de lui opposer un blocage mental, mais cela ne fit qu'amplifier la stridulation. Je fermai les yeux en crispant mes paupières et sentis mes pensées partir en lambeaux. Mes souvenirs s'envolaient. Impossible de me concentrer. Il ne restait que douleur... douleur... *douleur...*

Je haletai comme un poisson hors de l'eau ; j'essayai de respirer...

Puis les ténèbres m'enveloppèrent.

Neuf

Je rêvais.

Je volais... je flottais... je dérivais...

Je vis des monstres à tête de serpent et un éventail de mondes en perpétuel mouvement...

Ilerium, sous la coupe des créatures de l'enfer...

Les Cours du Chaos, identiques à celles de la carte de Freda... Au-dessus d'elles, d'étranges dessins lumineux palpitaient dans les airs ; autour de moi les bâtiments se déplaçaient telles des créatures vivantes ; les coins des rues se repliaient sur eux-mêmes, formant des angles inconcevables, et pourtant...

Puis de vastes étendues désertiques, des océans infinis et des forêts vierges où l'homme ne pénétrerait probablement jamais...

Venez...

Déserts, marécages...

Villes bourdonnantes comme des ruches...

Rochers battus par les vents sans aucune trace d'eau ni de vie...

Venez à moi...

Je frissonnai. Une sensation de haine et de dégoût, bien ancrée dans ma mémoire, déferla en moi. Cette voix... je l'avais déjà entendue !

Venez à moi, fils de Dworkin...

Je me sentis attiré malgré moi, comme un insecte vers la flamme. Je m'élançai dans le noir ; je franchis des distances incroyables, dans une obscurité glaciale, jusqu'à un monde aux couleurs étranges. Des images imprécises voltigeaient, géométries bizarres dérivant comme des flocons de neige, formes à l'intérieur de formes, elles-mêmes imbriquées dans d'autres formes. Ce mirage commença à s'éclaircir, puis s'estompa.

Je me retournai avec lenteur et découvris une tour entièrement faite de crânes. Je retrouvai fugitivement un souvenir sinistre. Je suis déjà venu ici, me dis-je, il y a très longtemps.

Venez à moi, fils de Dworkin...

Je ne pouvais résister à cette voix. Tel un fantôme, je traversai le mur de la tour. Un escalier, composé d'os de bras et de jambes, s'enroulait sur le mur interne et s'élevait vers des ténèbres, puis redescendait vers un épais rougeoiement tremblotant.

Je fus entraîné vers le bas. Le rougeoiement se mua en une lueur de torches vacillante qui éclaira une scène familière : des gardes en armure entouraient un vaste autel en pierre. Et, sur cet autel, un corps enchaîné, et en sang...

Taine !

Malgré ses traits tirés, son teint blafard et le fait qu'il semblait plus âgé de dix ans, je reconnus mon nouveau frère grâce à l'Atout du jeu de Freda. Sur sa joue gauche, une cicatrice, témoin d'un duel passé, identique à celle qu'Aber avait dessinée. Et il avait le visage de Dworkin... Leur ressemblance était même plus frappante, là, sur cet autel, qu'au moment où son portrait avait été exécuté.

Nu et maculé de sang, il reposait sur le bloc de pierre, tel un aigle aux ailes éployées. Il vivait encore. Les yeux exorbités, je voyais sa poitrine se soulever avec régularité.

De lourdes chaînes entravaient ses bras et ses jambes. Une douzaine d'entailles, longues mais superficielles — certaines semblaient dater de plusieurs jours, d'autres étaient visiblement toutes fraîches —, avaient craquelé la peau lisse de son visage et de ses bras. Ses ravisseurs s'efforcent de le maintenir en vie, constatai-je. Aussi douloureuses que fussent ses blessures, aucune n'était mortelle. Seule une infection constituerait un véritable danger à court terme.

Le sang continuait de s'échapper des coupures les plus récentes ; mais, au lieu de s'écouler vers le sol, les gouttelettes écarlates *s'élevaient,* flottaient autour de lui et se dispersaient paresseusement. Tandis que je continuais à les fixer, elles s'aplatirent, l'une après l'autre, et s'étirèrent pour former de minuscules fenêtres s'ouvrant sur d'autres mondes.

Dans nombre de ces ouvertures, j'aperçus Juniper et le camp militaire qui l'entourait.

Ils nous épient, me dis-je. *Pas étonnant que quelqu'un ait su où envoyer Ivinius pour me tuer. Ils peuvent voir tout ce qui se passe.*

À l'intérieur de la tour, la lumière s'atténua brusquement ; tout devint assourdi et lointain. Les couleurs s'affadirent ; le monde, autour de moi, commença à se retirer comme un reflux pressé. La tour de crânes — cet espace aux géométries invraisemblables — disparut dans l'obscurité...

Je réintégrai mon corps d'un seul coup. Quel choc ! Une impression d'avoir sauté dans un lac gelé ! J'en eus le souffle coupé.

« *Bois*... », m'ordonna une voix.

Je me redressai et recrachai un liquide qui m'avait brûlé la bouche et la gorge.

« Que... », tentai-je de dire. Mais je ne réussis qu'à émettre un « *kkkeee* » étouffé.

J'aperçus Dworkin à travers le voile de mes yeux larmoyants. Il tenait une petite tasse en argent qu'il pressait contre mes lèvres. Cette fois, lorsqu'il m'en versa une cuillerée dans la bouche, je sentis le goût d'une eau-de-vie vieille et onctueuse.

Que m'avait-il fait ?

Mon corps tout entier me faisait mal et refusait de m'obéir. Mes mains tremblaient. Quand j'essayai de le repousser et de me redresser, je ne fis que me tortiller comme un poisson hors de l'eau.

« Taine... », bredouillai-je.

Dworkin sursauta, nous aspergeant tous deux d'eau-de-vie.

« Comment ? Que dis-tu ? »

J'inspirai profondément et bandai tous mes muscles. Levant une main, je l'écartai. Mes membres étaient engourdis et faibles, comme si l'on avait remplacé mon sang par du plomb. Me lever, en m'aidant des deux mains, exigea un effort surhumain, mais j'y parvins.

La pièce tanguait dangereusement. Je me retins en m'accrochant à une table.

« Où... », commençai-je à demander. J'avais prononcé ce mot avec plus ou moins de succès.

« Prends le temps de récupérer, mon garçon. Tu viens de subir un test difficile. »

Je fronçai les sourcils. « Oui... je... me... souviens. »

Je m'appuyai sur le bord de la table et m'assis, attendant de retrouver mon équilibre. Dworkin me mit alors la tasse dans les mains. Je pris une autre gorgée que j'avalai lentement.

« Je sais que ce que je viens de te demander a été... très difficile pour toi. Mais c'était nécessaire.

— Qu'est-ce qui était nécessaire ? » Je me redressai sur les coudes, nauséeux, pris de vertige.

« J'ai regardé à l'intérieur de toi, au cœur même de ton âme. Après avoir tout chamboulé et vu ce qu'il y avait à voir, j'y ai remis bon ordre et me suis éclipsé.

— J'ai mal à la tête. » Je grognai, fermai les yeux et me mis à frotter mes paupières. Un millier d'épingles se fichèrent dans mon crâne et se transformèrent en une forte migraine — semblable à celles qui me vrillaient les tempes, après une nuit passée à consommer trop de tord-boyaux bon marché, ou trop de femmes.

« Oberon... » Il marqua un temps d'hésitation.

Je m'obligeai à ouvrir les yeux et lui jetai un regard trouble.

« Tu viens de prononcer un mot qui ressemblait à un prénom.

— Taine », répétai-je, me remémorant mon rêve.

« Eh bien quoi ? Que lui est-il arrivé ?

— Il est blessé.

— Où est-il ?

— Ce n'était qu'un cauchemar. » Je secouai la tête. « Je m'en souviens à peine.

— Essaie de te le rappeler, insista-t-il. Taine... l'as-tu vu ?

— Oui... dans... dans une tour faite d'os, je crois. » Je plissai le front, m'efforçant de retrouver les détails. « J'ai entendu une voix... une voix de serpent. Ils retenaient Taine sur un autel.

— Ils ? Qui sont-ils ?

— Les gardes... les créatures de l'enfer... mais elles sont différentes de celles d'Ilerium...

— Et Taine était vivant ? Tu en es sûr ?

— Oui, je crois.... Ils avaient besoin de son sang pour... Son sang, il *s'élevait* !

— Continue. Que font-ils de son sang ?

— Je ne sais pas...

— *Réfléchis !* C'est important ! Essaie de te souvenir ! »

Je fermai les yeux à moitié, essayant de visualiser la tour et le sang en suspension. « Je pense qu'ils étaient à notre recherche. J'ai vu Juniper dans une fenêtre découpée... dans une goutte de sang, je crois. »

Je secouai la tête ; les images de mon rêve s'évanouissaient, devenant aussi insaisissables que des feux follets.

Dworkin se tassa sur lui-même. « Le sang s'écoule vers le ciel des Cours du Chaos, dit-il d'un air hébété. Tu n'y es jamais allé. Il est impossible que tu saches...

— Ça ne pouvait pas être réel.

— Je pense que ça l'était. Et si tu as vu Taine... c'est qu'il est en vie ! Voilà une bonne nouvelle. J'avais abandonné tout espoir.

— Il vaudrait mieux pour lui qu'il soit mort, étant donné ce que j'ai vu.

— Tous les enfants du Chaos recouvrent la santé rapidement. Si nous parvenons à le retrouver... et à le secourir...

— Tu crois que c'est possible ?

— Je vais y réfléchir.

— Et le Logrus ? » m'écriai-je, en me soulevant sur les coudes. Je ressentis une pointe d'excitation à l'idée de le traverser. « Quand pourrons-nous partir ? »

Il marqua une pause.

« Qu'y a-t-il ? insistai-je. Tu as dit qu'il me revenait de droit. Tu as dit que même le roi Uthor ne pouvait m'empêcher d'y accéder.

— Oberon... j'ai une mauvaise nouvelle pour toi. Tu ne peux pas te rendre dans le Logrus. Pas maintenant. Ni jamais.

— Non, c'est impossible ! » Un sentiment de colère et d'indignation m'envahit. J'avais passé ma vie à être dépossédé. On m'avait privé d'un père. D'une famille. De tout ce qui aurait dû être à moi. Je *dominerais* le Logrus, même si je devais pour cela emprunter un des Atouts magiques d'Aber et me rendre tout seul aux Cours du Chaos.

« Écoute-moi, fit-il d'un ton insistant. Ton diagramme est en quelque sorte *faussé*. Il est encore plus déformé que le mien... tellement tortueux que j'ai failli ne pas m'y retrouver.

— Et ? » Sa réponse n'avait aucune signification pour moi.

« Tu ne peux pas entrer dans le Logrus. Il te détruirait, comme il a détruit mon frère, comme il a presque réussi à nous détruire, Freda et moi. Tu *mourrais*, Oberon. »

Je détournai les yeux. Ma migraine revenait en force, comme si des lames de couteaux me transperçaient le crâne.

« Alors, c'est tout ? » J'avais l'impression que mes jambes se dérobaient sous moi. « Et tu ne peux rien y faire ? Tu ne peux pas y remédier d'une façon ou d'une autre ? Le faire fonctionner ?

— Je *suis* désolé, mon garçon. » Son regard se fit lointain, songeur. « À moins que...

— À moins que quoi ? » S'il avait une idée, le moindre plan qui pût m'aider, je ne manquerais pas de m'en emparer.

Mais Dworkin se contenta de soupirer, en hochant la tête. « Non. C'était stupide, mieux vaut ne pas en parler. Tu dois te contenter de ce que tu es. Au moins, en agissant ainsi, tu auras peut-être la vie sauve. Je sais que c'est une piètre consolation pour toi, aujourd'hui, mais ça pourrait être une bénédiction déguisée. Chasse le Logrus de ton esprit. Nous ne pouvons rien faire de plus pour le moment. »

Pour le moment. Ces derniers mots sous-entendaient qu'il pourrait y avoir des plans à l'avenir. Des plans dont il n'avait, visiblement, pas l'intention de me faire profiter. En tout cas, pas encore.

« Très bien », conclus-je. Je ressentais une douleur lancinante derrière les yeux, comme si deux aiguilles cherchaient à s'enfoncer simultanément dans mon cerveau. Je ne me sentais pas d'attaque à lutter contre lui à propos du Logrus. Nous aurions bien le temps, plus tard.

Laissons-le croire que j'abandonne, me dis-je. J'en parlerai à Aber tout à l'heure. Mon récent frère ne semblait pas avare de confidences. S'il existait un autre moyen d'atteindre le Logrus, ou de l'imprimer dans mon esprit, il pourrait parfaitement en avoir connaissance. J'avais découvert trop de choses, que Dworkin m'avait cachées jusque-là, pour me fier à lui aveuglément. D'après moi, il avait inventé ça de toutes pièces pour continuer à me manipuler.

J'examinai les preuves dont je disposais. D'abord, la façon dont je pouvais changer de visage à volonté, quand je n'étais qu'un enfant... jamais je n'avais rencontré quelqu'un d'autre capable de le faire. Et qu'en était-il de ma prodigieuse force physique ? J'*étais* deux ou trois fois plus fort qu'un homme normal. Sans parler de ma présence d'esprit à toute épreuve — ne m'étais-je pas rétabli avec une étonnante rapidité ? Si mon diagramme était si tortueux, comment avais-je pu réussir tous ces exploits ?

Non, pensai-je, tout concorde... bien mieux que Dworkin ne veut l'admettre. J'avais déjà eu un certain pouvoir sur le Logrus — évidemment, comparé à celui des autres, il était ridicule. Tous ces petits signes tendaient à démontrer le parfait fonctionnement de mon Logrus interne.

Et s'il avait raison ? demanda une petite voix dans ma tête. *Que se passera-t-il si tu ne maîtrises pas le Logrus ? Que feras-tu si tes pouvoirs magiques se réduisent à ce que tu viens d'énumérer ?*

Cette pensée me déplut.

« Prends mon bras », dit-il.

Avec son aide, je parvins à marcher jusqu'à la chaise sans m'effondrer. Ma tête bourdonnait encore, mais moins qu'avant. Mon esprit semblait s'être clarifié ; je ressentais une espèce de chaleur et de bien-être. Sans doute l'eau-de-vie, songeai-je.

Dworkin se déplaça pour remplir de nouveau ma tasse ; je ne l'en empêchai pas. Je bus son contenu d'un trait. Après une seconde d'hésitation, il recommença à la remplir et je la vidai, une fois de plus, jusqu'à la dernière goutte.

Une sensation de brûlure envahit ma gorge et se répandit jusque dans mon ventre. Je fermai les yeux et pivotai sur mon siège ; je refis une tentative pour revoir l'image de Taine étendu sur l'autel, mais échouai. Mon rêve, ma vision — peu importait ce que c'était — avait disparu.

« Tu as assez bu comme ça.

— Non », dis-je, en secouant la tête. Ce fut une erreur. Cela me donna la nausée. « Je n'en ai pas encore assez bu... loin s'en faut. Je crois que j'ai besoin de ne pas dessoûler pendant au moins trois jours.

— Ne laisse pas le Logrus te chagriner, mon garçon, fit-il, en me tapotant l'épaule. Tu as grandi sans lui. Ce que tu n'as jamais eu ne peut te manquer.

— Ne peut me manquer ? » Une colère noire monta en moi. Mon cerveau se mit à fonctionner à toute vitesse, additionnant toutes les fautes qu'il avait commises contre moi ; je ne pus empêcher un flot de paroles de jaillir de ma bouche. « As-tu idée de ce que l'on ressent quand on grandit en Ilerium sans la présence d'un père ? Ah oui... tu étais là, mais ce n'était pas la même chose ! Ce n'était pas *réel*. Quand ma mère est morte de la Peste Écarlate et que tu as purement et simplement disparu... sais-tu à quel point je me suis senti seul ? Tu ne peux même pas l'imaginer. Ni père ni mère ni frère ni sœur. Ni oncle ni tante ni même des cousins. *Personne*. Et, dix ans plus tard, tu réapparais miraculeusement et tu t'attends à ce que tout aille pour le mieux parce que... ah oui... tu *es* mon père et que toute ma vie n'a été qu'un tissu de mensonges !

— Oberon... », murmura-t-il. Il recula d'un pas. Son visage était livide.

« C'est la vérité ! » hurlai-je. Mon corps entier tremblait de rage. « Et maintenant... après m'avoir montré toutes ces choses merveilleuses... après m'avoir parlé du Logrus et des pouvoirs qui devraient être les miens... maintenant, tu me dis que je ne les aurai jamais ! Et tu oses ajouter que ce que je n'ai jamais eu ne me manquera pas !

— Je... »

Je ne lui laissai pas le temps d'en dire plus. « Je n'ai jamais connu mon père, et il m'a manqué. Je n'ai jamais eu de véritable famille, et ça m'a manqué. Je n'ai jamais connu mes frères ni mes sœurs, et ils m'ont manqué pendant toute mon enfance. Chaque fois que je regardais les autres enfants, ils me rappelaient tout ce que je n'avais pas. Alors, ne me dis surtout pas que ce que je n'ai jamais eu ne me manquera pas... je sais ce que je ressens !

— Je mérite sans doute tout cela », déclara-t-il d'une voix accablée.

Ses épaules s'affaissèrent ; il parut soudain très vieux... vieux, las, et abattu. Là, il faisait bien son âge. Ses deux cents ans l'avaient rattrapé.

Un sentiment de culpabilité me serra le ventre, mais je le chassai rapidement. C'était à *lui* de se sentir coupable. C'était *lui* qui m'avait menti et empêché de vivre comme n'importe quel petit garçon. Et c'était *lui* qui projetait, maintenant, de me priver de tout.

J'avais vécu dans l'Ombre trop longtemps. *Plus jamais ça.* On ne me priverait pas des privilèges que me conférait ma naissance.

Peu importait le temps que cela prendrait, peu importait ce que cela coûterait, je *parviendrais* à maîtriser le Logrus. Je m'en fis le serment.

J'entendis une cloche tinter au loin.

« Il est l'heure d'aller dîner », dit Dworkin, d'une voix douce. Puis, d'un ton où perçait une légère pointe d'ironie, il ajouta en me regardant droit dans les yeux : « Il est temps que tu rencontres le reste de notre joyeuse petite famille. »

Dix

Bien que j'en fusse vivement contrarié, je dus recourir à l'aide de Dworkin qui me tint fermement par le bras pour traverser les couloirs. Heureusement, le temps d'arriver à la salle à manger, j'avais récupéré presque toutes mes forces. Nous fîmes une pause devant la porte et nous dévisageâmes. Je me libérai alors sèchement de sa prise.

« Je suppose que je devrais te remercier », fis-je, avec aigreur.

Un silence gêné.

« On ne peut pas changer son caractère. Tu as toujours été un enfant rebelle, un éternel insatisfait, finit-il par répondre simplement.

— À t'entendre, on pourrait croire que je ne suis qu'un ambitieux. Ce n'est pas le cas. Je ne désire que ce qui me revient de droit.

— Je sais, et je ne t'en blâme pas, mon garçon. Je vais exiger encore plus de toi... pourrais-tu essayer de t'intégrer, de faire partie de cette famille... Je sais que cela sera difficile ; personne n'est parfait... moi, encore moins que les autres.

Mais... nous méritons tous un tel effort. Je dois continuer de le croire. Cela m'aide à aller de l'avant.

— Très bien. Je... j'essaierai. Pour l'instant.

— Merci. »

Il se retourna et ouvrit la porte. Nous entrâmes dans la salle à manger — une vaste pièce lambrissée de chêne, avec un chandelier immense accroché au-dessus de la table. Des bûches flambaient et crépitaient joyeusement dans l'âtre qui occupait le mur du fond ; elles réchauffaient l'atmosphère, réduisant ainsi l'humidité de l'air.

Quinze couverts étaient disposés sur la table. Mais seulement dix personnes étaient présentes : Freda, Aber, Pella, Blaise et six autres — quatre hommes et deux femmes. Tous pivotèrent sur leur chaise pour me regarder arriver. Aber me fit un sourire joyeux et agita la main.

Je m'obligeai à lui rendre son sourire et lançai à la cantonade un « bonsoir » poli. Je ne voyais aucune raison de leur montrer mon état d'esprit du moment ; le différend entre Dworkin et moi devait rester une affaire personnelle. La mise en garde de Freda me revint en mémoire : *Ne fais confiance à aucun d'entre eux.* S'ils découvraient ce qui s'était passé dans son atelier, ils pourraient être tentés de l'utiliser contre moi. Peu importaient mes sentiments à l'égard de mon père, je n'allais pas les laisser faire ça.

Je reconnus Locke et Davin d'après leur Atout, et parce que je les avais aperçus dans la cour, à mon arrivée. Évidemment, j'avais déjà rencontré Freda,

Pella, Blaise et Aber. Les quatre autres m'étaient étrangers. En observant ma fratrie, je constatai de nouveau leur ressemblance frappante avec Dworkin... et avec moi.

« Voici Oberon », dit Dworkin, d'une voix forte. Il ébaucha le geste de me mettre une main sur l'épaule, hésita, et la laissa retomber. Je vis Freda pincer les lèvres — cela ne lui avait pas échappé ; visiblement, la tension qui régnait entre nous lui déplaisait.

« Je suis ravi d'être ici », fis-je d'un ton égal. Sois terne, montre-toi inoffensif, me conjurai-je. L'un d'entre eux prépare peut-être ton assassinat — ne montre pas que tu es au courant. « J'espère que nous allons tous devenir des amis, en plus d'être une famille. »

À ces mots, Locke eut un reniflement de mépris qu'il masqua par un bref toussotement. Je lui jetai un regard froid, comme pour lui dire : *Je connais les types dans ton genre. On ne me la fait pas à moi.*

Dworkin fit de brèves présentations. Il commença par mes demi-frères : Locke, bien sûr, grand, robuste, avait une barbe noire très fournie ; Davin, plus jeune que moi d'un an ou deux, imberbe et l'air sérieux, était mince comme un fil ; Titus et Conner, des jumeaux, à n'en pas douter, avaient tous deux hérité de la petite taille de notre père, de ses yeux et de sa prudence ; Fenn, plus grand que Dworkin, mais pas autant que moi, avait les yeux bleus, un sourire craintif, mais sincère et chaleureux. Il termina par Aber qui me fit une petite grimace.

Je hochais la tête et souriais chaque fois qu'il citait quelqu'un. Sois calme et poli, ne dévoile rien ! me répétais-je.

Il enchaîna avec mes demi-sœurs ; j'avais déjà fait la connaissance de Freda, de Pella et de Blaise. Il restait donc Isadora et Syara ; elles se ressemblaient comme deux gouttes d'eau : mêmes cheveux roux, même teint pâle, mêmes pommettes larges et grands yeux, mêmes silhouettes fines de déesses. Elles devaient avoir eu la même mère. Si elles n'avaient pas fait partie de ma famille, je les aurais convoitées. Je devrais, hélas, me contenter de les admirer de loin, en les considérant comme des modèles de perfection féminine.

« Je te veux à ma droite, ce soir, me dit Dworkin, en allant s'asseoir à une des extrémités de la table. Nous avons du retard à combler. Locke, cède ta place à Oberon. »

Dissimulant tant bien que mal sa contrariété, Locke se leva pour prendre le siège voisin du sien qui, heureusement, était libre. Son rang d'aîné lui avait conféré jusqu'alors la place d'honneur, à côté de notre père ; visiblement, il m'en voulut de la lui usurper. Voilà qui n'allait pas nous aider à prendre un bon départ. S'il craignait réellement que je lui ravisse sa position, comme le disait Aber, cela ne ferait que nourrir sa paranoïa.

Je soupirai intérieurement ; il comprendrait certainement que je ne maîtrisais pas les caprices de notre père. Je dus reconnaître, cependant, que pour mon premier dîner à Juniper, il me paraissait naturel d'être à ses côtés.

« Tu peux t'asseoir ici », proposa Freda, en lui laissant sa chaise. Elle-même se trouvait à la gauche de Dworkin.

« Tu es sûre ? » s'enquit-il. À ma grande surprise, il semblait hésiter. Je pensais qu'il allait sauter sur l'occasion... mais il doutait peut-être des motivations de Freda et savait qu'il lui faudrait payer, un jour ou l'autre, cette largesse.

« Père et toi aurez sûrement besoin de vous entretenir de problèmes militaires », fit-elle, d'un geste dédaigneux. « Je vais m'asseoir à côté d'Oberon, ce soir. Je pense que c'est mieux.

— Très bien. Si c'est ce que *tu* veux. »

Toujours aussi perplexe, il finit néanmoins par se décider rapidement, avant qu'elle ne changeât d'avis. Se rapprocher de notre père d'une place était apparemment d'une importance capitale pour lui. Je me remémorai, alors, qu'il avait grandi sans rien ignorer de sa noble filiation... et en pratiquant une politique politicienne aux Cours du Chaos. Occuper la place de droite au cours d'un dîner était sans doute primordial ; je n'étais tout simplement pas assez malin pour m'en rendre compte. J'aurais préféré me trouver à l'autre bout de la table, aux côtés d'Aber.

Je jetai un coup d'œil sur mon père. Même si on se sentait exilé, mieux valait être assis à côté d'un ami qu'à côté d'un ennemi ! Non, me sermonnai-je, ce n'est pas un ennemi. Rien qu'un vieil homme fatigué, triste et hors de son élément. Dworkin n'était pas fait pour la guerre, m'aperçus-je brusquement, en repensant à son atelier et à toutes ses expériences. Il n'aurait jamais dû se trouver à la tête de notre famille... il aurait dû être en train de bricoler, de construire des machines et de s'amuser avec ses jouets.

À ce moment précis, je compris pourquoi Locke commandait l'armée à sa place. Tout — notre famille, notre situation — prenait enfin une signification dans ce contexte. Dworkin était faible, et nos ennemis devaient penser que nous étions des proies faciles. La faiblesse avait souvent été à l'origine des guerres ; je l'avais appris en étudiant l'histoire d'Ilerium... et celle des Quinze Royaumes qui étaient vingt-sept, avant les conquêtes et les fusions.

Malgré tous leurs efforts, Locke et Davin ne gagneraient jamais cette guerre, visiblement déjà engagée. De toute évidence, nous étions surpassés... et de loin.

Je gratifiai Freda d'un petit sourire triste quand elle s'assit à mes côtés.

« Tu es particulièrement en beauté, ce soir », lui dis-je, d'un ton sincère.

Elle parut très flattée, lissa sa robe et arbora une expression ravie.

« Merci, Oberon. Je vois que toi aussi, tu as pu faire un brin de toilette.

— Grâce à *toi*, chère sœur, et je t'en remercie. Tu m'as bien envoyé le barbier, non ?

— Moi ? Non... ce doit être Anari.

— Sûrement », répondis-je platement. Je fis des yeux un tour de table pour voir si le fait d'avoir évoqué la visite d'Ivinius avait provoqué une réaction ; apparemment, aucune. Les conversations fusaient de toutes parts ; seuls, Locke, Freda et notre père me prêtaient encore attention — Locke faisait semblant de rien, bien sûr, mais je voyais qu'il buvait mes paroles, tel un homme assoiffé, perdu dans le désert.

Je bavardai courtoisement avec tout le monde, pendant que nous mangions l'entrée, une soupe froide et crémeuse à base d'une sorte de citrouille jaune, leur racontant, à tous sans exception, des anecdotes sur mon enfance à Ilerium. En échange, j'en appris un peu plus sur eux.

Dworkin avait *de toute évidence* été vraiment très occupé au cours de ses deux cents années d'existence. Presque tous ses enfants avaient des mères différentes sur des Ombres différentes. La plupart avaient été élevés en sachant qu'ils étaient des enfants du Chaos, et tous s'étaient rendus aux Cours en traversant le Logrus... sauf moi, évidemment. Chaque fois que quelqu'un en parlait, je ressentais un pincement au cœur.

Freda dut s'en apercevoir, car elle effleura mon bras en murmurant :

« Ton tour viendra. Sois patient. »

Patient !... Je l'avais déjà été bien assez comme ça. Aussi me contentai-je de lui sourire tristement, sans répondre. Inutile de leur apprendre ma dernière découverte... de loin la plus mauvaise, me dis-je.

Je découvris néanmoins certains faits intéressants. Que Locke, par exemple, était âgé de plus de quatre-vingts ans — alors qu'il n'en paraissait pas plus de trente. Toute notre famille semblait vieillir lentement, ce qui non seulement expliquait la condition physique de Dworkin, malgré son âge avancé, mais aussi qu'il eût pu engendrer une progéniture aussi nombreuse. Il avait quitté maintes femmes — ou les avait contraintes à le faire, à l'instar de la mère de Locke, une dame du Chaos. Toutefois, la plupart de ses épouses avaient été de simples humaines originaires des Ombres, comme ma mère. Elles étaient mortes de vieillesse, tandis que lui restait éternellement jeune et vigoureux.

Et Freda avait mentionné, à deux reprises au moins, que le temps s'écoulait différemment selon l'endroit où l'on se trouvait. Une année dans le Chaos pouvait fort bien équivaloir à deux, cinq ou dix ans dans les autres Ombres.

Aber aborda le sujet que j'aurais souhaité éviter. « Alors, père... », lança-t-il, joyeux — je voyais bien qu'il voulait m'aider, en agissant ainsi, ce qui fut encore plus douloureux —, « ... dans combien de temps Oberon va-t-il traverser le Logrus ?

— Jamais », répondit Dworkin, d'un ton catégorique. Aucune délicatesse. Rien que la simple vérité, brutale, désagréable... *Jamais*. Sa réponse sonna comme une fin de non-recevoir.

« Comment ? » Aber eut l'air sincèrement consterné. « Mais personne, pas même le roi Uthor, ne peut nier son droit. Il doit gagner du pouvoir sur l'Ombre ! »

Dworkin secoua la tête. « Bien qu'il *soit* mon fils, Oberon ne possède pas le diagramme du Logrus. Le sien est si déformé qu'il en devient presque méconnaissable. Il *ne peut* s'y aventurer... il ne pourra *jamais*. Le Logrus le détruirait, comme il a détruit Darr, mon frère. »

Onze

Un silence absolu s'ensuivit. Je jetai un coup d'œil à l'assistance. Toutes mes demi-sœurs et tous mes demi-frères, y compris Locke, avaient sur le visage la même expression de stupéfaction et d'incrédulité. Je me rendis compte qu'ils avaient toujours considéré leurs pouvoirs magiques comme allant de soi. Qu'un seul d'entre eux fût incapable de les utiliser leur paraissait... inconcevable !

Pourtant, c'était vrai. Malgré ma colère, ma peine et ma réaction première de refus, je ne voyais aucune raison à ce que Dworkin me mentît. Ce dont il avait le plus grand besoin, c'était que je franchisse le Logrus... un fils robuste de plus lui aurait été utile pour défendre Juniper. Apparemment, cette tâche était au-dessus de mes maigres capacités de mortel.

« Comment est-ce possible ? » finit par demander Freda, visiblement perturbée, elle aussi. « Tous ceux qui sont nés dans le Chaos portent le Logrus en eux. Il fait partie de notre essence même. Tu l'as dit toi-même très souvent, père.

— Il le porte en lui... mais quelque chose s'est détraqué. »

Dworkin secoua la tête avec lenteur en me regardant pensivement. « J'en ignore les raisons, mais tous les problèmes que nous avons rencontrés — sauf toi, Locke, bien sûr —, en traversant le Logrus, n'ont rien de commun avec les siens.

— Mais de là à lui interdire d'y aller ! protesta Aber. Ça n'est encore jamais arrivé !

— Je ne le lui ai pas interdit, fit Dworkin d'un ton cassant. J'ai dit que ça le tuerait.

— Ce qui revient au même, ajoutai-je.

— Le problème est peut-être plus simple que tu crois », intervint Locke, en me dévisageant avec un sourire mi-railleur mi-triomphant. Il avait clairement deviné la faille et s'approchait pour la curée — le fort attaquant le faible. « Sa mère t'a peut-être trompé. Ce ne serait pas la première fois que nous avons un bâtard dans la famille. »

Je me levai en douceur et en silence. « Retire ça immédiatement... », lançai-je, d'un ton glacial, « ... tant que tu en as encore la possibilité ». Si j'avais eu mon épée, je l'aurais déjà sortie de son fourreau.

« Oberon ! Assieds-toi ! aboya Dworkin. Locke, présente-lui tes excuses. »

Mes nerfs se tendirent à l'extrême. Personne n'avait encore jamais insulté ma mère sans y laisser sa vie. Si Dworkin n'avait pas été là, j'aurais sauté par-dessus la table et arraché à mains nues la tête de Locke, après lui avoir tordu le cou — qu'il fût mon frère ou non.

Au lieu d'obtempérer, mon demi-frère bascula sa chaise en arrière et la maintint en équilibre sur deux pieds, en arborant une grimace moqueuse. « Le chiot s'imagine avoir des crocs.

— Suffisamment longs pour te déchirer la gorge », lâchai-je d'un ton dur.

Il haussa les épaules. « Toutes mes excuses, *mon frère.* » Je ne fus pas dupe de la façon dont il insista sur ces derniers mots, comme s'il doutait de leur véracité. « Je n'ai pas été assez précis dans ma façon de m'exprimer. Ce que je *voulais dire...*

— Tais-toi, Locke », souffla Freda d'une voix si atténuée que je faillis ne pas l'entendre. « Sinon c'est *moi* qui te ferai regretter tes paroles. Nous sommes en plein *dîner.* »

Locke la regarda, puis détourna les yeux sans terminer sa phrase. Apparemment, il ne me craignait pas. Mais aurait-il peur de Freda ?

Elle effleura ma main. « *Assieds-toi,* Oberon. S'il te plaît. »

Ce n'était pas un ordre, mais une suggestion proposée si gentiment qu'elle me retira toute envie de me battre. J'expirai lentement et fis ce qu'elle m'avait demandé.

D'un ton plein de sous-entendus, elle reprit : « Les chamailleries sont interdites au dîner... et notre *frère* le sait très bien. » Elle avait pris la même intonation insultante que Locke.

À cet instant précis, je me rendis compte qu'elle me plaisait encore plus que je ne le croyais.

« Merci, Freda », lui dit Dworkin. Il s'éclaircit la gorge. « Bon, où en étais-je ? »

Saisissant ma cuillère consciencieusement, je me remis à manger ma soupe. Je n'avais plus très faim, mais je ne voulais pas montrer à Locke qu'il m'avait gâché mon repas.

« Oberon *est* mon fils, fit Dworkin d'un ton convaincu. Je l'ai su dès sa naissance. Et les tests que j'ai pratiqués aujourd'hui me l'ont confirmé. Le problème vient du Logrus... et c'est un fichu mystère, même pour moi. Oberon possède son diagramme — c'est indéniable —, mais par un tour du destin, ou à cause de la dégénérescence de notre lignée, son schéma intérieur a été déformé bien plus que le nôtre. Voilà la vérité... et la seule explication. »

Le silence se fit de nouveau. Mes frères et mes sœurs fixèrent, qui leur assiette, qui les murs, en se jetant de temps en temps des coups d'œil furtifs, ou en regardant Dworkin — mais surtout pas moi.

« Bien joué, Locke ! » dit enfin Aber, après quelques minutes de gêne. Puis il se mit à applaudir. « Voilà comment on doit accueillir un nouveau frère pour qu'il se sente chez lui ; voilà comment égayer une conversation pendant le dîner !

— Tais-toi ! » gronda Locke.

Freda applaudit à son tour, suivie de Blaise, de Pella et finalement de presque tous les autres. Dworkin rejeta la tête en arrière et éclata de rire.

Je les dévisageai les uns après les autres, médusé. Je ne m'attendais vraiment pas à une telle réaction de leur part.

Locke fit du regard le tour de la table, le posant d'abord sur Aber, puis sur moi. Il dut se remémorer la menace de Freda, car il se leva, sans un mot, jeta sa serviette et quitta la pièce à grands pas.

« Qu'on m'apporte mon repas dans mes appartements ! » lança-t-il à un des domestiques. « Je préfère dîner en compagnie de gens civilisés... c'est-à-dire seul ! »

Les applaudissements redoublèrent.

« C'est une grande première », dit Aber avec jovialité, une fois que Locke ne fut plus à portée d'oreilles. « Je ne crois pas que son absence puisse nuire à notre conversation. »

Il prit son bol et sa cuillère et vint s'installer à la place de Locke, à grand renfort de pitreries ; il m'adressa un clin d'œil en s'asseyant.

« Hé, hé ! cria-t-il à ceux qui se trouvaient à l'autre extrémité de la table. La nourriture a bien meilleur goût ici ! »

Tout le monde rit de sa plaisanterie... sauf Davin, assis juste à côté de lui. C'est le bras droit de Locke, songeai-je, et il prend visiblement ce rôle très au sérieux. Il fronça les sourcils ; je m'attendais presque à ce qu'il se levât et quittât la table, en signe de solidarité... mais il demeura avec nous.

Il se tourna alors vers moi. Je reconnus ce regard.

Je n'y décelai ni haine ni défiance.

Simplement de la pitié.

Il y a un infirme parmi eux, compris-je brusquement. Ils étaient tous capables de faire des miracles, à l'instar de Dworkin. Ils pouvaient tous voyager à travers les mondes des Ombres, s'emparer d'armes à distance, se contacter par l'intermédiaire des Atouts — et seuls les dieux savaient de quoi encore ils étaient capables.

Mais là, ils avaient tous *pitié* de moi, comme d'un soldat ayant perdu un bras au combat et incapable désormais de tenir une épée, ou comme d'un scribe devenu aveugle à force d'avoir trop lu. Ils avaient tous pitié de moi car je ne partagerais jamais le trésor unique de notre famille... le Logrus.

Je les dévisageai un par un, sans croiser une seule fois leur regard. Je me rendis compte qu'ils partageaient le même sentiment. Seuls Freda et Aber semblaient prêts à m'accepter tel que j'étais.

Freda me tapota le bras.

« Tu n'as pas besoin du Logrus, me dit-elle. Il a failli nous tuer, Père et moi, tu sais. Je suis restée inconsciente pendant presque un mois, après l'avoir traversé.

— Ah ? » Voilà qui m'intéressait.

« C'est censé être un problème familial. » Elle baissa la voix pour que je fusse le seul à l'entendre. « Locke, lui, n'a eu aucun ennui. C'est dû à sa naissance, si tu veux mon avis. Père l'a engendré avec sa première femme, une Dame du Chaos — un mariage arrangé, vois-tu, bien avant qu'il héritât de son titre. Sa plus grande erreur a été de tomber amoureux d'elle ; s'il ne l'a pas répété des centaines de fois, il ne l'a jamais dit ! »

Je gloussai.

« Merci, lui répondis-je doucement. C'est bon d'avoir une amie.

— Personne ici n'est vraiment ton ami, fit-elle d'un ton presque nostalgique. Ne fais confiance à personne, mais aime-nous malgré tout, Locke aussi, vu que nous *sommes* une famille. Trahir est dans notre nature et nous ne changerons pas ; aucun d'entre nous ne le peut. »

Je la regardai d'un air inquisiteur, en pensant à Ivinius. Serait-ce une confession ? Ou simplement les propos aigres-doux d'une femme trop souvent blessée par ses proches ?

« Tu es trop pessimiste, finis-je par répondre. Je préfère considérer tout un chacun comme un ami jusqu'à preuve du contraire.

— Tu es naïf, cher Oberon.

— On m'a beaucoup déçu par le passé... mais aussi, très souvent, agréablement surpris. »

Elle sourit. « Tu ne nous connais pas vraiment. Bientôt... trop tôt, j'en ai peur... tu nous découvriras. » Elle me tapota le bras de nouveau. « Tu as bon cœur. C'est une qualité que j'admire. À présent, termine ta soupe. »

J'en avalai encore quelques cuillerées pour lui faire plaisir, mais n'en retirai aucune satisfaction. J'aspirais par-dessus tout à être seul... pour pouvoir réfléchir et récapituler tous les événements de la journée. Il s'était passé tant de choses, et de façon si rapide, que j'avais du mal à les assimiler.

Le départ de Locke avait fini par détendre l'atmosphère parmi les convives et les conversations allaient bon train. Le plat suivant arriva comme prévu : un faisan rôti — ou un gibier à plumes ressemblant tellement à un faisan que cela importait peu —, accompagné de pommes de terre sautées, épicées, et d'étranges légumes jaunes, gros comme des noix, au goût de saumon frais.

Je mangeai lentement, écoutant les échanges autour de moi. Davin parlait à Titus et à Conner du nouveau cheval qu'il avait dompté. Blaise racontait à Pella et à Isadora le dernier scandale impliquant le chef pâtissier et deux filles des cuisines ; apparemment, elle-même venait d'en être informée par une des couturières qui l'avait entendu de la bouche du jardinier. Freda et Aber parlaient des Atouts que ce dernier avait l'intention de peindre. Et Dworkin... père... nous regardait tous et souriait comme le souverain bienveillant qu'il aurait, si désespérément, voulu être.

Personne ne s'adressait à moi — c'était quasi ostentatoire — ni même ne me regardait. Être ignoré causait presque autant de douleur que des insultes.

Oberon le faible.

Oberon l'infirme.

Oberon le condamné-à-n'avoir-aucun-pouvoir.

Il *doit* y avoir une solution, songeai-je. Peut-être Dworkin — *père*, me corrigeai-je — s'est-il trompé. Peut-être qu'une version correcte du Logrus existe quelque part en moi, et qu'il ne l'a tout simplement pas vue. *Peut-être que...*

Non. Je ne pouvais me permettre de prendre mes désirs pour des réalités. J'écartai le Logrus de mes pensées. Après tout, m'invectivai-je, j'ai passé toute ma vie sans lui, et sans avoir connaissance des pouvoirs qu'il conférait. Depuis des années, je n'avais pu compter que sur mon habileté et la force de mon bras. Je n'avais pas besoin des tours de Dworkin ni de cartes magiques, encore moins d'enchantements ; une bonne épée et un cheval vigoureux me suffisaient.

Pendant que les serviteurs débarrassaient nos assiettes en prévision du plat suivant, notre père s'appuya à son dossier et observa Davin.

« Comment se comportent les nouvelles recrues ? » lui demanda-t-il.

Voilà enfin un sujet que je connais, me dis-je, en me penchant en avant et en regardant Davin d'un air intéressé. J'espérais que Locke entretenait de meilleures relations avec ses troupes qu'avec sa famille.

« Aussi bien que possible », répondit Davin. Il fit un court rapport, énumérant des noms de compagnies, tels que les « Aigles », les « Ours » ou les « Loups » ; aucun d'eux ne m'était familier. En outre, une compagnie pouvait fort bien se composer de cent hommes ou de mille, cela dépendait de l'organisation générale.

Le rapport parut satisfaire notre père. J'appréciai également ce que j'entendis. Locke et Davin semblaient avoir une solide maîtrise des questions militaires. D'après ce qu'il disait, leurs nouvelles recrues avaient commencé à trouver un équilibre ; elles formaient un groupe de combat homogène, prêt à rejoindre le gros des troupes dans quelques semaines.

« Combien d'hommes as-tu sous tes ordres ? » m'enquis-je, espérant remonter dans l'estime de Davin en montrant quelque intérêt pour le sujet. Peut-être pourrait-il même user du peu d'influence qu'il avait pour me permettre d'entretenir de meilleures relations avec Locke !

« Presque deux cent mille, lâcha-t-il avec désinvolture. Qu'on nous accorde encore un an, et nous en aurons un demi-million... la meilleure armée jamais rassemblée, si je puis me permettre.

— Nous ne disposerons sans doute pas d'une autre année, fit Dworkin.

— Tu as bien dit... deux cent mille ? » Le nombre me stupéfiait.

« Eh bien, quelques milliers de plus, en vérité, répondit Davin, en haussant les épaules. Je ne connais pas exactement les effectifs actuels. Il arrive tous les jours de nouveaux soldats.

— D'où viennent-ils ? » Je n'étais pas certain qu'on disposât d'autant d'hommes valides dans tout Ilerium.

« Oh, d'ici et d'ailleurs. » Il me regarda dans les yeux. « Nous recrutons dans une douzaine d'Ombres, y compris dans certaines où on nous vénère comme des dieux. Ils meurent d'impatience de s'engager.

— J'aurais pensé qu'il n'y avait que quinze ou vingt mille hommes, en tout », ajoutai-je, en me remémorant la taille du camp qui entourait le château. L'importance de leurs forces réduisait les combats menés par le roi Elnar contre les créatures de l'enfer à de vulgaires bagarres de rues. « Où sont-ils tous cantonnés ?

— D'autres compagnies sont casernées au nord et à l'est de Juniper. Nous n'avons pas autant de place que ça autour du château, finalement.

— Si Ilerium ne possédait que le dixième de ces troupes, il se débarrasserait des créatures de l'enfer une bonne fois pour toutes... », méditai-je à voix haute.

Davin éclata d'un rire bruyant. Je rougis, me rendant compte à quel point mes paroles avaient dû lui sembler stupides. Ilerium n'était qu'un monde parmi les Ombres que comptaient les Cours du Chaos ; il était insignifiant, sauf pour moi... et n'intéressait vraiment personne autour de cette table. Qu'importait que j'y eusse passé ces vingt dernières années et consacré ma vie à servir mon roi et mon pays !

Et qu'importait le poids que ces serments pussent encore peser sur mes épaules !

« Depuis ton départ, me rappela gentiment Dworkin, nos ennemis n'ont plus de raison de s'attaquer à Ilerium. Ils vont le laisser tranquille pour se concentrer sur d'autres zones de combats.

— Comme ici, fis-je, en me rendant soudain compte de la situation. Voilà pourquoi tu as amené tous ces soldats à Juniper, n'est-ce pas ? Tu te prépares à une attaque.

— Bravo ! lança Davin, d'un ton moqueur, en une pâle imitation de Locke. Il a droit à une récompense ! »

Je haussai les épaules sans prendre la peine de répondre. Parfois, il valait mieux ne rien dire. Locke m'avait tout de suite détesté ; Davin, apparemment, lui avait emboîté le pas pour arriver au même résultat. Malgré cela, je ne désespérais pas de m'en faire un jour des alliés — peut-être même des amis —, si j'y mettais un peu du mien.

« Deux cent mille hommes... tous parfaitement entraînés ? Équipés d'armes et d'armures ? Prêts à se battre ? » repris-je.

Davin sourit. « Oui. Nous les y préparons depuis un an. »

Je fronçai les sourcils. « La logistique que cela nécessite pour assurer le fonctionnement de telles forces... rien qu'en nourriture, sans parler des soldes !... Comment est-ce possible ? Juniper semble riche, mais sûrement pas au point d'entretenir une armée permanente pendant aussi longtemps !

— L'Ombre nous fournit tout ce dont nous avons besoin », dit Davin en faisant un grand geste circulaire. « Nous sommes adorés comme des dieux dans des milliers de mondes. Les gens s'acquittent volontiers d'une dîme... sous forme de nourriture, d'armes, d'or, de pierres précieuses ; ils comblent tous nos besoins.

— Mais pourquoi un tel nombre ? Avons-nous réellement besoin de deux cent mille hommes ? Ou d'un demi-million ? Combien de créatures de l'enfer vont nous attaquer, d'après toi ? »

Freda répondit : « Si nous en avons autant sous nos ordres, ça pourrait être aussi le cas pour d'autres Seigneurs du Chaos. Ils ont largement eu le temps de se préparer... ils pourraient même en avoir davantage. Peut-être des millions de plus. »

Je trouvais ces contingents incroyables. Que ma famille parvînt à nourrir une armée de deux cent mille hommes, sans parler de l'entraînement des soldats, en disait long sur sa compétence en la matière.

Dworkin ajouta : « Une attaque va avoir lieu, très bientôt. Freda l'a vu.

— Dans ses cartes ? »

Je la regardai ; elle acquiesça d'un petit signe de tête.

« Bientôt, répéta-t-elle.

— Oberon, lui, m'a annoncé de bonnes nouvelles, dit Dworkin d'un ton joyeux. Taine est en vie. »

Des exclamations de surprise fusèrent de toutes parts.

« Où est-il ? » s'enquit Freda.

Je leur racontai rapidement mon rêve, ma vision, ou quoi que ce fût — en tout cas, les quelques détails dont je me souvenais. Dworkin dut me rappeler certains points importants, au fur et à mesure de ma narration hésitante.

« Tu es certain que c'était réel ? me demanda Davin, d'un ton plus que sceptique.

— Non, je ne le suis pas. » J'avais moi-même quelques doutes. « Je n'ai guère l'expérience de ce genre de choses. »

Dworkin intervint : « Rappelle-toi qu'Oberon n'est jamais allé aux Cours du Chaos. Il n'en avait même jamais entendu parler avant aujourd'hui. Toutefois, dans son rêve, le sang *flottait.* C'est un détail qu'il n'aurait pas pu deviner ni inventer. Je crois que sa vision est réelle. Je ne sais trop comment ni pourquoi, mais Taine est encore en vie quelque part.

— Assurément », dit Freda.

Davin devint soudain songeur et me regarda avec ce qui me parut être un respect tout nouveau.

« La question est donc de savoir ce que nous allons faire. Comment pouvons-nous sauver Taine ? interrogea-t-il.

— Peut-être avec son Atout..., proposa Aber.

— J'ai déjà essayé à de nombreuses reprises, dit Freda, en secouant la tête. On ne peut pas l'approcher.

— Quand as-tu essayé pour la dernière fois ? » lui demandai-je.

Elle réfléchit longuement avant de me répondre. « Il y a quinze jours peut-être...

— Recommencer ne peut pas faire de mal, fit Dworkin. Le fait de le savoir vivant te donnera peut-être de meilleures chances de le joindre.

— Je vais essayer dès la fin du dîner, promit-elle. Nous devrions tous le faire. »

Les convives acquiescèrent en murmurant. Tous semblaient posséder un Atout représentant Taine ; tous savaient s'en servir.

Je ressentis une certaine fierté. Après tout, je n'*étais* peut-être pas qu'un infirme. Je possédais peut-être des dons personnels permettant d'avoir... des visions qui dévoilaient davantage de choses que les Atouts de Freda.

Les serviteurs arrivèrent avec des plateaux contenant le plat suivant — des morceaux de bœuf, d'un rose délicat et fumants, artistiquement intercalés de haricots rayés, rouge et jaune, au vague aspect de cire. Malheureusement, aussi délicieux que cela parût, j'avais complètement perdu l'appétit. Une sensation de nervosité s'empara de moi, un besoin urgent de me lever et d'agir, au lieu de rester assis et d'attendre la fin du repas.

J'étouffai délibérément un bâillement.

« Si tu n'y vois pas d'inconvénient..., dis-je à Dworkin,... je souhaiterais me retirer. La fatigue de cette journée semble m'avoir rattrapé. Je vais finir par m'endormir sur ma chaise, si je ne vais pas me coucher tout de suite.

— Alors, au lit ! » Il esquissa avec sa fourchette un geste pour me congédier. « Fais de beaux rêves, mon garçon. J'enverrai quelqu'un te chercher demain matin. Il nous faut encore discuter de pas mal de choses, toi et moi.

— Oui, père », répondis-je en me levant.

Freda, Aber et tous les autres — même Davin — me souhaitèrent une bonne nuit. Leurs visages reflétaient des expressions curieuses ; une sorte de respect ou d'étonnement avait pris le pas sur la pitié. Je n'étais peut-être pas capable de parcourir le Logrus comme eux, mais au moins je partageais certains de leurs pouvoirs. Dworkin avait eu raison de les mentionner devant eux. Ainsi ne me rejetteraient-ils pas complètement, comme Locke l'avait fait.

Je sortis dans le couloir à grandes enjambées. Là, je m'accordai une courte pause pour me repérer. Bien que la fatigue me submergeât, je savais qu'il me restait encore une tâche à accomplir : me débarrasser du corps d'Ivinius dissimulé derrière la tenture, et cela sans me faire prendre.

Toutefois, je ne me rendis pas immédiatement dans mes appartements, mais décidai d'explorer un peu le château. Il devait exister un passage discret et commode pour le quitter — il me fallait juste le découvrir.

Malheureusement, quel que fût l'endroit où je me rendis, je rencontrai toujours des serviteurs affairés à frotter les sols, à remplacer des bougies ou à remplir des lampes à huile. Les domestiques du château devaient se compter par centaines.

Je passai devant l'une des salles de garde dont Aber m'avait parlé dans l'après-midi. Par la porte ouverte, je constatai qu'elle ressemblait aux dizaines d'autres que j'avais eu l'occasion de voir au fil des ans — un râtelier rempli d'épées contre le mur du fond, des armures et des boucliers suspendus sur des patères de bois, une table et de nombreuses chaises solides disposées au centre de la pièce.

Trois gardes, assis autour de la table, jouaient aux dés. Hélas ! celui qui faisait face à l'entrée me reconnut — dès qu'il m'aperçut, il se leva d'un bond.

« Monseigneur ! » s'écria-t-il. Il me salua ; les deux autres repoussèrent leurs chaises et l'imitèrent.

« Je vous en prie, continuez votre partie. » Je leur rendis leur salut poliment et m'éloignai. Nul besoin de les mêler à tout cela ; ils venaient sûrement de terminer leur tour de garde et se relaxaient après une longue journée de labeur.

Les cuisines... les quartiers des serviteurs... le couloir, toujours sous bonne garde, non loin de l'atelier de père... le hall d'entrée... partout, je rencontrais du monde. *Beaucoup* de monde. Et tous semblaient me reconnaître. Je me dis, quelque peu contrarié, que sortir de Juniper avec le cadavre d'Ivinius ne serait pas aussi aisé que je l'avais espéré.

Je me souvins alors du cadeau d'Aber — mon propre jeu d'Atouts. Je pourrais m'en servir... Après tout, j'avais bien réussi à entrer en contact avec mon frère, dans le carrosse de Dworkin. Je pourrais peut-être utiliser une carte pour me débarrasser du corps d'Ivinius. Fronçant les sourcils, je tentai de me rappeler leurs images. Je les avais à peine regardées — n'y en avait-il pas une, ornée d'une clairière, où l'on apercevait Juniper dans le lointain ? Celle-là serait parfaite, me dis-je.

Tout excité, je me précipitai dans mes appartements. Les gonds grincèrent quand j'ouvris la porte. Des serviteurs avaient allumé une lampe à huile sur la table ; à part ce détail, tout était comme je l'avais laissé : mon épée sur le dos d'une chaise ; le broc et la cuvette près de la fenêtre, dans l'ombre désormais ; le secrétaire replacé contre le mur du fond, avec son papier, son encrier et ses buvards légèrement en désordre.

La boîte sculptée contenant mes Atouts était toujours sur la pile de serviettes inutilisées du plateau posé sur la table de toilette.

Avec un sentiment croissant d'allégresse, j'ouvris le coffret et sortis mes Atouts. J'eus l'impression de manipuler de l'ivoire dur et froid. Je me mis à les parcourir lentement, un par un. Les portraits se trouvaient sur le dessus du jeu : Aber... Locke... Pella... Blaise... Freda...

Voilà — exactement ce qu'il me fallait ! D'une main tremblante, je pris la carte dont j'avais un vague souvenir. Elle représentait une sombre clairière tapissée d'herbe luxuriante et entourée de grands arbres ; dans le fond, on distinguait à peine Juniper. Cela me semblait l'endroit idéal pour se défaire d'un cadavre... et situé assez loin du château pour qu'on ne le découvrît pas trop rapidement. Les maîtres d'Ivinius n'auront qu'à se perdre en conjectures sur ce qui a bien pu lui arriver !... me dis-je.

La carte en main, je me dirigeai vers le salon. Je m'arrêtai brusquement. Comment ferais-je pour revenir, après avoir abandonné le cadavre ? Je gloussai. Je venais de comprendre comment fonctionnait ce jeu d'Atouts — il me suffisait d'en prendre un autre qui me ramènerait à la maison en toute sécurité.

Je revins sur mes pas, sélectionnai la carte que j'avais confisquée à Aber, celle qui représentait ma chambre, et repartis vers le salon. Cette besogne va être simple et rapide, avec un zeste de magie, me convainquis-je. J'irai dans la clairière, je jetterai le corps et reviendrai à la maison.

Impatient, j'écartai la tenture.

Mon allégresse s'évanouit brutalement. J'étais arrivé trop tard.

Le cadavre avait disparu.

Douze

Une fouille rapide de mes appartements ne révéla aucun signe d'Ivinius. Pas une trace de sang, pas de tache compromettante. Il ne restait que le plateau avec ses rasoirs et ses serviettes pour témoigner qu'il était vraiment venu ici... et une petite auréole d'encre sous la carpette, mais celle-ci aurait fort bien pu se trouver là depuis longtemps. Elle évoquait plus un scribe maladroit qu'un assassin.

Il n'existait aucune preuve que j'avais été attaqué ni qu'une créature de l'enfer s'était déguisée en serviteur. Sans le cadavre, j'avais perdu mon seul indice... et mon seul petit avantage. Étant donné qu'aucune alarme n'avait été déclenchée, j'en déduisis qu'une autre créature de l'enfer, ou un traître demeurant à Juniper, s'était mis à sa recherche, avait retrouvé le corps et l'avait fait disparaître.

Je fronçai les sourcils. Aucun des couloirs ni des entrées que j'avais traversés, pour venir de la salle à manger jusqu'ici, n'était désert. Quelqu'un avait dû se faufiler dans mes appartements en prétextant des raisons de service — il suffisait de profiter d'un moment d'inattention des domestiques pour se glisser par ma porte non verrouillée. Cependant, tout individu transportant un cadavre n'aurait pas manqué de rencontrer des témoins. Le corps avait donc dû être escamoté par un autre moyen, peut-être même par le truchement de la magie. Avec un Atout ? Pourquoi pas !

Un Atout désignait obligatoirement l'un d'entre nous... l'un de mes demi-frères ou l'une de mes demi-sœurs...

Mais qui ?

Perplexe, agacé, et passablement effrayé par ces implications, je fermai mes portes, vérifiai les fenêtres (il ne semblait y avoir aucune possibilité de quitter mon balcon en se déplaçant par les airs vers d'autres balcons) et rapprochai mon épée du lit.

Puis je me déshabillai et me glissai entre les draps.

L'épuisement déferla sur moi comme une marée océane. Je m'endormis avant même que ma tête touchât l'oreiller.

Des petits coups polis frappés à la porte n'avaient jamais été un moyen efficace pour me réveiller le matin, pas plus que des murmures me conviant au petit déjeuner. À l'instar de tous les soldats, je dormais comme je mangeais, combattais ou m'occupais des femmes — c'est-à-dire pleinement, sans retenue et de bon cœur. Des trompettes qui sonnaient l'alarme ou le fracas d'épées qui s'entrechoquaient étaient les seuls bruits susceptibles de me tirer du sommeil, à l'aube. Sinon, comme mes hommes l'avaient compris au fil des ans, il valait mieux me laisser en paix.

Donc, personne n'aurait été surpris de savoir que je n'avais pas entendu les coups sur ma porte, ni l'appel incessant, mais poli, « Monseigneur ? Seigneur Oberon ? » en provenance du couloir, et que j'avais refusé de me réveiller, ce matin-là.

Quand les rideaux furent tirés brusquement et qu'une vive lumière inonda la pièce, j'ouvris un œil ; m'apercevant qu'il ne s'agissait que d'Aber, je me retournai dans mon lit et me remis à ronfler.

« Oberon ! » cria-t-il. « Réveille-toi ! Allez, debout ! »

J'entrouvris les yeux et le regardai à travers la fente de mes paupières. Mains sur les hanches, mon demi-frère me dévisageait avec une expression perplexe. Sur le seuil de ma chambre, en retrait derrière lui, se tenait un groupe de valets inquiets, vêtus de la livrée du château.

« Je croyais avoir verrouillé la porte ! marmonnai-je.

— Père désire te voir. Ça fait une demi-heure qu'on essaie de te réveiller. Les domestiques ont fini par venir me chercher.

— Pourquoi n'ont-ils pas appelé ? »

Avec un grognement, je repoussai les couvertures et m'assis sur mon lit, nu comme un ver. Deux jeunes femmes se réfugièrent dans l'autre pièce, en rougissant. Anari, lui, se précipita vers moi et me tendit une tunique trois fois trop grande — mais dont je devrais me contenter. Je l'enfilai d'un air résigné.

Je remarquai soudain l'Atout qu'Aber avait à la main... et le lui arrachai avant qu'il ne pût protester.

« Ah, ah ! » lançai-je. C'était un dessin de mon antichambre, identique à celui que je lui avais confisqué la veille. « Je savais bien que j'avais fermé la porte, hier soir ! »

Il se mit à rire. « Comment aurais-je pu entrer, sinon ?

— Tu m'avais dit qu'il n'existait aucun autre Atout de mes appartements !

— Non, répondit-il en grimaçant. C'est faux. Je t'ai dit que je n'en possédais pas d'autre de ta chambre. Et celui-ci ne représente pas ta chambre, n'est-ce pas ?

— Tu joues sur les mots », grommelai-je. Il avait l'air parfaitement content de lui. Cela m'apprendrait à manquer de précision, même si je n'appréciais qu'à moitié le service rendu. Je devrais faire preuve d'une vigilance accrue, si je voulais protéger mes intérêts. « Je vais garder cet Atout aussi. En as-tu d'autres de ma chambre ? *Quels qu'ils soient !*

— Des centaines ! » Il se tapota la tête. « C'est là que je les conserve. »

Je grognai. « Tâche de les y laisser ! Je n'aime pas qu'on me surprenne !

— Oh ! D'accord. » Il soupira. « Tu n'es pas drôle. »

220

Je bâillai et étirai mes membres. « Bon, que disais-tu ? Père désire me voir ?

— Oui. » Aber croisa les bras. « Tu verras que tout se passera beaucoup mieux si tu te plies à son emploi du temps. Se lever tôt le matin, veiller tard... et s'accorder à l'occasion une petite sieste, l'après-midi.

— Monseigneur, dit Anari. Je vous ai attribué un domestique et j'ai pris la liberté de préparer votre emploi du temps pour la journée. »

Emploi du temps ? Je n'aimais pas ça.

« Je vous écoute », répondis-je.

Anari se dirigea vers l'entrée ; un adolescent de treize ou quatorze ans se précipita vers moi et s'inclina.

« Voici Horace, mon arrière-petit-fils, m'expliqua Anari. Il va prendre soin de vous.

— J'en suis convaincu. » Je fis un signe de tête à Horace. Il ressemblait à Anari, mais avait des cheveux noirs, contrairement à ceux du vieil homme qui étaient blancs. « Ravi de t'avoir à mon service, Horace.

— Merci, Monseigneur ! » Il eut l'air soulagé.

« Appelle-moi Oberon, lui proposai-je.

— Oui, seigneur Oberon !

— Oberon suffira... ou Monseigneur.

— Oui... Oberon... Monseigneur. » Une telle familiarité l'avait rendu hésitant. Eh bien, il s'y habituerait. J'avais besoin d'un domestique, pas d'un lèche-bottes.

Anari reprit : « Les tailleurs du château viendront après le petit déjeuner. Ils couperont des vêtements selon vos goûts. Après cela, déjeuner. Ensuite, dans l'après-midi, on vous apportera une armure... et le seigneur Davin a dit qu'il souhaitait vous accompagner jusqu'aux écuries. Il a pensé qu'il vous fallait un cheval.

— Une proposition de paix ? interrogeai-je Aber.

— Qui sait ? Qui peut les comprendre ? Pas moi, en tout cas », conclut-il, avec un haussement d'épaules.

Je n'en eus cure ; j'avais vraiment besoin d'un cheval.

« Tout cela me semble parfait, mais devra attendre que j'aie vu mon père, dis-je à Anari.

— Évidemment. »

Horace se rendait déjà utile en me préparant des vêtements — une magnifique chemise blanche ornée d'une tête de lion stylisée, brodée de fils d'or sur le devant, et un pantalon lie-de-vin qui brillait dans la lumière matinale. De plus, ils paraissaient à ma taille... en tout cas, plus que la tunique.

« Ils appartenaient à Mattus, précisa Aber. Je ne pense pas qu'il s'offusquerait de les voir sur toi.

— Ils sont splendides. » Je passai ma main sur le tissu, m'étonnant de son incroyable douceur et de sa texture soyeuse ; je n'avais jamais rien vu de semblable en Ilerium. Personne, là-bas, pas même le roi Elnar, ne portait d'habits comme ceux-là.

« Ils ont été fabriqués aux Cours du Chaos, souligna Aber.

— Quel est le secret ? La magie ?

— Soie d'araignée, je crois.

— Incroyable ! »

Horace avait continué sa tâche tandis que nous parlions. Il avait sorti une large ceinture, une cape et des gants dont la couleur s'accordait au pantalon, ainsi que des chaussettes et des sous-vêtements propres.

« Tu sais où me trouver », lança Aber, en se dirigeant vers la porte. « Je descendrai avec toi quand tu seras prêt. Ne lambine pas, père t'attend !

— Et s'impatiente de plus en plus, j'en suis certain ! » ajoutai-je, en souriant. « Je m'en souviendrai. »

Il secoua la tête et sortit, suivi des quelques serviteurs qui avaient attendu près de la porte. Anari leur emboîta le pas et, s'arrêtant sur le seuil, il se retourna.

« Ne vous inquiétez pas, le rassurai-je. Horace sera parfait. Je constate déjà que c'est un travailleur efficace. Et je ferai attention à lui, je vous le promets.

— Merci, seigneur Oberon. » Il eut l'air soulagé.

Dix minutes plus tard, j'allai chercher Aber. Nous descendîmes un escalier pour nous rendre dans l'atelier paternel. J'avais toujours eu le sens de l'orientation ; je retrouvai sans faillir le chemin que nous avions emprunté la veille.

Pendant que nous marchions, je demandai à Aber ce qu'il s'était passé après mon départ de la salle à manger.

« Pas grand-chose, répondit-il. Tout le monde était bien trop sous le choc. »

Je gloussai. « Sous le choc ? À propos du fait que Taine soit en vie ou que je sois un infirme ?

— Un peu des deux, sûrement. » Il déglutit, évitant soigneusement de croiser mon regard. « Après le dîner...

— Tout le monde a essayé de contacter Taine par l'intermédiaire de son Atout, suggérai-je. Mais ça n'a pas marché !

— C'est ça.

— Alors, soit il est mort, inconscient ou drogué, soit il est insensible à vos Atouts.

— C'est bien mon impression. »

Nous avions atteint l'atelier de Dworkin. Deux nouveaux soldats — l'un d'eux jouait aux dés, la veille, avec ses camarades — se mirent au garde-à-vous quand nous passâmes devant eux.

« Puis-je me rendre utile à autre chose ? demandai-je. Y a-t-il un moyen de l'atteindre à travers son Atout, de l'attraper, conscient ou non, et de le tirer jusqu'ici ?

— J'aimerais que ce soit possible. Mais les Atouts ne fonctionnent pas de cette façon. »

Alors que je levais la main pour frapper à la porte, celle-ci s'ouvrit brusquement. La pièce était inondée de lumière. Pendant quelques secondes, je fus incapable de distinguer Dworkin — je finis par l'apercevoir à l'extrémité de la salle. Ce n'était donc pas lui qui nous avait ouvert, pourtant personne d'autre ne semblait se trouver dans l'atelier. Un fantôme ? Non — sans doute le Logrus, une fois de plus, compris-je, avec un serrement de gorge. Si on pouvait s'emparer d'épées rangées à l'autre bout du château, pourquoi n'ouvrirait-on pas les portes à distance ?

« Ah, te voilà ! fit Dworkin. Entre. »

Décontenancé, je fis un pas en avant.

« Bonne chance ! » me souhaita Aber. Et la porte se referma en lui claquant au nez.

Dworkin avait pris place sur une chaise à dossier haut. Sur la table, devant lui, se trouvait une boîte, et dans cette boîte, un objet qui ressemblait à un rubis géant. Je ne pus que le fixer d'un air ébahi ; je n'avais jamais vu une pierre de cette taille. Elle devait sûrement appartenir à un roi... tel était probablement le rang de Dworkin dans cette Ombre.

Il gloussa. « Impressionnant, n'est-ce pas ?

— Magnifique. » Je soulevai le joyau, observant attentivement ses facettes qui étincelèrent dans la lumière vive.

« Ce cristal est particulier. Il contient une réplique de ton diagramme interne.

— Où te l'es-tu procuré ?

— Je... je l'ai acheté il y a longtemps. Il possède des propriétés inhabituelles, dont l'une pourrait se révéler très utile dans notre situation. J'en suis arrivé à la conclusion qu'après tout, ton diagramme *n'est pas* qu'une simple déformation du Logrus.

— Alors... hier soir, tu t'es trompé ? » Je sentis une bouffée d'excitation monter en moi. C'était peut-être là une réponse à mes espoirs et à mes prières. « Je peux donc traverser le Logrus ?

— Non... cela te tuerait !

— Mais tu viens de dire...

— *J'ai dit* que ton diagramme n'est pas une déformation du Logrus. Non, c'est autre chose... quelque chose de nouveau. Un schéma *différent*. »

Perplexe, je fronçai les sourcils. « Comment est-ce possible ? Le Logrus ne régit-il pas tout... aussi bien les Cours du Chaos que tous les mondes de l'Ombre ?

— D'une certaine façon, peut-être...

— Je ne comprends pas. » Je le dévisageai d'un air étonné.

« Il existe peu de choses qu'on ne puisse remplacer.

— Tu veux dire que je suis *vraiment* un infirme ? Que je ne pourrai pas avancer dans le Logrus comme tu le fais ?

— Non ! » Il rejeta la tête en arrière et éclata de rire. « C'est exactement le contraire, mon garçon... tu n'as pas *besoin* d'emprunter le Logrus. Tu peux faire appel à autre chose... à ton propre diagramme.

— Mon propre... » Je le fixai avec stupeur.

« Le dessin de ton diagramme est parfaitement mémorisé dans mon esprit, à présent. Il est doté d'un pouvoir primordial. Tu es comme le premier Seigneur du Chaos dont on a oublié le nom. Tu détiens un schéma — ce nouveau schéma — à l'intérieur de toi. Il est différent du Logrus ! Une fois tracé correctement, c'est un schéma à partir duquel des mondes à part entière pourraient jaillir ! »

Différent du Logrus...

Je ressentis une joie soudaine, une euphorie sans bornes, en comprenant ce qu'il venait de m'expliquer. Peut-être *pourrais*-je maîtriser les Ombres comme le reste de ma famille. Il me *serait sans doute possible* de voyager dans les mondes de l'Ombre et de réaliser les miracles que j'avais vus. Tout me parut soudain à portée de main.

Et je le désirais bien plus que tout ce que j'avais jamais voulu au cours de ma vie. Plus qu'un père, plus qu'une famille, je désirais mon héritage... mon destin.

Mais...

« Tracé correctement ? m'enquis-je doucement. Qu'est-ce que ça signifie ? »

Il prit le temps avant de répondre ; je voyais bien qu'il cherchait ses mots pour m'expliquer les choses.

« Je suis persuadé que le Logrus existe non seulement à l'intérieur, mais également à l'extérieur de l'univers que nous connaissons, dit-il enfin. Le premier Seigneur du Chaos a tracé son schéma, en partie, à l'aide de son sang... donnant ainsi une forme à l'informe, faisant une *réalité* de ce qui n'était pas auparavant. J'ai la conviction que lorsque quelqu'un de notre lignée le traverse, le schéma du Logrus se grave à tout jamais dans son esprit, lui permettant ainsi de l'utiliser... de disposer de son pouvoir et de se déplacer entre les mondes.

— Je comprends. » J'avais déjà entendu ce discours sur l'historique-de-nos-pouvoirs. « Tu as dit que le Logrus ne fonctionnerait pas pour moi... qu'il me détruirait.

— C'est exact. Ce que nous devons faire pour toi est quelque chose de similaire à ce qu'a fait le premier Seigneur du Chaos... trouver un moyen de tracer le diagramme unique que tu possèdes en toi, pour que ton schéma se grave dans ton esprit, de la même façon que le Logrus est gravé dans le *mien*.

— Très bien. » Cela me paraissait rationnel. Et pourtant, quelque chose me gênait encore.

Mon père eut un moment d'hésitation.

« Tu as laissé un détail de côté ! lançai-je d'un ton accusateur.

— Non...

— Dis-moi ce dont il s'agit ! »

Il déglutit, puis : « Je n'ai encore jamais essayé ça jusqu'à aujourd'hui. Ça pourrait fonctionner. Ça *devrait* fonctionner, si mes théories sur le Logrus et sa nature sont exactes. Mais, une fois encore... que se passera-t-il si je me trompe ? Si j'ai commis une erreur ?

— Il pourrait me tuer, lâchai-je, formulant ce qu'il avait voulu me taire.

— Ça, ou pire. Il pourrait détruire ton esprit, ne laisser que ton corps, telle une coquille vide. Ou... il pourrait ne rien faire du tout. »

Je ne savais pas ce que je redoutais le plus. Mais j'allais enfin atteindre mon but ; ça *devait* fonctionner. Ça *fonctionnerait*. Je n'avais pas d'autres choix.

« Quelles sont mes chances d'en réchapper ? Toi-même, risquerais-tu ta propre vie pour tracer ce schéma ?

— Oui », fit-il simplement. Aucun débat, aucune discussion, rien d'autre que ce mot.

J'inspirai profondément. Le moment de vérité était venu. Je pouvais tout risquer pour essayer de gagner un pouvoir inimaginable. Ou me tenir tranquille et rester prisonnier à jamais du monde des mortels.

Pourrais-je vivre au milieu de tous les Locke de ce monde qui se riraient de moi ? Pourrais-je vivre avec moi-même si je laissais passer ma dernière chance de récupérer des pouvoirs ?

Seuls les lâches choisissent la voie de la sécurité.

Je connaissais ma réponse avant même que Dworkin m'eût énuméré les risques. Je voulais la puissance. Je *voulais* disposer de mes propres pouvoirs magiques. Après avoir vu ce que lui et les membres de ma famille étaient capables de faire, comment aurais-je pu reculer ?

Ma gorge se serra. « Je veux essayer. »

Dworkin expira lentement. « Je ne te laisserai pas tomber, mon garçon », dit-il avec douceur.

Il prit le rubis et l'éleva. Celui-ci, capturant la lumière, envoya des éclairs de couleur virevolter dans toute la pièce ; j'en eus le souffle coupé.

Quand la pierre précieuse fut à hauteur de mes yeux, je me rendis compte qu'elle brillait d'une lueur intérieure. Je me penchai en avant, désireux de m'enfoncer en son centre, comme un papillon happé par une flamme.

« Regarde bien au fond », me dit Dworkin. Sa voix me parut estompée. « À l'intérieur, étroitement lié à lui, se trouve un dessin... c'est le tracé exact de ton diagramme. Fixe-le, mon garçon... regarde-le et laisse ton esprit s'envoler ! »

Un chatoiement rouge m'enveloppa. Le monde s'estompa ; la lumière et l'obscurité se mirent à clignoter en rythme ; des formes et des contours apparurent, puis disparurent.

Très loin de moi, j'entendis Dworkin qui disait : « Suis le diagramme, mon garçon... laisse-le te montrer le chemin... »

Je fis un pas en avant.

C'était comme si j'avais ouvert une porte et pénétrais dans une pièce dont je n'avais jamais eu connaissance. Le monde se dépliait autour de moi. L'espace et le temps perdaient toute signification. Je ne sentais plus l'air entrer dans mes poumons ni mon cœur battre. J'*étais*, tout simplement. Je n'avais plus besoin de respirer, de voir, de goûter ou de toucher. Appliquant un doigt sur mon poignet, je ne détectai aucune pulsation... je ne sentis rien du tout.

Des lumières étincelaient, se déplaçaient. Des Ombres couraient comme une eau vive.

Ce n'est pas réel...

Et pourtant ça l'était. Devant moi, derrière, à côté, tout autour, je voyais les lignes d'un grand schéma. Flamboyant d'une lueur rouge liquide, il déployait ses courbes, ses spirales et ses circonvolutions, à la manière de quelque gigantesque serpent ou de quelque dragon. Il me tenait cloué à l'intérieur de lui, tout comme je le tenais en moi ; nous nous balancions en même temps. Je me sentais serein ; j'avais trouvé un accord harmonieux.

« *Par ici...* »

Une main sur mon épaule me pressait de continuer. Je fis un pas en avant.

« Père ?

— *Oui. Je suis là. Je me suis projeté dans le joyau, moi aussi. Viens. Avance vers le diagramme. Suis-le. Je serai avec toi...* »

J'obéis et me dirigeai vers le diagramme. Ce n'était plus une déformation du Logrus. Ils étaient séparés, distincts, et pourtant... ils constituaient deux parties d'un même vaste ensemble.

Comme dans un rêve, j'entendis la voix lointaine de mon père. Je ne comprenais pas ses mots, mais le ton était insistant, harcelant. Je devais faire quelque chose... aller quelque part.

Tellement difficile de se concentrer. Mais je savais qu'il me fallait me souvenir de quelque chose... de quelque chose que je devais faire...

« *Avance*, disait la voix. *Ne t'arrête pas.* »

Oui. Avancer encore.

Je poursuivis ma route, guidé par la lueur rouge brillante. Au début, je trouvai cela aisé, mais ma progression devint de plus en plus difficile, comme si je marchais dans de la boue. La lueur me harcelait, essayant de me faire reculer ; je refusai cependant de capituler. Je réfléchis. Il était hors de question de m'arrêter ; peu importait ce qui pourrait se passer.

Soudain, toute résistance cessa. Je pus me déplacer facilement le long de la piste. La lumière claire, vive, illuminait le chemin. Dépasser ce virage, avancer... encore un nouveau tournant...

Ma vie tout entière défila devant mes yeux, étrangement distincte — tous les endroits où j'étais allé, tous les gens que j'avais croisés.

Ma mère...

Mon serment au roi Elnar...

Des leçons d'escrime dans les parcs de la ville...

Notre maison à Piermont...

Des combats contre les créatures de l'enfer...

Dworkin, jeune homme...

Après une courbe, le chemin redevint malaisé. Je dus lutter pour gagner du terrain ; pas à pas, je m'obligeai à continuer. Je ne m'arrêterais pas. Je n'en avais pas le droit. Devant moi, les lumières m'attiraient. Des images de ma vie apparaissaient fugitivement, virevoltant dans ma tête.

La plage de Janisport...

Le couronnement du roi Elnar...

Des parties de pêche sur les berges de la Blue River...

Les femmes que j'avais connues avant Helda...

La bataille de Highland Ridge...

Le lit de Helda...

Le rassemblement de troupes se préparant au combat...

Pour une raison inconnue, je me concentrai sur l'image du champ de bataille. Là, le roi Elnar avait combattu les créatures de l'enfer et ébranlé leur défense. C'était là que nous avions gagné notre première vraie victoire contre elles.

Mentalement, je continuai de visualiser nos troupes qui se ralliaient vaillamment au roi, brandissant épées et piques, poussant leurs cris de guerre...

Et, lorsque j'atteignis le centre du diagramme, là où il se repliait sur lui-même...

... je trébuchai dans la boue et les herbes emmêlées, et stoppai net ; les relents de la mort et de la pourriture me donnèrent la nausée. Des cadavres d'hommes et de chevaux en décomposition, couverts de mouches, étaient éparpillés autour de moi. Des bourdonnements incessants s'échappaient des corps.

Je levai les yeux. Le ciel de cette sombre fin d'après-midi était couvert. Un vent frais soufflait de l'est par rafales, annonçant une pluie imminente. Il ne parvenait pourtant pas à chasser l'odeur putride du charnier.

J'accomplis lentement un tour sur moi-même. Le champ de bataille s'étendait à perte de vue. Un véritable massacre avait eu lieu ici ; les cadavres se comptaient par centaines, par milliers, tous humains, tous vêtus des couleurs du roi Elnar.

J'étais passé instantanément de la chaleur au froid, d'un endroit sec à un endroit humide, de la sécurité d'un château aux horreurs d'un champ de bataille. Que s'était-il produit ? Comment étais-je arrivé là ?

Le rubis de Dworkin... Ce souvenir me revint en mémoire. En regardant dans la pierre précieuse, j'avais vu les champs qui entouraient Kingstown. Et elle m'avait envoyé ici.

Mais pourquoi ? Pour constater ce désastre ?

Je me protégeai la bouche et le nez avec les pans de ma chemise, mais cela ne suffit pas à couvrir la puanteur. Je refis lentement une rotation complète sur moi-même, emmagasinant la vision d'horreur qui m'entourait.

Ces hommes ne sont morts que depuis quatre ou cinq jours, estimai-je. Des armes détruites, un chariot calciné retourné et des étendards maculés de boue et de sang, jetés sur le sol, témoignaient de l'amplitude des pertes. D'après le nombre impressionnant des cadavres, l'armée du roi Elnar avait probablement été décimée jusqu'au dernier homme.

Un crachin glacial se mit à tomber, mouillant mes cheveux et mes vêtements. L'odeur nauséabonde de charogne se fit plus âpre. Avec prudence, je me frayai un chemin au milieu des cadavres, à la recherche du roi ou de quelqu'un que je connaissais.

Je frissonnai, soudain trempé jusqu'aux os. Je m'obligeai alors à regarder le champ de bataille et les morts autour de moi. Des oiseaux, des chiens et d'autres charognards, moins ragoûtants, s'étaient attaqués aux corps depuis plusieurs jours, mais je n'avais pas besoin de voir leurs visages pour les reconnaître.

Tous avaient été humains.

Je grimpai sur le chariot retourné ; les cendres noircirent et graissèrent mes doigts. Une fois en hauteur, je pus constater la véritable ampleur du désastre.

Celui-ci s'étendait à perte de vue. Les fiers étendards étaient enlisés dans la boue. Épées, couteaux, piques et haches, par centaines, rouillaient sur le sol. Et partout, entassés ou isolés, gisaient des corps innombrables.

Personne, ni femme ni enfant ni curé, n'était venu chanter pour ces morts ; personne n'était venu les enterrer. Je n'eus pas besoin de voir Kingstown pour comprendre que la ville était tombée, elle aussi, et que les créatures de l'enfer avaient dû massacrer tous ceux qui s'étaient trouvés sur leur passage.

Mon père s'était trompé quand il avait prédit qu'elles quitteraient Ilerium après mon départ pour Juniper. Poursuivant ma route au milieu du charnier, je fus pris d'une sorte d'engourdissement sans doute causé par le choc. J'avais du mal à supporter tous ces membres coupés, ces orbites vides qui semblaient me fixer, ces expressions de terreur et de douleur gravées sur tous les visages.

Je parvins à un endroit où les corps et les décombres avaient été retirés. Sept poteaux en bois — m'arrivant à hauteur de poitrine —, espacés de deux pieds les uns des autres, et plantés en ligne dans la boue, portaient d'épouvantables trophées : les têtes tranchées du roi Elnar et de six de ses lieutenants.

Voyant ce qui restait de mon roi, je sentis mon estomac se nouer. Je m'approchai en titubant. Il avait les yeux clos, la bouche grande ouverte. Malgré sa peau grisâtre que le soleil avait commencé à craqueler, il avait l'air paisible de quelqu'un qui dormait.

Je dus lutter pour ne pas me jeter par terre et me mettre à sangloter de désespoir. Comment cela avait-il pu se produire ? Père avait assuré que les créatures de l'enfer partiraient dès que j'aurais quitté Ilerium. Je l'avais cru sur parole.

« Je suis désolé », dis-je au roi.

Les paupières d'Elnar se soulevèrent brusquement.

Je sursautai de frayeur.

Ses yeux se tournèrent lentement vers moi. Je compris qu'ils me reconnaissaient.

« Toi ! » maugréa-t-il, en butant sur les mots. Il darda une langue noire et la passa sur ses lèvres fendillées. « C'est toi la cause du châtiment qu'on nous a infligé !

— Non... », murmurai-je.

Les autres têtes, fichées sur les poteaux, ouvrirent les yeux à leur tour. Ilrich, Lanar, Harellen — l'un après l'autre, ils se mirent à m'appeler : « *Obere... Obere... Obere...* »

Le roi Elnar dit d'une voix de plus en plus forte : « Tu as trahi ton serment d'allégeance. Tu nous as abandonnés quand nous avions besoin de toi ! Regarde bien ce à quoi nous sommes réduits, car tel sera bientôt ton destin !

— Je croyais que les créatures de l'enfer s'en iraient, lui répondis-je. C'est *moi* qu'elles recherchaient, pas vous.

— Traître ! Tu nous as tous trahis ! »

Les autres têtes se mirent à crier : « *Traître ! Traître ! Traître !...*

— Non ! Écoutez-moi ! Ce n'est pas vrai !

— Créatures de l'enfer ! se mit à hurler le roi Elnar. Il est là ! Il est là ! Venez le prendre ! Venez prendre ce traître !

— Taisez-vous !, rétorquai-je d'un ton dur. Ne les appelez pas...

— À l'aide ! cria l'une des autres têtes. Créatures de l'enfer ! Venez nous aider ! Le lieutenant Obere est ici ! »

Je hurlai : « Taisez-vous ! »

Une autre lança : « C'est lui que vous voulez, pas nous ! Au secours, à l'aide ! »

— Venez le chercher ! reprirent les autres. Venez le chercher ! »

Je tentai mon possible pour les calmer — explications, raisonnements, ordres. Rien n'y fit. Elles ne cessaient de crier aux créatures de l'enfer de venir me chercher.

Ce ne sont plus des hommes, mais des *choses* ensorcelées, me convainquis-je. Les gens que j'avais connus ne m'auraient jamais trahi ainsi... en tout cas, pas ce roi à qui j'avais promis mon dévouement éternel, ni mes frères d'armes... certainement aucun d'entre eux.

D'un coup de botte, je renversai le poteau du roi Elnar. Sa tête y resta fichée. Me penchant pour la retirer, je m'aperçus qu'elle n'était pas attachée au pieu, mais qu'elle était devenue, en quelque sorte, une partie de celui-ci... la chair et le bois s'étaient fondus en un hybride monstrueux.

« Régicide ! hurlèrent les têtes.

— Traître !

— Assassin !

— Meurtrier !

— *Créatures de l'enfer... aidez-nous !* »

J'arrachai le poteau de la boue. Il mesurait un peu moins de quatre pieds de haut et pesait une vingtaine de livres. Je le soulevai facilement au-dessus de moi et, de toutes mes forces, cognai la tête, toujours plantée à son extrémité, sur la pierre la plus proche.

Le visage du roi Elnar se fracassa ; mais, à la place du sang et de la cervelle, il s'en écoula une substance pâteuse, verdâtre, une sorte de sève qui dégageait une odeur de bois fraîchement coupé.

Presque en larmes, je continuai de cogner jusqu'à ce qu'il ne subsistât plus rien de la tête. Puis je me servis du poteau pour détruire les autres. Pendant que j'accomplissais cette tâche, elles me couvrirent d'insultes et continuèrent à appeler les créatures de l'enfer.

C'est plus fort qu'eux, me dis-je. Ce ne sont plus les hommes que j'ai connus.

Puis ce fut le silence. De nouveau seul, je restai debout, là, à écouter le vent gémir faiblement sur le champ de bataille, et à humer l'odeur de bois fraîchement coupé qui se mêlait à la puanteur du charnier. La pluie se mit à tambouriner. Le soir tomba. Des éclairs zébrèrent le ciel.

Je me retournai, le poteau à la main, et regardai vers Kingstown. Peut-être trouverais-je des réponses là-bas... ou un moyen de rentrer à Juniper. J'avais besoin de me reposer et de recouvrer mes esprits pour pouvoir réfléchir.

J'entendis alors un bruit qui me terrifia : des martèlements de sabots lointains. Et nombreux de surcroît. Des créatures de l'enfer... répondant aux appels frénétiques des têtes ?

Je n'en doutai pas une seconde. Les créatures de l'enfer avaient dû les laisser là, à dessein, pour surveiller mon retour. Et dès mon arrivée, elles s'étaient empressées de me trahir.

J'inspectai, paniqué, les environs. Ici, aucun survivant pour m'aider, aucun endroit où me mettre à l'abri. Évidemment, je pourrais me cacher parmi les cadavres quelque temps, mais on me découvrirait très vite, et l'idée de passer la nuit sans bouger dans la boue glacée ne m'enchantait guère.

Je ramassai une première épée ; malheureusement, elle était fendue et tordue en plein milieu. La deuxième, cassée. Satané Dworkin et sa maudite règle : pas-d'épée-dans-mon-atelier ! Avec la mienne, j'aurais eu une chance de m'en tirer.

L'obscurité grandissante et la pluie incessante m'empêchèrent de continuer à chercher une arme utilisable. Les créatures de l'enfer arrivaient ; il me fallait trouver un refuge, et vite. Dans la position qui était la mienne, face à un adversaire décidé, je ne tiendrais pas deux minutes.

Je courus vers Kingstown. Peut-être était-elle encore debout. Peut-être des survivants de l'armée du roi Elnar s'étaient-ils retranchés là-bas et tenaient-ils encore la ville. Conscient que mes chances étaient minces, je savais pourtant que c'était le seul choix possible.

Peut-être finirais-je par trouver un endroit où me cacher jusqu'à l'aube.

Treize

Kingstown n'était plus que ruines et cendres.

Debout, au sommet de la petite colline qui dominait la ville, je n'aperçus que ses décombres noircies que les éclairs illuminaient. Pas un seul bâtiment ne subsistait. Çà et là, à la manière de stèles, quelques cheminées se dressaient encore, indiquant la disparition de la ville. Je ne trouverais aucune aide ici.

Oberon...

Il me sembla entendre une voix lointaine m'appeler. Surpris, je regardai autour de moi.

« Qui est là ? »

Aber. Pense à moi. Rejoins-moi par la pensée.

J'essayai de l'imaginer mentalement. En me concentrant, je parvins à former son image ; elle se mit à grandir en tremblotant et finit par devenir réelle.

« C'est bien *toi* ! » haletai-je. Ma situation n'était peut-être pas aussi désespérée que je l'avais cru.

« *Oui. Père a dit qu'il... t'avait perdu, il ne sait trop comment. J'ai pensé que je pouvais essayer d'utiliser ton Atout. Où es-tu ? Que s'est-il passé ?*

« — J'ai froid, je suis trempé et fatigué. Peux-tu me ramener à la maison ? »

Il n'hésita qu'une seconde. « *Bien sûr.*

— Merci. »

Il tendit la main vers moi ; je fis la même chose. Nos doigts se rencontrèrent au milieu de nulle part. Il agrippa mon poignet et me tira en avant. J'avançai d'un pas...

... et me retrouvai dans une chambre aux tapisseries représentant des danseurs, des jongleurs et des scènes joyeuses. Une lampe à huile pendait du plafond et éclairait la pièce d'une chaude lumière jaune. Un râtelier rempli d'épées, un secrétaire en désordre, un grand lit à baldaquin et deux chaises en bois clair composaient le mobilier.

Je me retournai ; désormais, un autre mur s'y trouvait, garni d'étagères où s'alignaient livres, manuscrits, coquillages, cailloux et autres objets variés qu'on pouvait accumuler au fil du temps. Ilerium, Kingstown et les créatures de l'enfer avaient disparu.

« Est-ce... ? commençai-je.

— Ma chambre. »

Je me détendis enfin. *Sain et sauf. À Juniper.* Je me mis à trembler sous l'effet de l'épuisement nerveux. Je ne m'étais jamais senti aussi désarmé auparavant.

Mais j'avais réussi à m'échapper.

« Tu es trempé comme une soupe ! » dit Aber avec un petit rire. Je détaillai ma tenue, de haut en bas. La pluie avait collé mes vêtements à mon corps. La boue, la sève et la pâte à papier avaient éclaboussé mon pantalon et mes bottes. De l'eau dégoulinait de mes cheveux, s'écoulait sur mon front et mes joues, et gouttait de mon menton.

« Je me *sens* trempé comme une soupe, répondis-je. Désolé pour le dérangement. » J'entrepris de lever mes pieds, avec précaution, l'un après l'autre. Mes bottes laissèrent une empreinte boueuse. De l'eau s'étalait en flaque autour de moi.

« Ce n'est pas grave.

— Mais tes tapis... » Ils devaient valoir une petite fortune !

Il haussa les épaules. « Oh, je m'en fiche. Ça se nettoie, ou ça se remplace. Le plus important est que tu sois de retour, sain et sauf. Maintenant, assieds-toi... on dirait que tu vas te trouver mal !

— Merci. » Je fis deux pas en avant et m'effondrai sur l'une des chaises. Mes vêtements produisirent un bruit de succion. Des gouttes tombèrent dans mes yeux. Je ne désirais qu'une chose : trouver un endroit chaud où je pourrais rester roulé en boule pendant tout un mois. « Je pense que cette nuit a été la pire de ma vie.

— Qu'est-ce que c'est que ça ? » demanda Aber.

Je baissai les yeux et m'aperçus que je tenais toujours le poteau... sur lequel avait été fichée la tête du roi Elnar. Je le laissai tomber à terre. Je ne voulais plus le voir, plus jamais. Il était maudit ou ensorcelé... ou les deux.

« J'allais m'en servir pour me défendre, m'excusai-je. Les créatures de l'enfer étaient à mes trousses. »

Il écarquilla les yeux. « Des créatures de l'enfer ! Où étais-tu ?

— Chez moi... dans l'Ombre d'où je suis venu... à Ilerium.

— Comment y es-tu allé ?

— Père a fait quelque chose. Il tentait une expérience ; il avait une idée pour me permettre d'utiliser le Logrus. » Prenant une profonde inspiration, je retirai une de mes bottes, puis l'autre. Un demi-pouce d'eau s'étalait au fond de chacune d'elles. J'eus un moment d'hésitation avant de me décider à les poser près de la chaise.

« Et alors ? Ça a marché ?

— Je ne crois pas. Cela m'a donné mal à la tête... et je ne sais comment... père m'a renvoyé à Ilerium... l'endroit où j'ai grandi. Le roi Elnar et toute son armée ont été massacrés. Les créatures de l'enfer ont aussi brûlé la ville. Je pense qu'il n'y a aucun survivant. Elles y étaient encore ; elles m'attendaient. Si tu n'avais pas été là...

— Je suis désolé, dit-il avec compassion.

— On n'y peut rien », répondis-je d'une voix accablée. J'avais réussi à échapper à mon destin. Mon père m'avait *vraiment* sauvé la vie. « Si j'étais resté pour combattre les créatures de l'enfer, je serais mort à l'heure actuelle.

— Tu as l'air aussi frigorifié que trempé, remarqua-t-il. Veux-tu un peu d'eau-de-vie ?

— Avec joie ! » Je repoussai les cheveux mouillés qui retombaient sur mes yeux.

Une bouteille ouverte et un verre étaient posés sur le secrétaire. Il me servit une première rasade généreuse que j'avalai d'un trait. Je pris le temps de siroter la seconde.

Je me levai et me dirigeai vers l'âtre. On l'avait alimenté pour la soirée ; les bûches s'y consumaient lentement et répandaient une douce chaleur. Rester debout près du feu me fit du bien ; je me sentais comme un chat dans un panier devant une fenêtre ensoleillée. Aber rajouta du bois et remua les tisons avec des pincettes. De petites flammes apparurent et les rondins s'embrasèrent. La chambre se réchauffa progressivement. D'un air presque joyeux, je présentai au foyer mon dos, puis ma poitrine.

« Comment as-tu fait pour me ramener ici ? lui demandai-je. Le Logrus ?

— Oui. » Il se dirigea vers le secrétaire, ramassa un Atout et vint me le montrer. Mon portrait y était peint. Comme à son habitude, il m'avait dessiné avec une bougie à la main, scrutant les ténèbres.

Je ne pus m'empêcher de glousser. « C'est exactement mon sentiment actuel. Perdu dans le noir. Ou plutôt, récupéré, mais toujours plus ou moins dans l'obscurité. »

Je tendis la main pour prendre la carte, mais il m'annonça : « Désolé, elle n'est pas tout à fait sèche », et la remit à sa place.

J'avalai une nouvelle gorgée d'eau-de-vie et la sentis me réchauffer le ventre. Appartenir à cette famille un peu extravagante avait, après tout, ses avantages. Être sauvé in extremis par un frère rencontré seulement la veille... était une anecdote qu'un barde pourrait fort bien transposer en poème épique.

Je fronçai les sourcils en repensant au roi Elnar et à mes camarades-lieutenants disparus à jamais, leurs têtes ensorcelées réduites en bouillie. Si seulement cette histoire avait une fin heureuse !

Aber prit une couverture sur le lit et me la tendit.

« Enlève tes habits mouillés et sèche-toi. Je vais t'apporter des vêtements appartenant à Mattus. Dès que tu seras prêt, tu iras voir père. Il se fait un sang d'encre.

— Merci », répondis-je avec reconnaissance.

Aber revint bientôt avec une chemise, un pantalon, des sous-vêtements... et mon domestique. Horace avait l'air à moitié endormi. Je supposai qu'Aber l'avait tiré de son lit pour qu'il vînt m'aider.

Faire ma toilette et changer de vêtements ne me prit pas beaucoup de temps. J'avais cependant l'impression de me traîner ; après tout ce que j'avais traversé, l'heure tardive et les effets de l'eau-de-vie alourdissaient mes membres et me pilonnaient la tête. Mon seul désir était de me mettre au lit et de sombrer dans le sommeil pendant un jour ou deux.

Aber possédait une autre paire de bottes, mais bien trop étroites pour moi. Horace nous quitta et me rapporta rapidement des chaussures plus larges — je ne lui demandai pas où il les avait trouvées, mais je le soupçonnai de les avoir empruntées à un autre de mes frères. C'était sans importance.

« Ça peut aller, dit finalement Aber, après m'avoir examiné de la tête aux pieds. Essaie simplement de ne pas t'évanouir.

— Je me sens mieux, mentis-je.

— Grâce à l'eau-de-vie ! Tu as cependant une mine de papier mâché.

— Possible ! » Je pris une profonde inspiration et me dirigeai vers la porte en titubant légèrement. Il est temps d'aller voir notre père, pensai-je. Je ne pouvais plus retarder ce moment. J'en informai Aber.

« Veux-tu que je t'accompagne ? me proposa-t-il soudain, en me soutenant par le bras.

— Ce n'est pas la peine. De toute façon, il préférera me voir seul. Nous avons pas mal de choses à nous dire.

— Tu as raison, il ne veut jamais me voir. Pourtant... » Il semblait hésitant.

« Je connais le chemin, dis-je, d'un ton bien plus assuré que je ne l'étais moi-même.

— Tu es sûr ?

— Oui.

— Alors, bonne chance. » Il s'adressa à Horace : « Accompagne-le... au cas où.

— Oui, Monseigneur », répondit ce dernier en s'avançant. Je m'appuyai légèrement sur son épaule.

« Merci pour tout, fis-je à Aber.

— Tu ne connais pas ta chance !

— Je crois que si ! » Je grimaçai un sourire.

« Allez, file ! Père attend. »

Horace me soutint jusqu'au couloir. Là, j'inspirai profondément et m'obligeai à me tenir debout tout seul. Je croyais pouvoir descendre les escaliers sans son aide. Je ne voulais pas non plus que les autres serviteurs pussent me voir traîner la jambe et me déplacer grâce à lui — sinon, avant le lever du jour, des rumeurs sur mon drame personnel se seraient mises à circuler dans tout Juniper.

Horace sur mes talons, je franchis la volée de marches et parcourus le labyrinthe de couloirs sans me tromper, puis passai devant deux gardes somnolents et m'engouffrai dans l'atelier de Dworkin.

Sans prendre la peine de frapper, je poussai la porte. Il était assis à une table et travaillait à son squelette à quatre bras.

« Que s'est-il passé ? Où étais-tu ? » demanda-t-il, en se précipitant vers moi. « Tu as disparu brusquement ! »

Je chancelai ; Horace bondit pour me permettre de garder l'équilibre. Je m'appuyai sur son épaule et il m'aida à m'asseoir sur une chaise.

« Je n'ai plus besoin de toi, lui dis-je.

— Très bien, Monseigneur. » Il s'inclina et sortit de la pièce en courant.

J'expliquai lentement à mon père tout ce qui m'était arrivé : la façon dont je m'étais soudain retrouvé sur le champ de bataille, au nord de Kingstown ; la découverte des têtes du roi Elnar et de ses lieutenants, ainsi que leur trahison ; ma fuite pour échapper aux créatures de l'enfer et mon émotion à la vue de la ville réduite en cendres.

« Aber m'a secouru, dis-je. Il a peint un Atout pour retrouver ma trace, puis l'a utilisé pour me ramener.

— Alors, ça a fonctionné, fit-il, admiratif et étonné. Le rubis contient bien une image fidèle de ton diagramme. Te voilà à présent en accord avec lui, et lui avec toi.

— Je ne comprends pas. »

Il sourit avec bienveillance. « Tu as voyagé jusqu'en Ilerium tout seul, en avançant selon ton diagramme interne. Tu peux maîtriser les Ombres. »

Je fus abasourdi. « Ça fonctionne ? Vraiment ?

— Oui !

— Comme le Logrus ?

— *Oui !* »

Je poussai un soupir de soulagement. « Bon...

— La nature véritable du Chaos repose dans le Logrus, expliqua-t-il. C'est une force primitive, vivante, animée. Elle est incorporée dans l'essence même des Seigneurs du Chaos, du roi Uthor au plus petit des enfants qui partagent son sang.

— Toi y compris. Et tous tes descendants... sauf moi.

— C'est exact.

— Mais pourquoi pas *moi* ?

— Oh, je connais aussi la réponse à cette question, maintenant, fit-il en riant. Mais ce sera pour un autre jour. Viens, il y a un lit dans une des pièces du fond ; je m'y allonge quand je travaille ici trop longtemps. Couche-toi. Dors. Tu te sentiras mieux demain matin. »

J'avais encore mille choses à lui demander : comment m'étais-je déplacé jusqu'en Ilerium sans Atout ? Avais-je besoin du rubis pour faire de la magie ? Pourrait-il m'emmener sur n'importe quel monde de l'Ombre, même là où je n'étais encore jamais allé ? Mais je n'eus pas la force de discuter. Je me levai et le suivis à travers des salles différentes de celles que j'avais déjà vues. Le même désordre régnait dans chacune d'elles, le même fatras d'objets magiques ou scientifiques. Nous finîmes par arriver dans une pièce équipée d'un petit lit poussé contre un mur. Deux lions momifiés y étaient assis ; Dworkin les poussa dans un coin et écarta les couvertures.

« Allez, mon garçon, entre là-dedans. »

Sans même me déshabiller, je me jetai dessus.

Des rêves m'assaillirent, remplis d'étranges images de diagrammes étincelants enchâssées dans la lumière d'un rubis, de têtes parlantes, et d'un Dworkin jacassant, menaçant, qui me dominait de sa toute hauteur et tirait des ficelles, tel un marionnettiste fou.

Quatorze

J'ignorais combien de temps j'avais dormi, mais quand je me réveillai enfin le lendemain, je me sentis un peu sonné et pas vraiment dans mon assiette. Dworkin avait disparu. Je m'assis péniblement, étirai les bras, me frottai les yeux et sortis du lit un peu chancelant. J'avais mal partout ; ma tête bourdonnait.

Je quittai l'atelier lentement, passai devant deux nouveaux gardes en faction dans le couloir et me rendis dans la salle à manger. Un peu de nourriture me fera sans doute du bien, songeai-je.

Blaise et deux autres femmes, inconnues de moi, étaient assises en bout de table et se sustentaient d'une sorte de repas froid. Je leur fis un signe de tête poli et m'installai à l'autre extrémité. Remarquant à peine ma présence, elles s'entretenaient de gens dont je n'avais jamais entendu parler.

« Que puis-je vous servir, Monseigneur ? » s'enquit un domestique, en se matérialisant à mes côtés.

« Un steak saignant, une demi-douzaine d'œufs sur le plat et de la bière.

— Bien, Monseigneur. »

Cinq minutes plus tard, il était de retour, chargé de plateaux contenant ce que j'avais commandé ; on y avait ajouté du pain frais, du beurre, une salière et une corbeille remplie de fruits. Je reconnus des pommes et des poires, mais n'identifiai pas la plupart des autres — certains étaient des boules vertes et jaunes avec d'étranges protubérances ; d'autres avaient des formes allongées mouchetées de rouge orangé ; d'autres, enfin, étaient ronds, blancs, duveteux, de la taille de mon poing.

Je mangeai en silence, réfléchissant aux événements de la veille. Tout semblait si lointain et si irréel, comme si un autre que moi avait voyagé jusqu'en Ilerium. Pourtant, j'entendais encore les voix du roi Elnar et de ses lieutenants...

Traître !

Meurtrier !

Assassin !

Un coup de poignard me transperça le cœur.

Après avoir mangé, je me sentis beaucoup mieux. J'ai dormi jusqu'à midi passé, constatai-je. Hors de question de passer mon temps à me prélasser au château ! Je me mis donc à la recherche d'Anari. À cause de Dworkin et de tout le reste, je n'avais encore honoré aucun des rendez-vous qu'il m'avait pris avec les tailleurs et autres ouvriers. Il pourra peut-être les reporter à plus tard dans la journée, me dis-je.

Je le trouvai dans une petite pièce, près de la salle d'audience ; il parcourait des livres de comptes et distribuait les tâches au personnel. Il m'accueillit chaleureusement.

« Le jeune Horace vous donne-t-il satisfaction, Monseigneur ? s'enquit-il.

— Oui, entièrement. Il paraît compétent et enthousiaste. Je n'ai pas à m'en plaindre.

— Je suis fort aise de l'entendre. » Il sourit. Je me rendis compte que cette nouvelle lui faisait vraiment plaisir.

« Savez-vous où se trouve mon père ?

— Le prince Dworkin est allé inspecter les troupes avec les seigneurs Locke et Davin. Ils devraient être de retour avant le dîner.

— Ah ! » Je me doutais bien que Dworkin ne négligerait pas ses devoirs pour m'attendre. Néanmoins, j'avais espéré qu'il serait encore là.

« Qu'en est-il des tailleurs ? demandai-je. J'ai peur d'avoir manqué tous mes rendez-vous. »

Il consulta des papiers étalés devant lui. « Je crois... oui, c'est cela, ils sont chez Dame Blaise, en ce moment. C'est elle qui choisit le tissu des nouveaux uniformes des officiers. Cela risque de durer presque tout l'après-midi. Demain matin vous conviendrait-il... sera-ce assez tôt pour vous ?

— Oui. » Je pouvais toujours emprunter d'autres vêtements à Mattus, au besoin.

« Parfait, Monseigneur. » Il trempa une plume d'oie dans un encrier et consigna le rendez-vous dans son cahier, d'un graphisme fin et enluminé.

Je repris la parole : « Existe-t-il une cour d'entraînement dans le château ?

— Bien sûr, seigneur Oberon. Maître Berushk se tiendra à votre disposition. » Il fit signe à un page âgé de neuf ou dix ans, vêtu de la livrée du château, qui se tenait debout près de la porte, attentif. « Conduis le seigneur Oberon jusqu'à la cour d'entraînement.

— Oui, monsieur. »

Le garçon me fit traverser la haute cour avec ses larges pavés, puis une petite roseraie. Au fond de cette dernière, une porte s'ouvrait sur un espace de cinquante pieds carrés, clos de murs. Ce doit être là, pensai-je, en découvrant des mannequins, des râteliers chargés d'épées et d'armes diverses. Il y avait même une machine d'exercice sur pivot, équipée de bras en bois et d'épées.

Deux hommes, torse nu, s'affrontaient avec des épées et des couteaux, tournoyant, allongeant des bottes, parant, attaquant. Un troisième, plus âgé, au visage et aux bras zébrés de cicatrices, les regardait d'un œil critique.

« Nous y voilà, Monseigneur, m'annonça le page.

— Merci. Tu peux t'en aller.

— Oui, Monseigneur. » Il s'inclina et rebroussa chemin en courant.

Je reportai mon attention sur les épéistes ; je reconnus en eux mes demi-frères jumeaux, Titus et Conner. Ils se ressemblent autant physiquement que dans leur façon de manier les armes, constatai-je.

« Arrêtez ! » cria leur maître. Essoufflés et en sueur, Titus et Conner s'interrompirent.

« Vous vous obstinez à baisser votre garde », leur dit-il. J'acquiesçai intérieurement à cette observation. « Il ne faut pas compter sur l'éventuelle fatigue de votre adversaire. Dans un véritable duel, de telles erreurs vous coûteront la vie. »

Je poussai la porte et entrai. Ils se retournèrent pour me dévisager.

« Qui est-ce ? demanda Berushk.

— Notre frère, Oberon, lui répondit Titus — ou Conner ?

— Encore un de ces enfants mous et futiles ? lança le maître d'armes, me toisant et ricanant d'un air méprisant. Eh bien, jeune Oberon, je ne vous ai encore jamais vu. Vous seriez-vous perdu en vous promenant dans la roseraie ? Allez-vous-en et laissez l'escrime aux vrais hommes. »

Je ne pus m'empêcher de rire. Le maître d'armes du roi Elnar avait utilisé les mêmes insultes, mot pour mot, lors de notre première rencontre. Je m'échauffais bien plus rapidement à cette époque-là et, en tant que jeune officier, j'avais beaucoup à prouver. Évidemment, j'en avais pris offense, sorti mon épée et demandé réparation aussitôt. Il avait dû s'y plier... et j'avais failli l'occire ; jamais un élève n'avait réussi un tel exploit. Je l'*aurais* sûrement tué, si plusieurs autres personnes ne m'avaient pas arraché à lui.

On m'avait informé, bien plus tard, que les maîtres d'armes provoquaient toujours en duel les nouveaux arrivants afin d'évaluer, de manière équitable, leurs compétences.

Je me contentai de grimacer un sourire à Berushk, en disant : « Je serais ravi de vous montrer comment ferrailler, vieil homme. Avez-vous une épée en réserve ?

— En bois ou en fer ? rétorqua-t-il, me retournant ma grimace.

— Avec sa permission, j'emprunterai celle de Conner.

— Bien sûr. » Le jumeau de droite avança d'un pas, en me tendant son arme par la poignée. Quand il fut près de moi, dos tourné à Berushk, il murmura : « Prends garde à toi, il change de main en plein milieu du combat et aime laisser des cicatrices. »

Je lui fis un clin d'œil.

« Bon, voyons si je me souviens encore comment on s'en sert, dis-je à voix haute. Je crois qu'il faut la tenir *ainsi*, et le but est de vous toucher avec le bout pointu, c'est ça ? »

Berushk eut un grand sourire. « Assez joué, gamin. » Il effectua de petits moulinets avec l'épée de Titus. « Montre-moi ce que tu sais faire. »

J'exécutai un bref salut avec ma lame, puis pris une position classique d'attaque, pied droit en avant, main gauche sur la hanche, garde haute, prêt à en découdre.

Il engagea en hauteur, rapidement ; je parai avec peu de grâce et d'habileté, faisant croire — à une...

deux... trois reprises ! — que la chance, plutôt que mon adresse, m'avait protégé. Tandis que nos fers se croisaient avec régularité, je gagnai du terrain petit à petit.

Quand il laissa délibérément une ouverture, je ne saisis pas l'occasion. Au contraire, je fis mine d'hésiter, prenant un air indécis. Laissons-le croire qu'il m'embrouille les idées et que je suis en mauvaise posture, me dis-je. C'était *moi* le maître de ce duel, pas lui ! Moi qui déterminerais quand et comment il prendrait fin.

Avec un petit soupir, et visiblement désireux de terminer ce combat au plus vite pour retourner à ses leçons, il attaqua avec une vigueur toute nouvelle ; cette fois, il opéra une double feinte destinée à me découvrir.

Je parai avec une seconde de retard. Il pivota, se fendit, et rabattit ; il aurait dû m'érafler la hanche droite.

Mais sa botte ne me toucha pas.

Voilà l'occasion que j'attendais. Aussi vif qu'une panthère, je m'approchai, au lieu de reculer, me faufilant vers l'intérieur de sa frappe. Il ouvrit de grands yeux. Et comprit — trop tard ! — ce que je manigançais : sa lame ne rencontra que du vide.

Je fis passer la mienne dans ma main gauche et, de la droite, saisis son poignet que je tordis et secouai. En extension, déséquilibré, il tituba. Sans hésiter, je pivotai et lui donnai un coup de pied dans le tibia gauche ; il s'étala sur le dos, vidant d'un coup l'air contenu dans ses poumons.

Je m'approchai et posai la pointe de mon épée sur sa gorge.

« Vous vous rendez ? » demandai-je doucement.

Il gloussa. « Bien joué, Oberon. C'était digne d'un Seigneur du Chaos. Je me rends. »

Conner et Titus me dévisageaient comme si j'étais bicéphale.

« Tu as *gagné* ? interrogea Titus. Tu as *vraiment* gagné ? »

J'offris ma main à Berushk qui se releva. Il épousseta alors ses vêtements, d'un air presque contrit.

« *Voilà* comment il faut se battre, fit-il à Conner et à Titus. Ne jamais dévoiler ses talents. Laisser l'adversaire se méprendre et commettre une erreur. » Il se tourna vers moi. « Qui vous a entraîné, seigneur Oberon ? Jusqu'à aujourd'hui, je n'avais jamais vu un *clave-à-main*[1] exécuté de manière aussi *énergique* !

— Mon père », répondis-je d'une voix égale, en rendant son épée à Conner.

« Ceci explique cela. » Berushk sourit. « Je n'ai jamais eu l'occasion de le voir combattre, mais les récits de sa folle jeunesse sont encore sur toutes les lèvres, aux Cours du Chaos. Il devait être très doué.

— Il l'est toujours », précisai-je, me remémorant notre combat contre les créatures de l'enfer à Kingstown. Son habileté n'avait pas manqué de m'étonner. Je poursuivis : « J'en déduis que j'ai réussi l'examen ?

---

1. En français dans le texte.

— Seigneur Oberon, j'ai peur de ne pas avoir grand-chose à vous apprendre.

— Je suis simplement venu m'entraîner.

— Dans ce cas, nous pouvons sans doute vous aider. » Il regarda Conner et Titus et leur adressa un clin d'œil, un peu trop joyeux. « N'est-ce pas mes garçons ? »

Berushk tint parole. Pendant les deux heures qui suivirent, j'eus droit à la séance d'entraînement la plus éreintante de ma vie ; je les affrontai tous les trois séparément, par deux, ou simultanément.

Je ne perdis pas un seul combat, même lorsque Berushk m'attacha le bras gauche dans le dos et fixa des poids à mes chevilles. Je terminai en sueur et tremblotant ; néanmoins, j'avais réussi à les toucher tous les trois du bout de mon épée en bois, avant que l'épuisement ne me forçât à m'arrêter.

« Ça suffit pour aujourd'hui ! déclarai-je, pantelant.

— Vous vous êtes bien défendu, seigneur Oberon », me dit Berushk en s'inclinant.

Je constatai que notre public avait grossi ; une bonne douzaine d'officiers et plusieurs gardes du château s'étaient rassemblés. Ils se mirent à applaudir et à m'acclamer ; je les saluai brièvement de ma lame avant de la ranger sur le râtelier avec les autres. J'avais dans l'idée que cette séance animerait leurs conversations pendant un certain temps.

Je me séchai le visage avec une serviette, remerciai Berushk pour son travail et le temps qu'il m'avait consacré, puis me dirigeai vers le château.

Conner et Titus se précipitèrent à ma suite.

« Je pense que tu es aussi doué que Locke, me dit Conner.

— Peut-être même meilleur, renchérit Titus. Berushk parvient encore à le battre de temps en temps. »

J'éclatai de rire. « C'est parce qu'ils s'entraînent ensemble. Chacun connaît la tactique de l'autre.

— Mais, malgré cela... »

Nous continuâmes à bavarder comme de vieux amis jusqu'à nos appartements respectifs. Je les avais trouvés austères et distants au cours du dîner de la veille ; mais, là, en les voyant aussi détendus, j'appréciai leur compagnie.

Nous atteignîmes notre étage et nous séparâmes. Je me rendis compte, tout à coup, que la porte de mes appartements était ouverte. Voilà qui risquait de compromettre mes plans : j'avais espéré faire une petite sieste avant le repas.

Du seuil, je jetai un coup d'œil à l'intérieur, craignant le pire. Je ne vis aucun assassin embusqué, mais simplement Freda et Aber qui m'attendaient tranquillement. Freda avait disposé ses cartes sur le secrétaire et les retournait une par une, étudiant la configuration qui en émergeait. Elle n'avait pas l'air ravi.

« Des problèmes ? demandai-je doucement à Aber en entrant. Ce qu'elle voit ne lui plaît pas ?

— Son problème, c'est qu'elle ne voit *rien du tout*. »

Je levai les sourcils. « Est-ce mauvais signe ?

— Je ne sais pas. » Il croisa les bras et plissa le front. « Elle ne veut rien me dire. »

Sa réponse me fit sourire. « Tu devrais venir t'entraîner avec moi, demain », lui suggérai-je, en me dirigeant vers ma chambre pour me débarbouiller. J'en avais grand besoin avant de descendre pour le dîner. « C'est un bon moyen de faire de l'exercice... et de mieux connaître ses frères !

— Le problème, c'est que je n'*aime* pas particulièrement mes frères. À part toi, évidemment.

— Évidemment », répétai-je.

« Quant à me lier avec eux ! » Il fit semblant de frissonner. « Non, merci ! Avec qui étais-tu ?

— Conner et Titus... Et un maître d'armes très intéressant nommé Berushk.

— Je l'ai rencontré une fois. Il n'a fait que m'insulter !

— Et toi ?

— Je lui ai conseillé de grandir et j'ai tourné les talons. »

J'éclatai de rire. « Tout le monde dit que la guerre est imminente. Tu ne veux pas t'y préparer ?

— Oh, ne t'inquiète pas pour moi. J'ai un plan. Si nous sommes attaqués, je me mettrai à l'abri en attendant que Locke, père et toi les ayez tous éliminés. »

Je grognai. « Ce n'est pas un bon plan.

— Il faudra bien qu'il convienne.

— As-tu vu Horace ?

— Qui ?

— Mon domestique.

— Oh, lui ! Non. Tu veux que j'envoie quelqu'un le chercher ?

— Non... montre-moi simplement où se trouve la garde-robe de Mattus, tu veux bien ? J'ai besoin de vêtements propres.

— Bien sûr. Viens. » Il se dirigea vers la porte ; je lui emboîtai le pas.

Avant même que nous fussions sortis, Freda s'adressa à moi : « Oberon, par ici, s'il te plaît. J'aimerais que tu mélanges ces Atouts.

— D'accord. Si tu crois que cela pourra t'aider. »

Comme je m'approchai d'elle, une cloche se mit à sonner bruyamment à proximité ; son carillon tonitruant reprenait à intervalles réguliers. Je m'arrêtai pour écouter. Cinq coups, puis huit, puis dix, et brusquement, le silence.

Freda avait l'air anxieux. Elle se leva et commença à ramasser ses cartes.

« Qu'est-ce que cette cloche annonce ? interrogeai-je.

— Un imprévu ! dit Aber. Nous avons cinq minutes pour nous rassembler dans le grand hall d'entrée ! »

Quinze

« Laisse-moi d'abord récupérer mon épée », lançai-je. Je n'allais pas renouveler mon erreur et me retrouver dieu sait où, sans être convenablement armé.

Je courus jusqu'à ma chambre, attrapai mon ceinturon et le bouclai. Puis je rejoignis Freda et Aber ; ensemble nous nous précipitâmes vers les escaliers, suivis de près par Titus et Conner.

Nous retrouvâmes Locke et Davin au rez-de-chaussée. Tous deux avaient l'air sombre.

« Quelqu'un sait-il de quoi il s'agit ? nous demanda Locke.

— Non, désolé, répondis-je. Et toi ?

— Moi, non plus. » Il nous tourna le dos et se dirigea vers l'entrée principale en courant, Davin sur ses talons. Aber et moi leur emboîtâmes le pas.

« Combien de fois l'alarme a-t-elle déjà retenti ? l'interrogeai-je.

— C'est la première fois que je l'entends. On n'est censé l'utiliser qu'en cas d'urgence.

— Comme pour une attaque, par exemple ? »

Il déglutit. « Oui ! »

Nous atteignîmes la salle d'audience. Là, Anari nous indiqua une petite antichambre, située sur la gauche. Dworkin s'y trouvait, assis à une table où s'étalaient des cartes représentant Juniper et ses terres. Un soldat, doté d'une articulation supplémentaire, se tenait devant lui au garde-à-vous. Je remarquai de légères blessures sur ses mains et ses bras, et des traces de brûlures sur le côté gauche de son visage.

Je donnai un petit coup de coude à Aber. « Il s'est battu avec des créatures de l'enfer », murmurai-je.

Aber eut l'air terrifié. « Ici ? chuchota-t-il. Alors, ça a commencé ?

— Qu'y a-t-il ? demanda Locke à notre père et au soldat. Que s'est-il passé ?

— Racontez-leur, capitaine, fit Dworkin.

— Oui, prince. » D'une voix aux intonations étranges, l'officier entama son rapport. « Je faisais partie de la patrouille de l'aube...

— Ça représente dix hommes à pied qui suivent la lisière de la forêt », entendis-je Davin murmurer à Blaise.

« ... et le vent soufflait en provenance des bois. J'ai détecté une odeur fraîche de crottin de cheval ; elle ne pouvait donc pas venir de chez nous. Aucune sentinelle montée ne va par là. J'ai ordonné le déploiement et nous sommes allés faire une inspection. Presque aussitôt, nous sommes tombés sur un petit campement bien caché. Trois démons nous attendaient sur leurs chevaux cracheurs de feu. Ils nous ont attaqués, tuant quatre de mes hommes. Nous en avons eu un ; à ce moment-là, les deux autres se sont enfuis. À pied, impossible de les rattraper. Ils ont disparu au milieu des arbres. J'ai envoyé des hommes à leur recherche, mais... — il haussa les épaules — ... je n'ai pas grand espoir de les retrouver.

— Aller et venir de cette façon est le propre des créatures de l'enfer », fis-je, en parlant tout seul. « On ne voit jamais leurs attaquants — ni leurs espions —, ou alors il est trop tard. Et on ne retrouve jamais ceux qui ont pris la fuite. »

Davin me jeta un coup d'œil intrigué. « Tu as l'air de bien les connaître ! déclara-t-il. Comment est-ce possible ?

— Elles ont essayé de nous tuer, père et moi, avant-hier. Et je les ai combattues en Ilerium pendant plus d'un an.

— Comment peux-tu être certain qu'il s'agit bien d'elles ? » dit Aber.

Je haussai les épaules. « Tu connais beaucoup d'armées qui possèdent des chevaux cracheurs de feu ? »

Locke s'adressa au capitaine : « Depuis combien de temps étaient-elles là ?

— Deux ou trois jours, tout au plus, général. »

Locke se tourna vers notre père. « Je dois aller voir ce campement. Elles ont été obligées de fuir précipitamment. Peut-être ont-elles laissé des indices. »

Dworkin acquiesça d'un signe de tête. « Bonne idée, emmène Davin avec toi... et Oberon.

— Oberon ? » s'exclama Locke. Je perçus un doute dans sa voix. « Tu es sûr que... ? »

Je fis un pas en avant. « Comme je viens de le dire, je combats les créatures de l'enfer depuis plus d'un an. Je pense les connaître mieux que quiconque ici. » *Ou presque,* songeai-je, en observant les visages présents. Nous avions toujours un traître parmi nous.

« Très bien », répondit-il, résigné. Il ne manifestait aucun signe de tension ni de provocation dès lors que la cause était importante.

Je m'attendais plutôt à une démonstration infantile de colère ; je révisai mon jugement initial et le soldat qu'il était remonta légèrement dans mon estime.

« Allez vous faire soigner, capitaine, lui conseilla Locke. Rejoignez-nous aux écuries dans vingt minutes. Un cheval vous y attendra.

— Oui, général. » Il le salua en levant une main et se dépêcha de sortir.

« Le moment est venu, dit Dworkin d'une voix calme, en plissant le front. S'ils envoient des guetteurs, cela signifie que l'attaque est imminente. Nous devons nous tenir prêts. » Se tournant alors vers Locke, Davin et moi, il ajouta : « Soyez vigilants. Ils vous tueront à la première occasion. Ne leur offrez pas cette possibilité ! »

Je suivis Locke et Davin jusqu'aux écuries. Maintenant que nous avions une mission, Locke faisait preuve de l'efficacité et de la rapidité d'un chef expérimenté ; il ordonna qu'on sellât des chevaux pour un escadron. Des palefreniers s'empressèrent de lui obéir ; des gardes coururent jusqu'au camp où ils rassemblèrent les hommes désignés pour nous accompagner.

« Mieux vaut doubler les sentinelles sur les chemins de ronde... », suggérai-je d'un ton posé, alors que nous attendions nos chevaux, « ... et celles qui gardent les portes. Fais également vérifier l'identité de tous ceux qui entrent... ou qui sortent. Les créatures de l'enfer sont de véritables caméléons. Et je ne parle pas de ce qu'elles pourraient essayer de faire passer en cachette... à l'intérieur ou à l'extérieur.

— Des caméléons ? Tu en es sûr ?

— Oui », répondis-je, me remémorant Ivinius, si habilement déguisé en barbier humain qu'il avait pu m'approcher et manqué me trancher la gorge.

« Bon. Je te crois sur parole. »

L'air concentré, il fit signe au capitaine de la garde et lui donna des instructions. Presque aussitôt, l'homme partit en courant.

« Des sentinelles supplémentaires aux portes, me dit Locke. Et sur les chemins de ronde... Tu as autre chose à suggérer ?

— Rien, si ce n'est qu'après ce qui vient de se produire... ne fais confiance à personne. »

Ce conseil lui fit lever les sourcils, mais il garda le silence.

« Tu ne me demandes pas... ? commençai-je.

— Non. Je reconnais bien là les paroles de Freda. »

Au lieu de démentir, je gloussai. « C'est vrai. Mais elle a raison... en tout cas, en cette circonstance particulière. Un jour, une créature de l'enfer a presque réussi à me tuer, en se faisant passer pour un barbier. Je n'aimerais pas qu'il t'arrive la même chose. »

Locke me gratifia d'un regard étonné. « Tu n'es pas comme je l'imaginais, avoua-t-il. Tu me surprends, mon frère.

— C'est la deuxième fois qu'on me le dit, depuis mon arrivée.

— Freda... ? fit-il, hésitant.

— Non, Aber, puisque tu tiens à le savoir. Il s'était imaginé que je serais comme toi, à cause des histoires racontées par père. Et apparemment, lui et toi n'êtes pas toujours d'accord ! »

Locke haussa les épaules. « Ainsi va la vie, répondit-il avec philosophie. Il y a des moutons et des loups. Être un mouton ne m'a jamais tenté.

— Quant à moi... je ne m'intéresse pas aux petits différends familiaux, lui dis-je. Vous êtes tous des étrangers pour moi... sauf notre père, évidemment. » J'avais failli dire Dworkin. « Le plus important est de rester en vie... et le meilleur moyen d'y arriver est que tu restes en vie également. Puisque nous avons le même but, autant travailler main dans la main.

— Voilà qui est parlé. » Il marqua une pause, puis : « Plus tard, ce soir, peut-être, nous devrions discuter... rien que toi et moi.

— J'en serais ravi. »

Il hocha la tête brièvement et s'éloigna.

Un entretien privé... Je considérai sa proposition comme une façon de s'excuser — ou, du moins, d'admettre que je n'étais pas aussi redoutable qu'il l'avait cru. Un léger progrès, mais un progrès tout de même !

Nos chevaux avaient été sellés. On les conduisait dans la cour. Locke s'arrêta près d'un étalon noir magnifique, de seize paumes au garrot, qui fourra son museau dans sa main à la recherche d'un sucre. Je ressentis une pointe d'envie — cet étalon était vraiment un très bel animal ; Locke lui flatta l'encolure d'un geste affectueux.

On m'avait attribué une jument, gris pommelé, qui paraissait docile et en bonne condition physique. Elle conviendra, me dis-je en la regardant attentivement. Davin, lui, avait un hongre alezan avec des taches blanches, qui faisaient penser à des chaussettes, sur ses pattes antérieures ; l'animal semblait déborder d'énergie. Le capitaine à l'articulation supplémentaire, qui allait nous guider, montait une autre jument, gris pommelé, si semblable à la mienne que j'avais du mal à les différencier.

« En selle ! » ordonna Locke.

J'enfourchai ma monture et les suivis, lui et les autres ; nous franchîmes les portes qui menaient hors de Juniper. Vingt autres cavaliers nous attendaient à l'extérieur ; quand nous virâmes à gauche, ils nous emboîtèrent le pas, en colonne par deux, et nous traversâmes le camp militaire. Loin devant, à cinq ou six miles, j'aperçus la ligne sombre des arbres qui marquait l'orée d'une dense forêt. On avait défriché le terrain jusqu'à la lisière des bois, sans doute pour le cultiver, mais rien n'y avait été planté ; le camp ne s'étendait pas jusque-là. Cet endroit était idéal pour nous espionner.

Jetant un coup d'œil par-dessus mon épaule, je vis de nouveaux soldats rejoindre les chemins de ronde et constatai que les deux sentinelles habituelles de l'entrée étaient désormais au nombre de huit.

Je rattrapai le capitaine qui avait surpris les créatures de l'enfer. Ses blessures avaient été nettoyées et bandées, et les brûlures légères de son visage luisaient d'onguent.

« Je suis Oberon, lui dis-je.

— Et moi, d'Darjan, Monseigneur. » Il inclina la tête. « Pour vous servir.

— Ces espions que vous avez découverts... en aviez-vous déjà vu de semblables avant ?

— Non, Monseigneur », dit-il, après un instant d'hésitation.

J'avais l'impression qu'il en savait bien plus qu'il ne voulait dire. Après tout, il ne m'avait jamais rencontré auparavant ; il ne savait donc pas de quel côté je me situais. Et qui sait quelles rumeurs circulaient dans leurs rangs ! Une remarque désobligeante, émanant de Locke ou de Davin, pouvait avoir été entendue par des gardes ou des soldats et devenir le point de départ d'une bonne douzaine d'histoires à propos de ma traîtrise, de ma lâcheté ou de bien d'autres choses encore.

Je fis ralentir ma jument ; il éperonna la sienne pour rattraper Locke. Ils s'entretinrent à voix basse ; le capitaine pointa un doigt devant lui. Puis Locke regarda vers moi ; j'en déduisis que d'Darjan lui avait demandé ce qu'il pouvait me confier. Il ne me reste qu'à attendre, songeai-je avec impatience.

Après une trentaine de minutes de chevauchée, nous arrivâmes à l'orée d'une forêt ancestrale bordée d'une épaisse rangée d'ajoncs et de mûriers sauvages, trouée en de nombreux endroits.

J'observai les grands chênes et les érables qui s'élançaient à plus de cent pieds vers le ciel ; la plupart d'entre eux avaient un tronc si large que je n'en aurais pas fait le tour de mes bras. Ils offrent quantité de positions avantageuses pour des espions, me dis-je.

J'éperonnai ma monture pour rejoindre d'Darjan et mes frères. Derrière nous, les autres cavaliers ramenèrent les leurs au pas.

« Nous y voici, général », dit d'Darjan, indiquant ce qui ressemblait à un passage, ouvert par un cerf, et qui se perdait dans les buissons. Cela n'aurait rien d'une promenade agréable, mais je pensais que les chevaux parviendraient à franchir cet obstacle. « Il y en a un autre un peu plus loin, mais il est aussi étroit que celui-ci.

— Déployez-vous dans la forêt et ouvrez l'œil », ordonna Locke aux soldats restés derrière nous. Il descendit de cheval. Davin et moi l'imitâmes. « Soyez sur vos gardes. Criez si vous voyez quoi que ce soit d'inhabituel. Si vous apercevez un ennemi, revenez immédiatement. »

Sur le qui-vive et prêts à se battre, ses hommes firent avancer leurs montures et s'enfoncèrent lentement dans la forêt, prenant des chemins différents. J'étais certain que personne — ni quoi que ce fût — ne pourrait échapper à notre attention.

« Allons jeter un coup d'œil sur leur campement », proposa Locke. Il attacha son étalon à un arbre, sortit son épée et, après une profonde inspiration, pénétra dans les fourrés.

Davin le suivit. Je lui emboîtai le pas. Le capitaine ferma la marche.

Je devais reconnaître que les créatures de l'enfer avaient soigneusement choisi leur poste d'observation. De l'extérieur, impossible de deviner qu'un campement était dissimulé à cet endroit.

La piste, juste assez large pour le passage d'un cerf, s'évasait au bout de quelques pas, après un léger coude. Je découvris alors des empreintes de sabots de cheval sur le sol mou.

Nous les contournâmes jusqu'au cœur du fourré. Là, une aire d'une vingtaine de pieds de diamètre avait été aménagée, à l'aide de hachettes, autour d'un chêne planté au beau milieu.

Les créatures de l'enfer avaient dû partir en toute hâte, abandonnant trois tapis de couchage, un petit rouleau de corde et un couteau diablement acéré. Elles avaient même creusé un petit foyer entouré d'énormes cailloux, pour dissimuler les flammes.

Je ramassai un bâton, fouillai dans les cendres et mis au jour des os de rats ou d'écureuils parfaitement raclés. Quelques braises rougeoyaient faiblement.

Je me relevai et inspectai l'arbre. À hauteur de mes yeux, une branche cassée exsudait encore de la sève. De toute évidence, comme l'avait dit le capitaine d'Darjan, elles n'étaient installées là que depuis un jour ou deux.

« C'est ici qu'elles attachaient leurs chevaux », dit Davin, en s'accroupissant pour examiner les empreintes. « Il y en avait effectivement trois. »

Je tournai lentement sur moi-même à la recherche de nouveaux indices. Le chêne qui s'élevait au centre du bosquet avait plusieurs autres branches cassées à vingt pas du sol.

« Ils ont grimpé là-haut pour nous espionner, fis-je en indiquant les traces.

— Monte regarder », dit Locke.

J'agrippai une branche qui me semblait robuste et me hissai le long du tronc. L'escalade se révéla assez aisée et relativement sûre. Quand j'atteignis les branchages abîmés, je m'aperçus qu'on avait une vue parfaitement dégagée sur le camp militaire et le château.

« Alors ? interrogea Locke.

— Je peux tout voir, fis-je, en plissant les yeux. Les troupes, les enclos des chevaux et même Juniper.

— Ils connaissent donc nos effectifs et nos positions », conclut Davin.

J'entrepris de redescendre. À une hauteur de cinq pieds, je sautai à terre. « Ils savent également comment se présente le terrain, ajoutai-je. Ils nous surveillaient en prévision d'une attaque.

— Ils pourraient revenir », déclara Locke. Marquant une pause, il observa l'arbre et les traces sur le sol. « Il va nous falloir éclaircir tous les taillis, en lisière de forêt, et y poster des sentinelles. Cela ne doit plus se reproduire.

— Faut-il les brûler ? » s'enquit Davin.

Je les quittai pour aller examiner les tapis de couchage. Quand je soulevai le premier, un petit objet s'en échappa en voltigeant... un Atout, compris-je, en voyant le lion doré peint sur le dos bleu de la carte. Je regardai Locke et Davin, mais ils n'avaient rien remarqué.

« Non », disait Locke. Tourné de l'autre côté, il faisait face au cœur de la forêt. « Nous n'allons pas faire un feu qui risque d'échapper à notre contrôle et d'atteindre le camp. Il va falloir tout arracher à la main. »

Prudemment, pour ne pas attirer l'attention de mes frères, je pivotai en leur offrant mon dos, ramassai la carte et la retournai.

Locke y était dessiné.

L'inquiétude fit se hérisser les petits cheveux de ma nuque. Je jetai un regard par-dessus mon épaule, mais Locke et Davin, en grande discussion, m'ignoraient complètement. Ils ne s'étaient pas aperçus de ma trouvaille.

Et je ne tenais pas à la leur montrer. Je compris qu'il me faudrait redoubler de prudence ; dans cette famille, j'avais apparemment intérêt à me méfier de tout le monde.

« Je vais rassembler un détachement, dès notre retour au camp, proposait Davin. Ce travail va prendre deux ou trois jours. »

J'escamotai la carte dans ma manche, puis les rejoignis en prenant un air faussement dégoûté.

« Rien de plus, là-bas », annonçai-je.

Locke fit un signe de tête et retourna le premier vers l'endroit où se trouvaient les chevaux. Le contact froid de l'Atout sur mon bras me rappelait constamment ma découverte.

Locke...

Pourquoi les créatures de l'enfer posséderaient-elles son Atout... sinon pour pouvoir entrer en contact avec lui ?

Et pourquoi auraient-elles voulu le contacter... s'il n'était pas un traître ?

Seize

Sur le chemin du retour, je chevauchai devant les autres, laissant Locke et Davin en compagnie de leurs hommes. N'avançant ni trop vite ni trop lentement pour ne pas attirer l'attention, je me débrouillai pour arriver dix minutes avant eux.

Pendant tout le trajet, je tournai et retournai dans ma tête les implications de ma découverte, que ce fût en traversant la ville de toiles des soldats, le pont-levis ou la cour du château.

Un traître s'était infiltré parmi nous. La présence d'Ivinius — et la disparition de son cadavre — en était la preuve. Et ce traître savait se servir des Atouts... ce qui signifiait qu'il s'agissait d'un membre de notre famille.

Mais... *Locke* ?

Eh bien, pourquoi *pas* lui ?

Il s'était montré hostile jusqu'alors. Et vu que Dworkin — il m'était encore difficile de l'appeler père — lui avait confié la défense de Juniper, sa trahison serait d'autant plus catastrophique pour nous.

À moins que mon antipathie à son égard ne faussât mon jugement ?

À l'abri des regards, je sortis l'Atout que j'avais ramassé et l'étudiai, sans me concentrer particulièrement sur l'image. Locke... représenté exactement comme sur la carte de Freda.

En fait, me rendis-je compte avec un certain désarroi, il aurait très bien pu s'agir de celle de Freda. Mais ils ne pouvaient pas être, *tous les deux*, de connivence avec les créatures de l'enfer !... Ou bien si ?

Je connaissais quelqu'un qui pourrait m'aider : Aber. De plus, c'était lui qui avait dessiné cette carte. Dès mon retour à Juniper, je lui demanderais qui en était le possesseur. S'il pouvait l'identifier...

Je confiai ma jument aux palefreniers et me mis en quête d'Aber. Je trouvai Freda dans le hall d'entrée, en compagnie de Pella, de Blaise et de deux autres femmes que je ne reconnus pas. Tous les gens, alertés par la cloche, étaient venus aux nouvelles.

Je les rejoignis.

« Avez-vous découvert quelque chose ? » me demanda Freda, après m'avoir présenté à ses compagnes. Comme je m'en doutais, elles étaient les épouses de deux des chanceliers de Dworkin.

« J'ai bien peur que non », répondis-je. Je me gardai de parler de l'Atout. « Il n'y avait qu'un campement. Ils ne nous épiaient que depuis deux jours.

— Dommage. Vous êtes tous rentrés ? Tous sains et saufs ?

— J'ai pris un peu d'avance », fis-je en regardant vers la porte. « Locke veut nettoyer le terrain en lisière de forêt ; je suis sûr qu'il va s'arrêter pour régler les détails avant de revenir faire son rapport. Mais Davin et lui ne devraient quand même pas tarder. »

Elle hocha la tête d'un air pensif, puis me saisit par le bras et m'entraîna à l'écart. « Comment as-tu trouvé Locke, aujourd'hui ? s'enquit-elle doucement.

— Moins... — je cherchai le terme exact — ... moins *contrarié* par ma présence. Je pense qu'il commence à m'accepter. Qui sait, nous pourrions même devenir amis !

— Davin lui a rapporté tout ce que Père a révélé sur toi au dîner. »

J'eus un léger sourire. « Oui, j'ai eu l'impression qu'il en avait entendu parler. Il n'a plus rien à craindre de moi désormais. Sans le Logrus, je ne peux pas le remplacer.

— Ne lui fais quand même pas trop confiance. Il ne te considère peut-être plus comme un ennemi, mais tu es toujours son rival.

— Je m'en souviendrai », lui promis-je. Comment réagirait-elle si elle apprenait que Locke désirait me voir en privé cette nuit même ? « La confiance se gagne. Et il n'a certainement pas encore gagné la mienne. »

Et il en sera ainsi tant que je douterai de sa loyauté, ajoutai-je intérieurement.

« Bon. » Elle sourit ; de petites rides apparurent au coin de ses yeux et de sa bouche. « J'espère que vous ferez tous deux des efforts. Je sais que tu pourrais te montrer très utile pour l'armée.

« — Je l'espère, répondis-je, en changeant de sujet. As-tu vu Aber ?

— Aber ? Non, pas depuis votre départ. Va voir dans ses appartements. C'est là qu'il passe la plupart de ses après-midi.

— Merci. » Je lui adressai, ainsi qu'aux épouses des chanceliers, un signe poli de la tête et me dirigeai vers l'escalier. « À tout à l'heure, au dîner. »

Désormais, je me déplaçais avec plus de facilité dans le château, ses escaliers sans fin et ses innombrables corridors. Je parvins sans encombre à mes appartements. Horace se trouvait dans ma chambre. Mon lit était recouvert de vêtements.

« Qu'est-ce que c'est que tout ça ?, demandai-je ébahi.

— Les vêtements de Mattus, Monseigneur, répondit-il en repliant habilement une chemise, avant de la ranger dans l'armoire. Monseigneur Aber a dit que je devais vous les apporter.

— Très prévenant de sa part.

— Oui, Monseigneur. »

Je me rendis compte que, depuis ma séance d'entraînement, je n'avais pas eu le temps de me changer ; et là, je sentais non seulement la sueur, mais également le cheval.

« Trouve-moi quelques vêtements propres. Et range les autres », fis-je en me dirigeant vers la table de toilette. Je dois absolument me laver avant d'aller voir Aber, décrétai-je.

Cinq minutes plus tard, je me rendis chez lui. Je cognai vivement sur sa porte.

« Entrez, à vos risques et périls ! » répondit-il d'un ton joyeux.

J'obéis. Il était assis devant une table à dessin installée près des fenêtres. Autour de lui étaient disposées de petites bouteilles de pigments colorés ; il tenait un pinceau minuscule en crins de cheval.

Il interrompit sa tâche. « Qu'y a-t-il de nouveau dans les bois, mon frère ?

— Rien de plus que ce que tu as déjà entendu », fis-je en haussant les épaules. « Les créatures de l'enfer étaient parties depuis longtemps.

— Dommage. »

Je m'approchai et jetai un coup d'œil sur la demi-douzaine d'Atouts posés sur la table. « Que fais-tu ?

— Un nouvel Atout. »

Il en ramassa un et le retourna pour me le montrer... Même s'il était encore incomplet, je vis qu'il représentait un homme debout, pieds écartés, épée levée, prêt à engager le combat. Ses vêtements bleu foncé étaient bordés de noir ; sa cape voletait doucement, comme sous l'effet d'une brise régulière. Dans les espaces blancs du décor inachevé, bien que très vague, je distinguai un schéma emmêlé de fines lignes noires... de courbes et d'angles qui semblaient se rejoindre au plus profond de la carte, comme un puzzle en trois dimensions. Une représentation du Logrus ? Je l'aurais parié.

À mon arrivée, Aber commençait tout juste à colorier le visage. Surpris, je découvris que c'était le mien en miniature.

« Que penses-tu de celui-ci ? Je le confectionne pour Freda. Elle m'en a passé commande, hier soir, après le dîner.

— Plus de bougie ? »

Il gloussa. « En fait, il devait représenter Mattus. Je n'ai dessiné ton visage que tôt ce matin. » Il haussa les épaules pour s'excuser. « J'étais pressé.

— Heureusement. Tu m'as sans doute sauvé la vie.

— Ah, quelle ironie ! L'artiste sauvant le guerrier ! »

J'éclatai de rire. « C'était quand même très ressemblant, même si, au départ, c'était un portrait de Mattus. Et celui-ci me flatte davantage.

— Vraiment ? » Il paraissait sincèrement ravi. « Tu sais, je pense que tu es le premier à m'avoir jamais dit ça ! »

Je regardai la nouvelle carte attentivement. « Le bleu, toutefois, n'est pas vraiment ma couleur, fis-je remarquer. Que dirais-tu du rouge, la prochaine fois ?

— Les couleurs n'ont aucune importance ; c'est le personnage et la façon dont il est dessiné qui comptent. » Il l'exposa aux derniers rayons du soleil. « Quoi qu'il en soit, il faut la laisser sécher. Bon, qu'est-ce qui t'amène ici ? »

Je marquai un temps d'hésitation. *Ne te fie à personne,* m'avait dit Freda. Mais là, pas question de résoudre le problème tout seul. J'avais besoin d'un allié... et, de toute la famille, Aber était mon préféré. Si je devais faire confiance à quelqu'un, c'était bien à lui... d'autant plus qu'il était le seul capable de reconnaître l'Atout que j'avais re-trouvé. Décision difficile à prendre, mais une fois prise, je sus que c'était la bonne.

« J'aimerais te montrer quelque chose. » Je sortis l'Atout qui représentait Locke et le lui tendis. « J'ai trouvé ça. Est-ce à toi ?

— Eh bien, c'est moi qui l'ai peint. » Il le retourna et posa le doigt sur le lion doré, au dos de la carte. « J'ai dessiné un lion sur tous les miens. Quand il a exécuté les siens, père n'a jamais pris la peine d'ajouter ces fioritures.

— Sais-tu pour qui tu as fait celui-ci ? »

Il haussa les épaules. « Pourquoi ne pas le demander pendant le dîner ? Je suis sûr que celui, ou celle, qui l'a perdu aimerait le récupérer.

— J'ai... une bonne raison de ne pas le faire.

— Mais tu ne me la révéleras pas.

— Non. Pas tout de suite.

— Mmm. » Il me regarda pensivement, puis maintint l'Atout en l'air quelques instants, en l'étu-diant plus attentivement. « Honnêtement, je ne suis pas certain de me souvenir à qui il était des-tiné, reconnut-il. J'ai peint Locke une vingtaine de fois ces dernières années, et je garde toujours une copie de l'original. Elles se ressemblent toutes. »

Il ouvrit le tiroir de la table et en retira une petite boîte en tek identique à celle qu'il m'avait donnée ; les coins de celle-ci étaient ornés de cui-vre. Il souleva le couvercle, sortit cinquante ou soixante cartes, les disposa en éventail et en sélec-tionna une.

Quand il la disposa à côté de celle que j'avais trouvée, elles semblaient parfaitement identiques. J'étais incapable de les différencier. Pas étonnant que je l'aie confondue avec celle de Freda — il *avait vraiment* recopié l'original à plusieurs exemplaires. Et s'il en restait une vingtaine dans la nature... cet Atout pouvait appartenir à n'importe qui.

« Je suis désolé. Comme je te l'ai dit, pose la question pendant le dîner. C'est ce que tu as de mieux à faire. »

Je secouai la tête. « Je ne peux pas. Tu crois qu'il pourrait appartenir à Locke ?

— Non.

— Pourquoi ?

— Je ne donne jamais son propre Atout à l'intéressé. C'est une perte de temps. Pourquoi voudrait-on entrer en contact avec soi-même ? »

Logique ! Et pourtant, en repensant à mon voyage en carrosse, en revisualisant les Atouts qui se trouvaient sur la table, j'étais certain que Freda en possédait un d'elle-même.

« Qu'en est-il de Freda ? N'en a-t-elle pas...

— Oh, c'est différent. » Il rit, et : « Elle y lit des schémas ; elle a donc besoin d'avoir un exemplaire de chaque membre de la famille, y compris le sien. Voilà ce qui arrive quand on est élevé aux Cours ! Les gens sont... particuliers, là-bas. Ils pensent, enseignent et étudient des choses que nous autres, qui avons grandi dans les Ombres, ne pouvons que désirer. »

Je hochai la tête. Tout se tenait. « Locke n'en aurait donc pas eu besoin. Il n'aurait pas pu l'utiliser. Mais Davin...

— Oui, ça pourrait être le sien. » Aber prit un air soupçonneux et ferma à moitié les yeux. « Pourquoi poses-tu toutes ces questions ? Quelque chose ne va pas ? Où l'as-tu trouvé *exactement*... dans le camp ennemi ? »

J'hésitai. Si je peux me fier à un membre de la famille, Aber sera sans doute le plus susceptible de convenir, songeai-je. Devais-je tout lui dire ? J'avais besoin d'un allié... de quelqu'un à qui me confier et qui me conseillerait... de quelqu'un qui connaissait Juniper. Et s'il m'arrivait quoi que ce fût, si une autre créature de l'enfer parvenait à m'assassiner, je voulais que la vérité éclatât. Après tout, il avait deviné d'où venait la carte. Quel mal y aurait-il à lui dévoiler la vérité... ou, en tout cas, le peu qu'il avait besoin de savoir ?

« C'est ça, n'est-ce pas ? » Il considéra mon silence comme une approbation. « Ainsi... ils possèdent nos Atouts ! »

Je pris une profonde inspiration. Malgré mes réticences, je lui racontai comment j'avais trouvé cet Atout, caché sa découverte à Locke et à Davin, et comment je l'avais rapporté jusqu'ici.

Je lui parlai de mes soupçons à propos de la présence d'un traître à Juniper.

« Et tu as cru que ces espions étaient en relation avec Locke, conclut-il, en posant son menton sur ses mains, d'un air pensif. Tu t'es dit que Locke pourrait nous trahir.

— Oui, c'est ça, plus ou moins. Après tout, c'est lui qui m'a témoigné le plus de... disons... d'*hostilité*.

— Tu as tort », répondit Aber sans ménagement. Il me regarda droit dans les yeux. « Locke n'a pas assez d'imagination ni d'ambition pour trahir qui que ce soit. Davin et lui ont passé toute l'année dernière à entraîner l'armée de père. Ils se battraient jusqu'à la mort, au besoin, pour nous protéger.

— Peut-être pense-t-il perdre la guerre et veut-il se ranger du côté des gagnants ?

— Ils essaient d'éradiquer notre lignée. Pourquoi voudraient-ils *le* garder en vie ?

— On a déjà vu des accords se conclure.

— Locke ne ferait pas ça.

— Alors, comment expliques-tu ceci ? » J'indiquai l'Atout du bout des doigts. « Peut-être ont-ils accepté de lui laisser la vie sauve en échange de quelques années d'exil ? C'est peu cher payé s'il délivre Juniper... de *nous* tous.

— Je ne sais pas. » Il plissa le front. « Il manque au moins quatre jeux d'Atouts... Mattus, Alanar, Taine et Clay ont emporté les leurs. Cette carte pourrait fort bien leur appartenir.

— Mais alors, pourquoi *Locke* ? Pourquoi les créatures de l'enfer se promèneraient-elles avec *sa* carte et pas celle des autres ?

— Et pourquoi l'auraient-elles oubliée en partant ? m'opposa Aber. Ce n'est pas le genre de chose que tu laisses derrière toi, *par accident,* quand tu abandonnes un campement. Qui plus est, ce n'est pas le genre d'objet qu'un banal éclaireur emporterait avec lui.

— Je vois où tu veux en venir.

— Et si elles *voulaient* qu'on trouve cette carte. Si tout était *prévu...* à commencer par le fait de la cacher dans le tapis de couchage ? »

Cette idée m'avait effleuré. C'était vraiment retors... exactement le genre de tour que pouvaient jouer les créatures de l'enfer.

Aber poursuivit : « Si père retirait le commandement à Locke, cela nous causerait beaucoup de dommages. Les hommes l'adorent et le suivraient jusque dans les sept enfers, s'il le leur demandait. En tant que chef, Davin ne lui arrive pas à la cheville. Et les soldats ne te connaissent pas suffisamment pour te suivre. La perte de Locke serait catastrophique.

— Tu marques un point.

— Alors que vas-tu faire ? Le dire à père ou garder ça pour toi ?

— Je ne sais pas encore. Si seulement tu t'étais souvenu du propriétaire de l'Atout ! »

Je me mis à marcher en réfléchissant. Tout me paraissait bien plus clair avant cette conversation, quand je considérais Locke comme coupable. Là, si j'en croyais Aber, avoir trouvé cet Atout signifiait que le traître pouvait être n'importe qui, *excepté* Locke.

Alors qui ?

Je soupirai. « Machinations et complots n'ont jamais été dans mes cordes ! avouai-je.

— Dans les miennes non plus. Cela requiert plus de patience que je n'en possède. Tu ferais mieux de t'adresser à Blaise, si tu veux ce genre d'information.

— Blaise ? » Sa suggestion me laissa quelque peu pantois. « Pourquoi Blaise ? J'aurais pensé que tu me recommanderais Freda.

— Freda n'a rien d'un amateur, mais Blaise est une véritable spécialiste dans l'art de l'intrigue. Il ne se passe rien à Juniper dont elle n'ait connaissance.

— *Blaise* ? répétai-je. Notre *sœur*, Blaise ? »

Mon expression de surprise le fit glousser.

« Ne te laisse pas duper par elle. Elle a un réseau d'espions fidèles. La moitié du personnel est à sa solde.

— Et l'autre moitié ?

— Couche avec elle. »

Je grognai. « Eh bien, je suppose que ça fait faire des économies ! »

Blaise... Voilà qui donnait matière à réflexion. Je n'avais pas envisagé un instant qu'elle pût être coupable. Dès notre première rencontre, j'avais eu l'impression qu'elle ne s'intéressait qu'aux bijoux qu'il lui faudrait porter avec telle ou telle tenue, en fonction de ce qui se pratiquait à la cour — sans doute une qualité appréciable, bien que je n'en eusse jamais vu l'utilité. Peut-être avais-je montré trop d'empressement en l'écartant de ma liste de suspects.

Au moment même où Aber parvint presque à me convaincre qu'on m'avait berné en me faisant croire qu'un espion était parmi nous, avec cet Atout laissé comme indice, je me remémorai Ivinius, le faux barbier, qui avait tenté de me tuer dans mes appartements. Quelqu'un l'avait introduit à l'intérieur du château dans le seul but de m'éliminer, et cette personne me connaissait et savait exactement quel langage employer pour me faire baisser la garde.

Alors qui avait envoyé Ivinius ? Et comment avait-on — qui que ce fût — réussi à sortir le cadavre sans être vu ?

« Il y a, cependant, quelque chose dont je suis *absolument* persuadé : nous avons bel et bien un traître parmi nous », repris-je.

La surprise le fit battre des paupières. « Comment ? Qui ?

— Je l'ignore... pour l'instant. »

Je lui racontai la façon dont Ivinius avait essayé de me trancher la gorge dans ma chambre. Cela faisait du bien de partager également ce secret !

« Voilà pourquoi tu as sursauté quand je suis entré grâce à un Atout. Tu as cru que je *venais* m'assurer que tu étais mort !

— Ou que tu venais terminer le travail. » Je soupirai et secouai la tête. « Si seulement Locke était entré à ta place... les choses seraient beaucoup plus simples à présent.

— Tu as de la chance, fit-il avec lenteur. S'il s'était agi de Locke, tu serais déjà mort. C'est le meilleur épéiste de nous tous.

— Tu ne m'as jamais vu me battre. »

Il haussa les épaules. « Je te l'accorde. Mais Locke est le meilleur escrimeur que j'aie jamais vu. Il a eu des douzaines de maîtres d'armes aux Cours du Chaos. Il est né avec une épée dans chaque main. Après tout, sa mère...

— Freda m'en a parlé, intervins-je. C'est une espèce de créature de l'enfer ?

— Lady Ryassa de Lyor ab Sytalla n'est pas ce qu'on appellerait une créature de l'enfer.

— Tu l'as déjà rencontrée ?

— Non, pas officiellement... mais je l'ai vue une dizaine de fois. »

Résigné, j'admis : « Tu as sans doute raison. Père ne l'aurait pas épousée sinon.

— Exact.

— Et si tu affirmes que Locke est un formidable épéiste, je veux bien le croire, étant donné que je n'ai pas encore eu l'occasion de me mesurer à lui.

— Bon.

— Simplement, je n'oublie pas que j'ai fait l'erreur de relâcher ma vigilance en me croyant à l'abri, ici. Cela ne se reproduira pas. Avec qui que ce soit. »

Il pinça les lèvres. « Un traître... voilà un sujet qu'aucun d'entre nous n'a encore abordé. Pourtant, cela semble plausible. Cette Ombre est très éloignée des Cours. Aussi loin qu'elle peut l'être... tout en permettant, néanmoins, l'utilisation du Logrus. Nous aurions dû être en sécurité... cependant, ils nous ont retrouvés assez rapidement. »

Je levai mes mains en signe de résignation. « Alors... et maintenant ?

— Blaise... » Il s'interrompit, hésitant.

« Les qualités qui font d'elle une alliée potentielle en font aussi une ennemie en puissance. Elle aurait parfaitement pu faire entrer Ivinius dans le château et l'envoyer dans mes appartements.

— C'est vrai. Elle a vu à quoi tu ressemblais quand nous avons pris ce verre ensemble ; elle savait que tu avais besoin d'un rasage et d'une coupe de cheveux. Mais on peut dire la même chose de Pella, de Freda et de moi. De père, aussi, en l'occurrence. Ou de n'importe qui, passant dans le couloir.

— Ou de toute personne m'ayant vu sortir du carrosse à mon arrivée », ajoutai-je, en repensant à la foule qui avait brusquement entouré Dworkin. Locke et Davin en faisaient partie... ainsi que des douzaines d'autres ; n'importe qui pouvait avoir donné le mauvais ordre à la mauvaise personne pour monter ce coup contre moi.

Je soupirai. Apparemment, nous n'aboutissions nulle part.

« Alors que faisons-nous ? demandai-je.

— Parle à Blaise de l'Atout que tu as trouvé, et de tes soupçons. Plus j'y réfléchis, plus je suis convaincu qu'elle pourra t'aider. Moi, je mettrai Freda dans la confidence. Peut-être l'une d'elles fournira-t-elle une réponse !

— Ne leur dis rien, pour l'instant, à propos de la créature de l'enfer déguisée en barbier. Je ne veux pas dévoiler mon jeu.

— Non... tu as raison, évidemment. Gardons le secret. Cela pourrait se révéler utile plus tard. »

Je me rendis dans les appartements de Blaise, à l'étage au-dessus du nôtre. Là, une domestique m'introduisit dans un boudoir peint dans des couleurs vives ; des bouquets de fleurs aux arrangements compliqués étaient disposés un peu partout dans la pièce. Ma sœur se reposait sur un petit sofa, un verre de vin rouge dans une main ; l'autre, dans celle d'un jeune homme splendide. Il lui baisa le bout des doigts, se leva en me jetant un regard de biais et s'esquiva par une porte latérale. J'observai son départ, sans dire un mot, repensant à la remarque railleuse d'Aber à propos des coucheries de Blaise avec la moitié du personnel. Il avait certainement exagéré... du moins, l'espérais-je.

« Oberon », dit-elle en se levant.

J'embrassai la joue qu'elle me tendit.

« Blaise, répondis-je. Tu es resplendissante.

— Merci. » Elle arbora de nouveau son sourire carnassier, et toute ma méfiance refit surface. « Je suis ravie que tu sois venu me trouver. Puis-je t'offrir du vin ?

— Non, merci.

— Il était temps que nous ayons une conversation, mais je ne t'attendais pas si tôt. »

Regardant ostensiblement du côté de sa servante, j'annonçai : « Je ne viens pas vraiment te rendre une visite de courtoisie.

— Ah bon ?

— Aber a pensé que je devais te demander conseil.

— Intéressant, dit-elle en souriant. Vas-y.

— En tête à tête, si ça ne te dérange pas. »

Elle fit un petit geste de la main ; la servante exécuta une révérence et se retira en fermant la porte. Je me tournai alors vers ma sœur.

« Je t'écoute. » Son ton était plus sérieux que précédemment. Elle posa son verre, croisa ses mains sur ses genoux et me fixa d'un air interrogateur.

J'inspirai profondément. Au point où j'en étais, qu'avais-je à perdre ? Je ne savais plus qui croire ni qui soupçonner ; aussi, mieux valait mettre cartes sur table. Peut-être serait-elle plus perspicace qu'Aber et moi !

Avant de changer d'avis, je lui racontai tout rapidement, en commençant par Ivinius et son intention de me trancher la gorge, et terminai par l'Atout trouvé dans le campement des créatures de l'enfer. À mon grand étonnement, elle ne m'interrompit pas une seule fois ni ne manifesta le moindre intérêt. Elle avait seulement l'air pensif.

« Qu'en penses-tu ?

— Que tu es un fichu idiot, déclara-t-elle sèchement. Tu n'aurais pas dû taire cette tentative d'assassinat. Ce n'est pas un jeu, Oberon. Si nous courons un danger à Juniper, nous sommes en droit de le savoir ! »

Ses propos me hérissèrent, mais je me gardai de répondre.

Malheureusement, pensai-je, elle a sans doute raison. Je m'y *étais* mal pris. J'aurais dû me rendre chez notre père, aussitôt après avoir tué Ivinius.

« Ce qui est fait est fait et on ne peut rien y changer. Je pensais avoir pris la bonne décision, à ce moment-là.

— Et aujourd'hui, c'est moi que tu viens trouver ?

— Aber semble penser que tu es dotée d'une certaine... *perspicacité*, quels que soient les complots qui se trament autour de nous.

— Mmm. » Elle s'adossa au divan, en pianotant sur son bras, les yeux dans le vague. « Je ne sais pas si je dois me sentir flattée ou insultée. Aber et moi ne nous sommes jamais spécialement aimés.

— Nous n'avons pas besoin d'amour. Nous avons besoin de coopération. »

Elle me regarda droit dans les yeux. « C'est assez juste, Oberon. Il ne s'agit pas là d'une petite prise de bec entre frère et sœur. Nous sommes tous concernés... et en danger de mort. Si nous ne nous montrons pas prudents, nous finirons tous par être tués.

— Sais-tu quoi que ce soit au sujet d'Ivinius ?

— Il accomplit parfaitement et loyalement son travail et ce, depuis des années. Il était marié. Je crois que sa femme est décédée la semaine dernière.

— Assassinée ? »

Elle haussa les épaules. « Quand une femme de soixante-dix ans meurt pendant son sommeil, on ne se pose pas la question. En tout cas, pas moi.

— Non, bien sûr. » Je pris place sur une chaise, face à elle. « Évidemment, l'épouse d'Ivinius se serait *immédiatement* rendu compte que quelqu'un avait usurpé l'identité de son mari. Je parie qu'on l'a tuée pour la faire taire.

— Une créature de l'enfer qui aurait tenté cela aurait eu besoin d'aide. Il est impossible pour un étranger de pénétrer dans Juniper, de prendre la place d'un barbier aussi doué et de parvenir à se mettre dans la peau du personnage sans quelque appui. De plus, il aurait fallu que quelqu'un connaisse bien les habitudes du château, de façon à l'y introduire et à l'informer de ce qu'il devait dire et faire. »

Je lui rappelai qu'on avait enlevé le corps de mes appartements.

« Ce qui réduit notre liste de suspects.

— Pas vraiment. La porte n'était pas fermée à clef. N'importe qui aurait pu entrer, trouver le cadavre d'Ivinius et l'emporter.

— N'importe qui aurait pu se glisser chez toi... mais personne n'a vu quelqu'un transportant un cadavre ! J'en aurais entendu parler. On ne peut pas cacher un mort, ici... ce qui signifie que la personne qui s'est chargée du corps a utilisé un Atout.

— Un membre de la famille ?

— Oui.

— C'est aussi ce que j'en ai conclu. Donc, quelqu'un sachant que j'avais grand besoin d'être rasé et coiffé. Toi, Freda, Aber, Pella, Davin, ainsi que Locke, vous m'avez tous rencontré. J'ignore combien d'autres m'ont vu.

— Et peu de temps après, tu découvres l'Atout de Locke au campement des créatures de l'enfer..., ajouta-t-elle, en fronçant les sourcils.

— Oui, mais Aber ne croit pas qu'il soit le traître.

— Locke s'est rendu coupable de nombreuses choses, mais il ne comploterait pas avec nos ennemis. Ils ont laissé cette carte pour que nous la trouvions.

— C'est aussi ce que m'a dit Aber. Mais si ce n'est pas Locke, alors qui est-ce ?

— Je crois le savoir.

— Dis-le-moi ! »

Blaise secoua la tête et se leva. « Pas encore, répondit-elle avec fermeté. Je n'ai aucune preuve. Nous devons aller voir Père d'abord. Ça ne peut pas attendre. »

Elle me pressa de la suivre. Nous franchîmes tant d'escaliers dérobés et de corridors richement meublés, traversés par un flot continuel de serviteurs, que je finis par ne plus savoir où j'étais. Juniper était *gigantesque*. Nous arrivâmes dans le hall d'entrée principal ; là, je compris que nous avions pris un raccourci, car nous nous retrouvâmes bientôt devant la salle de travail de notre père en un temps record — la moitié de celui qu'il m'aurait fallu pour venir de mes appartements.

Le fait d'avoir un but bien précis poussait Blaise à se déplacer avec une rapidité et une détermination qui m'étonnèrent. Qui soupçonnait-elle ? Comme Aber me l'avait dit, elle cachait bien son jeu.

Elle passa devant les deux gardes, m'entraînant toujours dans son sillage, et frappa à la porte de l'atelier.

Dworkin l'ouvrit aussitôt, nous jeta un coup d'œil et recula pour nous laisser entrer.

« Vous faites une drôle de paire, si je puis me permettre. Quel bon vent vous amène, tous les deux ?

— Dis-le-lui », me conseilla Blaise, en me regardant.

Aussi, pour la troisième fois de l'après-midi, je racontai mon histoire, sans rien omettre. Puis je lui fis part de nos conclusions : un traître se trouvait parmi nous.

« Je sais que j'aurais dû venir te voir plus tôt. Excuse-moi. Je ne savais à qui me fier... c'est pourquoi je n'ai fait confiance à personne.

— Tu croyais que c'était la meilleure façon d'agir, dit Dworkin. Nous allons approfondir ce sujet.

— Blaise pense qu'elle connaît l'identité du traître, ajoutai-je.

— Ah ? » Il la regarda d'un air à la fois surpris et satisfait.

« C'est vrai, Père. Ça ne peut être que Freda. »

Dix-sept

« Freda ! » Dworkin et moi nous exclamâmes en chœur. Je ne pouvais le croire.

« Eh oui.

— Mais... *pourquoi* ? m'enquis-je.

— De qui d'autre pourrait-il s'agir ? rétorqua Blaise. Elle possède plus d'Atouts que nous tous réunis, excepté Aber. Elle a répété, à plusieurs reprises, que nous ne pouvions pas gagner cette guerre imminente. Et elle refuse de révéler les noms de ceux qui se sont élevés contre nous.

— Je ne suis pas sûr que *refuse* soit le terme approprié, corrigea Dworkin. Elle ne voit pas de qui il s'agit, tout simplement.

— Elle a pourtant réussi à nommer des coupables assez souvent, par le passé, répliqua Blaise, butée, en croisant les bras. Pourquoi pas cette fois... à moins qu'elle ne les aide ?

— Non. » Dworkin était catégorique. « Je ne peux pas croire ça. Des accusations extravagantes ne constituent pas une preuve.

« — Puisqu'on parle de preuve..., lança Blaise. Freda s'est rendue dans les appartements d'Oberon, hier matin... quand il est parti te voir. Elle y est entrée seule, et n'en est pas ressortie.

— Comment le sais-tu ? demanda Dworkin.

— Une des femmes de ménage me l'a rapporté.

— Une espionne ? » interrogeai-je.

Blaise me sourit. « Pas du tout. J'ai simplement demandé à deux ou trois domestiques de te tenir à l'œil, pour le cas où tu aurais besoin d'aide. L'une d'elles a remarqué que Freda s'introduisait chez toi. Quand elle s'est aperçue qu'elle n'en ressortait pas, cela lui a paru bizarre. Elle m'en a fait part ce matin. »

Dworkin se détourna, puis prit la parole d'une voix tremblante : « Convoquez Locke et Freda. »

Ce fut presque un rassemblement, dans la salle de travail de notre père ! Locke arriva avec Davin, Freda avec Aber. On s'était contenté de leur dire que Dworkin voulait les voir, rien de plus.

Je dus répéter mon histoire à Locke, pour la quatrième fois de la journée ; mon récit fut donc rapide et concis. Quand je mentionnai l'Atout caché dans le tapis de couchage, il bondit.

« Je n'ai rien à voir avec ça ! protesta-t-il.

— Assieds-toi, dit notre père. Nous le savons. Ils l'ont laissé à dessein pour te discréditer. » Il me regarda. « Continue, Oberon. »

Je terminai par la discussion que nous avions eue, Aber et moi, et conclus que nous étions tous deux d'accord sur le fait que les créatures de l'enfer tentaient de neutraliser Locke.

« Tu vois ? lui chuchota Davin. Elles te craignent. »

Blaise raconta ensuite comment Freda avait été vue, entrant dans mes appartements... mais n'en ressortant pas.

J'osai : « Malheureusement, un témoin oculaire ne constitue pas une preuve. Rappelez-vous que les créatures de l'enfer sont de véritables caméléons. L'une d'entre elles aurait pu prendre l'apparence de Freda.

— Comment pourraient-elles... », intervint Blaise.

Je l'interrompis : « Regardez ! »

Fermant les paupières, je projetai intérieurement le visage de Freda, sa longue chevelure, les fines rides autour de ses yeux, la forme de sa mâchoire et de ses pommettes. Je conservai cette image, la fis mienne et ouvris les yeux.

« Vous voyez ? » fis-je, en prenant la voix de Freda. L'expression stupéfaite de leurs visages me confirma que mon vieux tour de gamin fonctionnait encore. Mon visage était la copie conforme de celui de Freda. « Tout le monde est capable de le faire.

— Comment... », souffla Blaise.

Dworkin gloussa. « C'est un tour très simple. Tu n'as jamais essayé de changer de visage, n'est-ce pas, ma fille ? »

Le regard de Blaise passa de Freda à moi. Puis elle ouvrit la bouche, mais aucun son n'en sortit.

« J'ai quelque chose à dire », déclara Freda en se levant. Elle toisa Blaise. « Premièrement, mes allées et venues ne regardent personne d'autre que moi. Je n'ai pas besoin que tes espions m'*épient*, à genoux derrière leurs seaux. Deuxièmement, je suis *effectivement* entrée chez Oberon hier matin. Il était absent ; je suis donc repartie. Et j'ai utilisé un Atout... comme nous le faisons tous.

— Où es-tu allée ? insista Blaise. Cacher le cadavre à l'extérieur du château ?

— Si tu tiens vraiment à le savoir, je suis retournée dans ma chambre, répondit Freda avec froideur.

— Que me voulais-tu ? l'interrogeai-je.

— Te tirer les cartes. Comme cet après-midi... mais je n'ai pas eu plus de chance qu'aujourd'hui.

— Vous voyez ? fit Dworkin. C'est aussi simple que cela.

— Mais qui a emporté le corps ? » demanda Locke.

Personne ne connaissait cette réponse.

Soudain, pour la deuxième fois de la journée, une cloche lointaine retentit.

Locke partit en tête vers le hall d'entrée. Là, un homme portant un uniforme de lieutenant attendait en compagnie de deux autres personnes. Tous trois étaient essoufflés et en sueur.

« Général ! haleta-t-il, en saluant Locke. Ils font quelque chose au ciel !

— Quoi ? interrogea Locke.

— Je ne sais pas ! »

Nous nous précipitâmes vers les fenêtres en un groupe compact et levâmes les yeux vers les cieux.

Juste au-dessus de Juniper, de gros nuages noirs bouillonnants s'amoncelaient. Une étrange lueur bleuâtre vacillait. Tandis que nous les observions, les nuages se mirent à grossir et à se mouvoir avec lenteur, tourbillonnant et s'entortillant sur eux-mêmes.

« Qu'est-ce que c'est, père ? demandai-je à Dworkin.

— Je n'ai jamais rien vu de pareil, avoua-t-il. Et toi, Freda ?

— Moi non plus. Mais ça ne me dit rien qui vaille.

— À moi non plus, renchérit Locke.

— Où se trouve Anari ? fit Dworkin.

— Je suis là, Prince. » Il se tenait derrière nous et regardait le ciel, lui aussi.

« Je veux que tout le monde abandonne les étages supérieurs, ordonna Dworkin. Descendez les lits dans la salle de bal, la salle à manger et les salles d'audience. Personne ne doit quitter le rez-de-chaussée.

— Je vais positionner une partie de nos troupes hors de Juniper, annonça Locke, en s'avançant vers la porte d'entrée. Je ne me l'explique pas, mais je sens que ces nuages ne présagent rien de bon pour nous. » Il s'adressa à Dworkin : « Toi et Freda devez trouver un moyen de les arrêter. Si pour cela il te faut t'asseoir sur ta fierté et faire appel aux Cours du Chaos, fais-le ! »

Il sortit en courant, Davin et le lieutenant sur ses talons.

« Oberon, viens avec moi », dit Dworkin en se tournant et en se dirigeant vers son atelier.

Je marquai une hésitation. J'avais très envie de rejoindre Locke sur le terrain pour l'aider à éloigner l'armée de Juniper. Ces nuages avaient vraiment quelque chose d'effrayant. Mais, en bon soldat — et fils obéissant —, je suivis ses ordres et l'accompagnai jusqu'à son atelier.

Une fois à l'intérieur, il verrouilla la porte, puis s'approcha d'un grand coffre en bois posé contre le mur du fond. Il souleva le couvercle et en retira un sac de velours bleu au cordon méticuleusement serré.

Il l'ouvrit avec soin et lenteur et sortit un paquet d'Atouts identiques à ceux d'Aber. En les regardant par-dessus son épaule, j'aperçus des portraits de femmes et d'hommes en costumes étranges. Je n'y reconnus aucun membre de notre famille.

Il passa en revue ces personnages rapidement et sélectionna une image que je connaissais... un sinistre château presque perdu dans la nuit et la tempête, aux tours et aux remparts enluminés d'argent et éclairés par d'étranges dessins lumineux : le Palais des Cours du Chaos, peint exactement comme sur la carte de Freda.

« Tu vas te rendre aux Cours du Chaos ? » lui demandai-je lentement. Le simple fait de regarder cet Atout me donnait la chair de poule.

« Oui, Locke a raison... je n'ai que trop attendu. Cette lutte nous échappe. Je dois implorer le roi

Uthor d'intervenir. C'est un véritable déshonneur... mais je dois le faire. Tu vas m'accompagner. »

J'avalai ma salive avec peine. « Très bien. »

Il leva la carte et l'examina. J'inspirai profondément et retins mon souffle ; je m'attendais à être emporté, d'un instant à l'autre, loin d'ici, dans le monde de la carte.

Mais rien ne se produisit.

J'expirai, soulagé. Dworkin fixait toujours l'image. Et nous étions toujours dans son atelier. Nous n'avions pas bougé.

« Euh, père... », osai-je.

Il baissa la carte et me regarda. Je vis des larmes briller dans ses yeux.

« Je n'y arrive pas, avoua-t-il.

— Tu veux que j'essaie ? »

Il me tendit la carte en silence. Je l'élevai, repérai la haute cour et me concentrai sur elle... Rien ne se produisit. Je la regardai, en m'appliquant davantage. Toujours rien.

Je me frottai les yeux, retournai la carte, en observai le dos — blanc uni —, puis la retournai de nouveau. Je me souvenais que les autres Atouts avaient paru s'animer sous mon regard ; je refis une tentative, je *voulais* obtenir un résultat.

Rien.

Me trompais-je quelque part ?

Dworkin me prit la carte des mains.

« C'est bien ce que je pensais, dit-il en la rangeant dans le sac, dont il resserra le cordon. Maintenant nous savons à quoi servent ces nuages.

D'une manière ou d'une autre, ils perturbent le Logrus. Nous sommes isolés.

— Peut-être n'est-ce dû qu'au nuage ; si nous nous en écartons...

— Non, me coupa-t-il, les yeux dans le vague. Ils sont là, et même tout près de nous. Puisque nous ne pouvons ni reculer ni nous échapper, ils vont lancer une attaque et tous nous éliminer. »

Dix-huit

« La situation n'est peut-être pas aussi désespérée, fis-je, après avoir dégluti.

— Et pourquoi ? »

Je n'avais pas de réponse.

« Je vais en parler à Freda, proposai-je, en me dirigeant vers la porte. Peut-être aura-t-elle une idée de ce qu'il faut faire. »

Il acquiesça brièvement.

Je le laissai là, assis devant l'une des paillasses, les yeux fixant le vide. Je ne l'avais jamais vu ainsi jusqu'alors ; j'en eus le cœur déchiré. Comment avait-il pu en arriver là ? Comment avait-il pu devenir impuissant aussi brusquement ?

Il ne me fallut pas longtemps pour trouver Freda ; elle se tenait toujours devant une des fenêtres du hall d'entrée, les yeux levés vers le ciel. Aber et la plupart des autres étaient également présents.

Le nuage noir, constatai-je, avait doublé de volume et tourbillonnait de plus en plus. Des éclairs bleus et le scintillement incessant de la lumière lui donnaient une apparence sinistre.

J'effleurai le bras de Freda et lui fis comprendre, par geste, de me suivre. Elle regarda le ciel une dernière fois, puis s'écarta pour que nous pussions parler sans être entendus.

« Que s'est-il passé ? Est-il parti ?

— Non. » Je lui racontai brièvement ce que nous avions découvert.

« J'ai pensé que tu pourrais sans doute faire quelque chose. »

Elle secoua la tête. « Je suis incapable d'utiliser mes Atouts depuis ce matin. J'ai commencé à te l'expliquer quand nous étions dans ta chambre. Je voulais que tu les mélanges... je croyais être la cause principale du problème.

— Ça avait donc déjà commencé ? Avant l'arrivée du nuage ?

— Apparemment. Pourquoi ?

— Dans ce cas, le nuage n'a peut-être rien à voir avec tout ça. Peut-être est-ce dû à autre chose.

— Quoi, par exemple ? »

Je haussai les épaules. « Père et toi connaissez bien les enchantements. Quel mécanisme pourrait provoquer ça ? Et s'il y en a un, peut-il avoir été caché dans le château ?

— Pas que je sache. »

Je soupirai. « Tant pis pour cette idée ! Je me disais qu'Ivinius, ou le traître non identifié, aurait pu introduire quelque engin dans Juniper.

— Mais... c'*est* sans doute possible. Je vais organiser des recherches pour le vérifier.

— Pourquoi ne demandes-tu pas à Blaise de s'en charger ? »

Elle me dévisagea d'un air surpris. « Pourquoi ?

— Elle est déjà en cheville avec les domestiques. Elle peut sans doute les mettre au travail.

— Demande-le-lui, alors. Je ne peux pas le faire, après l'accusation qu'elle a portée sur moi. »

Je la regardai droit dans les yeux. « Ne te fie à personne, mais aime-les tous ?... »

Elle soupira et détourna les yeux. « Les conseils sont plus faciles à donner qu'à suivre. C'est bon, je lui parlerai. »

Elle pivota et repartit vers la fenêtre. Je la vis entraîner Blaise à part ; elles se mirent à bavarder à voix basse. Constatant qu'aucun coup n'était échangé, je présumai que tout s'arrangerait. Quand il est question de vie ou de mort, les pires ennemis sont capables de travailler main dans la main pour sauver leur peau.

Je sortis dans la haute cour. Le nuage avait pris suffisamment d'ampleur pour occulter le soleil et presque toute sa lumière. Une sorte de crépuscule étrange s'était installé. Des gardes traversaient la cour en courant, allumant des torches. Je sentais que quelque chose de monstrueux et de gigantesque allait bientôt déferler sur nous. Nous le sentions tous.

Eh bien, laissons venir, me dis-je. Je portai un toast silencieux à l'inévitable. Plus tôt cela se produirait, plus tôt nous pourrions agir pour le contrer.

Soudain, un éclair foudroyant illumina la cour, suivi d'un coup de tonnerre assourdissant. De petits éclats de roche tombèrent en pluie autour de moi, précédant de peu un nuage de poussière asphyxiant. Puis un bloc de pierre, de la taille de ma tête, se fracassa en explosant sur les pavés, à dix pieds de l'endroit où je me trouvais. Je reculai, toussant, suffoquant, les yeux larmoyants et picotants.

Des cris retentirent à l'intérieur du château. Je compris en une seconde ce qui venait d'arriver : l'étage supérieur avait été touché par la foudre.

Je courus vers les escaliers des remparts, conscient que je serais plus en sécurité là-bas qu'au beau milieu de la cour.

Le danger principal venait des chutes de pierre, non des éclairs. Instinctivement, j'avais l'impression que cette attaque était la première d'une longue série.

Une fois en haut des remparts, je jetai un coup d'œil sur le camp militaire. Des milliers d'hommes s'affairaient, empaquetant le matériel, retirant des piquets du sol, pliant les tentes et rassemblant les animaux. J'aperçus Locke, à cheval, qui dirigeait les troupes. Il semblait régenter tout le monde à deux cents pieds à la ronde autour du château, et jusqu'aux champs en friche qui bordaient la forêt d'où les créatures de l'enfer nous avaient espionnés.

La foudre tomba une deuxième fois, puis une troisième. Elle atteignit à deux reprises la tour la plus haute du château, émiettant les pierres et les tuiles du toit. Les débris pleuvaient de toutes parts. Heureusement, sans atteindre quiconque.

« Fermez les portes ! hurlai-je aux sentinelles en faction. Ne laissez entrer personne, sauf Locke et Davin ! C'est trop dangereux !

— Oui, Monseigneur ! » répondit l'un des gardes, tandis que deux autres refermaient les lourdes portes.

Je retournai dans la cour, attendis les nouveaux éclairs et les chutes de débris, puis la traversai en courant et pénétrai dans le hall.

Celui-ci était désert. Deux grandes vitres avaient été brisées ; du sang maculait le sol — quelqu'un avait dû être coupé par les éclats de verre.

Voyant des serviteurs aller et venir dans les couloirs, je me précipitai pour voir ce qu'ils faisaient. Anari s'y trouvait aussi ; il avait suivi les instructions de Dworkin à la lettre et commencé à descendre tous les lits du château pour les installer au rez-de-chaussée. Les domestiques coucheraient dans la salle de bal. Mes sœurs, dans la salle à manger. Mes frères et moi occuperions une pièce plus petite — et dépourvue de fenêtre. Avec un peu de chance, la foudre finirait par cesser de tomber, sinon le château serait obligé de résister jusqu'au petit matin.

J'aperçus Aber qui surveillait deux serviteurs transportant un énorme coffre de bois dans la cage d'escalier ; je me dirigeai vers lui à grands pas.

« Qui a été blessé dans le hall ? demandai-je.

— Conner. Une partie des carreaux est tombée sur lui. Il a le visage et les mains tailladés, mais il survivra.

— Bonne nouvelle ! Qu'y a-t-il dans ce coffre ?

— Mes jeux d'Atouts. Et quelques objets précieux que je ne veux absolument pas perdre. Je me suis dit que je les conserverais en bas jusqu'à notre départ. Nous *allons* partir, n'est-ce pas ? »

Je lui fis un pauvre sourire. « Qu'est-il arrivé à ta confiance en père, en Locke et en moi ? Je croyais que tu avais décidé de te cacher, pendant que nous exterminions tout le monde ! »

Sa voix ne fut plus qu'un murmure : « Ne te fâche pas, mon frère, mais te rends-tu compte de l'identité de nos adversaires ? Nous ne serons plus en vie pour nous battre, si nous ne quittons pas cet endroit rapidement. Ils s'emploient à nous faire tomber le château sur la tête ! »

Comme pour illustrer ses propos, un craquement particulièrement impressionnant nous parvint de l'extérieur. L'édifice vacilla ; j'entendis le grondement sourd de pierres qui tombaient.

Aber pourrait bien marquer un point, songeai-je. Mais, au niveau des fondations, les murs du bâtiment étaient des plus solides. Il ne serait pas facile de détruire Juniper.

« Au cas où tu ne le saurais pas, nos Atouts sont devenus inutilisables, l'informai-je. Il est temps de redresser la tête et de se battre.

— Comment ? » Il pâlit. « Tu dois te tromper ! Les Atouts ont toujours fonctionné !

— Essaie, tu verras bien. Ni Freda, ni père, ni moi n'avons réussi à nous en servir. »

Les domestiques chargés du coffre avaient atteint le bas des escaliers ; il leur indiqua de la main où le poser. Ils s'exécutèrent. Il en profita pour soulever le couvercle. Regardant par-dessus son épaule, je vis un monceau de cartes... qui devaient se compter par centaines.

Il prit celle du dessus et *me* la montra... ; c'était la carte qu'il avait peinte un peu plus tôt dans sa chambre.

« Ça ne te dérange pas ? s'enquit-il.

— Non, vas-y ! »

Il se mit à la fixer intensément, fronçant les sourcils, mais aucun fluide ne passa de lui à moi. À son expression déçue, j'en déduisis que lui non plus ne ressentait rien.

Avec un grognement plaintif, il laissa retomber son bras et me regarda. Son visage était couleur de cendre ; sa main tremblait.

« Je suis désolé », lui dis-je. Je me sentais coupable de l'avoir incité à essayer cet Atout, alors que je savais qu'il ne pourrait pas fonctionner. Peindre des Atouts semblait être son unique grand talent. Et il était désormais devenu inutile.

« Je ne peux pas le croire, balbutia-t-il.

— Eh bien, pense à autre chose, proposai-je, avec une confiance que j'étais loin de ressentir. Père a des pièces remplies d'objets magiques. Il doit bien posséder quelque chose susceptible de nous aider. »

Aber rangea la carte dans le coffre et fit claquer son couvercle. Faisant signe du doigt aux deux hommes qu'ils pouvaient le reprendre, il leur ordonna de l'entreposer avec ses autres affaires. Ils quittèrent le grand hall.

« Bon, lança-t-il avec philosophie. Je suppose qu'il va me falloir passer au plan B.

« — Quel est-il ?

— Me cacher jusqu'à ce que le danger soit passé ! »

J'éclatai de rire ; il me fit un pâle sourire. Au moins n'avait-il pas perdu son sens de l'humour.

Au bout d'une demi-heure, au moment même où la nuit tombait, les éclairs s'interrompirent ; je soupçonnai, cependant, qu'il ne s'agissait que d'un répit temporaire. Celui qui avait envoyé ce nuage avait sans doute besoin de la lumière diurne pour diriger son attaque. Je me doutais que les explosions reprendraient à l'aube.

Notre père resta enfermé dans sa salle de travail, nous laissant nous occuper du château. Nous parvînmes, sur le tard, à envoyer tout le monde se coucher, qu'il s'agît des membres de la famille ou du personnel. Les sentinelles qui parcouraient vaillamment le chemin de ronde étaient les seules personnes encore dehors.

Freda, Blaise et moi regagnâmes le grand hall pour attendre le retour de Locke et de Davin. Nous n'avions pas grand-chose à nous dire, mais rester en compagnie était préférable à la solitude.

Le silence extérieur semblait de mauvais augure.

Enfin, vers minuit, j'entendis des chevaux dans la cour ; je me levai pour aller voir qui arrivait.

« Locke et Davin, informai-je mes sœurs.

— Il était temps », murmura Blaise.

Locke confia sa monture à Davin et se précipita à l'intérieur. Quand il nous aperçut, son visage s'assombrit.

« Quelles sont les nouvelles ? demandai-je.

— Les hommes sont à bonne distance du château, maintenant, répondit-il. Je ne pense pas que la foudre puisse les atteindre. Qu'ai-je manqué ? Où est père ?

— Enfermé dans son atelier, fis-je d'un ton malheureux. Il ne répond pas quand on l'appelle.

— Nous avons fait descendre tout le monde au rez-de-chaussée ; la plupart des gens sont installés pour la nuit, ajouta Freda.

— J'ai vu comment la foudre tombait, dit-il. Peut-être devrions-nous tous rejoindre les champs le plus rapidement possible.

— Je pense que ce serait une erreur. Ils essaient de nous attirer à découvert. Malgré la foudre, nous serons mieux ici. Même si le haut des tours s'écroule, le reste des murs devient plus solide à mesure qu'on se rapproche des fondations. Nous serons en sûreté pendant quelque temps, affirmai-je.

— Très bien.

— Si tu dois ressortir demain matin, arrange-toi pour le faire avant le lever du jour, suggérai-je. Je crois que l'obscurité arrête la foudre.

— Merci du conseil. » Il regarda autour de lui. « Où sommes-nous installés, cette nuit ?

— Je vais te montrer », proposai-je en me levant.

Pour une fois, je dormis d'un sommeil profond et réparateur. Même si je partageais la chambre avec une douzaine d'autres hommes, qui ronflaient pour la plupart, la fatigue me submergea. Aucun mauvais rêve ne vint me tourmenter ; je n'eus pas non plus de visions de serpents maléfiques ou de mourants sur des autels de pierre, ni de cieux aux schémas en perpétuel mouvement, encore moins de tours faites d'os humains.

Je me réveillai un peu avant l'aube et écoutai les premiers bruits matinaux, en repensant à ce qui s'était passé la veille. Tout me paraissait irréel, comme s'il s'agissait d'un cauchemar. Les nuages qui dardaient des éclairs sur nous, pauvres gens impuissants, ne tourbillonnaient pas encore dans le ciel. Les événements du jour précédent semblaient incroyables, et pourtant je savais qu'ils avaient eu lieu.

Une silhouette silencieuse se glissa dans la pièce. Je me raidis, tendant la main pour m'emparer de mon épée. C'était l'un des gardes du château. Un assassin de plus ?

Sans faire le moindre bruit, il s'avança à pas de loup, tel un fantôme, jusqu'au lit de Locke. Je me préparai à crier un avertissement et à me jeter sur lui ; mais il se contenta de tendre la main et de secouer le général par l'épaule.

Ce dernier se réveilla instantanément.

« Vous m'avez demandé de venir vous chercher avant l'aube, général, dit le soldat. Il est temps.

— Très bien, chuchota Locke. Réveille Davin. » Il se leva et commença à s'habiller.

Je m'assis dans mon lit et m'étirai. Ma séance d'entraînement avait laissé des séquelles, mes muscles étaient un peu douloureux ; malgré cela, je me sentais plus reposé... prêt à me battre, au besoin, pour défendre Juniper. Les créatures de l'enfer ne

313

prendront pas le château aussi facilement, me promis-je. J'entrepris de m'habiller, moi aussi.

Locke ramassa ses bottes, m'aperçut et me fit un petit signe de tête pour m'indiquer la porte. Je me levai, saisis ma paire de bottes et le suivis à l'extérieur. Nous nous dirigeâmes vers l'atelier de notre père.

« Quels sont tes plans pour la journée ? » lui demandai-je, quand il s'arrêta pour se chausser. J'en profitai pour en faire autant.

« Préparer les hommes au combat, dit-il avec détermination.

— Je ne crois pas qu'il aura lieu aujourd'hui.

— Pourquoi ?

— Pourquoi se précipiter ? Ils peuvent se contenter de nous démoraliser en utilisant la foudre. »

Il acquiesça d'un hochement de tête. « Tu as raison. C'est aussi de cette façon que j'agirais. »

Nous repartîmes vers l'atelier de Dworkin. En nous voyant, les gardes abaissèrent leurs piques pour nous bloquer le passage du couloir.

« Toutes nos excuses, Messeigneurs, dit l'un d'eux, la gorge serrée. Le prince Dworkin nous a recommandé de ne laisser entrer personne. Il ne veut pas être dérangé, même par vous, général. »

Locke soupira. « Je sais que vous faites votre travail. Mais je dois également faire le mien. »

Il le frappa à deux reprises du plat de la main, avec force et rapidité ; le pauvre homme s'affala sur le sol. L'action fut si brève que l'autre garde n'eut pas le temps de réagir.

Locke le regarda. « Emmène ton ami, conseilla-t-il. Sinon, c'est moi qui vais vous emmener ailleurs, tous les deux.

— Je risque ma vie », plaida le garde, les yeux exorbités et l'air désespéré. Il barra le passage de sa pique, releva le menton, puis ferma les paupières. « Faites donc ! »

Locke hocha la tête. Il frappa l'homme par deux fois. Quand celui-ci s'effondra, nous enjambâmes son corps pour passer. Nous avions déjà perdu trop de temps.

Dworkin n'avait pas verrouillé sa porte ; il n'était donc pas nécessaire de la défoncer. Locke me jeta un coup d'œil, ouvrit et entra.

Notre père, assis, la tête posée sur une table, ronflait. Trois énormes bouteilles étaient alignées devant lui. Deux, complètement vides ; la troisième, à moitié pleine.

Je pris la demi-bouteille, reniflai son contenu et la reposai.

« Eau-de-vie, déclarai-je.

— Père ! Réveille-toi ! » Locke le secoua par l'épaule.

Dworkin roula sur le côté et serait tombé si je ne l'avais pas retenu. Nous n'eûmes pas même droit à un gémissement. Il était ivre mort.

« C'est lui tout craché ! dit Locke.

— Il s'est déjà comporté ainsi ?

— À une occasion. Quand il a été chassé des Cours du Chaos.

— Chassé ? Mais pourquoi ?

— Eh bien... ce n'est pas exactement ainsi qu'il le rapporte. En général, il raconte qu'il a quitté les Cours, car la vie, là-bas, l'ennuyait. Toutefois, je connais le fin mot de l'histoire. Il a tendance à oublier que je m'y trouvais aussi. »

Je me penchai en avant. « Que s'est-il réellement passé ? Chaque fois, j'ai droit à une version différente.

— La vérité t'intéresse ? » Il me gratifia d'un petit sourire triste.

« Il a séduit la plus jeune des filles du roi Uthor et, de loin, sa préférée. Il lui a même fait un enfant. Après cela, il leur était difficile de cacher leur relation.

— Ne pouvait-il pas l'épouser ?

— Malheureusement, elle était déjà promise. En fait, depuis sa naissance. Dworkin le savait également ; il s'en est cependant moqué.

— Alors... tout ça pourrait être l'œuvre du roi Uthor ?

— Pourrait ? » Il gloussa. « Oh, Uthor ne conduirait pas l'attaque, mais je sens qu'il est derrière tout ça. J'avais espéré que nous pourrions le distancer, ou lui survivre. Il *est* âgé. Et tout cela est arrivé il y a quarante ans, selon l'écoulement du temps dans les Cours. »

Quarante ans... bien avant ma naissance ! Je contemplai la forme inconsciente de notre père. Si Locke m'avait dit la vérité — et je le croyais ; pourquoi mentirait-il ? —, alors Dworkin était responsable de sa destruction. Et de la nôtre.

Je le réinstallai sur la table. Il pouvait bien cuver son vin, ici. Le fou, le vieux fou.

« Laissons-le, lançai-je. Si ça ne t'ennuie pas, je t'accompagnerai aujourd'hui. Je n'ai pas envie de passer la journée au château à écouter les pierres tomber. Et si j'ai l'occasion de me servir de mon épée pour...

— C'est d'accord. » Il eut un rire sans joie. « Je suis sûr que nous pourrons te trouver quelque chose à faire. »

Les palefreniers avaient vidé les écuries pendant la nuit. Nos chevaux étaient parqués avec ceux de la cavalerie, à l'extérieur du camp principal. Davin nous rejoignit dans la cour, désormais recouverte de gravats. Nous prîmes tous trois la direction du camp militaire.

Le ciel s'éclaircissait. Les nuages continuaient à tourbillonner inlassablement au-dessus de nos têtes.

À mi-chemin du camp, la foudre se remit à tomber derrière nous. Je jetai un coup d'œil vers le château, par-dessus mon épaule ; des éclairs bleuâtres pleuvaient les uns après les autres, touchant les tours les plus hautes. De nouvelles pierres chutaient, soulevant des nuages de poussière. Je n'enviais pas le sort de ceux qui se trouvaient à l'intérieur. Je savais que la journée ne serait pas facile pour eux.

Au loin, devant nous, des cors se mirent à sonner.

« Une attaque ! » cria Locke, reconnaissant l'appel aux armes. Il se dirigea en courant vers les enclos.

Davin et moi le talonnâmes.

Dix-neuf

Le temps pour nous de parvenir là-bas, les palefreniers avaient déjà sellé l'étalon noir de Locke. Il l'enfourcha sans hésiter et partit au galop.

Davin et moi attendîmes avec impatience qu'on préparât les nôtres.

« Quelqu'un sait-il ce qui se passe ? » demandai-je. Personne parmi les garçons d'écurie ni parmi les soldats ne répondit. Ces derniers, l'air sombre, enfilaient leur armure et bouclaient leur ceinturon.

Nos montures enfin prêtes, nous nous précipitâmes à la suite de Locke. Il ne nous fallut pas longtemps pour rejoindre la tente de commandement. Après nous être faufilés par l'ouverture, nous retrouvâmes notre frère qui aboyait des ordres.

« Ils marchent sur nos hommes, au nord, informat-il Davin.

— Sur les nouvelles recrues ? » Davin pâlit. « Ces hommes ne sont pas encore prêts !

— Ce sont pourtant eux qui se retrouvent en première ligne. Rassemble les Loups, les Ours et les

Panthères. Il nous faut des archers à l'avant. Positionne-les... envoie-les à Beck's Ridge.

— Compris. » Davin repartit en courant.

Locke me regarda. « Tu as dit les avoir combattues pendant un an. Quel conseil peux-tu me donner ?

— Sont-elles à pied ou à cheval ?

— Réponds-lui », dit Locke à un des capitaines, debout devant lui.

L'homme se tourna vers moi. « Les deux. Il y a deux rangées de créatures armées de piques, à l'avant. Des cavaliers armés d'épées, à l'arrière. Aucun archer, pour autant que j'aie pu le constater.

— Ça me semble normal. » Je déglutis, essayant d'avaler la boule qui venait d'obstruer ma gorge. Exactement comme à Ilerium, sauf qu'ici elles se déployaient à plus grande échelle. Là-bas, nous avions perdu des batailles régulièrement pendant toute une année ; nous avions cependant été capables de nous retirer chaque fois que cela s'était avéré nécessaire. Ici, nous avions un château à défendre. Un siège paraissait inévitable. Pourtant, avec ces éclairs foudroyants qui réduisaient la bâtisse en ruine, nous n'aurions aucun moyen de nous retrancher à l'abri de ses murs.

Je m'adressai à Locke : « Leurs troupes montées représentent le plus grand danger, pour l'instant. Leurs chevaux crachent du feu, souviens-t'en, et ils tueront nos hommes aussi facilement que leurs maîtres le font.

— Alors, je vais demander aux archers d'emmener autant de chevaux et de cavaliers qu'ils le peuvent, déclara-t-il.

« — Combattez ces derniers avec deux armes, repris-je. Gardez un couteau pointé sur le cheval ; ainsi, il ne s'approchera pas. Les hommes sont très forts et adorent cogner, aussi déplacez-vous constamment et déséquilibrez-les. Battez-vous contre deux ou trois adversaires à la fois.

— Quelles sont les meilleures armes ? s'enquit le capitaine.

— Lances, piques et flèches. » Je jetai un regard à Locke. « Au fait, de combien d'archers disposes-tu ?

— Cinq mille, plus ou moins. »

Je sifflai. « Autant que ça ! » Pour la première fois, je ressentis un soupçon d'espoir. « Cela devrait suffire.

— Et eux, combien sont-ils approximativement ? demanda Locke au capitaine.

— Environ dix mille, d'après ce que j'ai vu. Nous sommes bien plus nombreux. »

Locke fronça les sourcils. « Ce n'est pas assez. Il devrait y en avoir beaucoup plus. Ils nous ont espionnés. Ils connaissent nos effectifs. »

Au-dehors, des cors retentirent de nouveau. Un messager se précipita en courant sous la tente.

Haletant, plié en deux, les mains sur les genoux, il parvint à articuler : « Il y en a plein d'autres qui arrivent, général ! De l'est ! Du sud ! Par milliers ! »

Acquiesçant de la tête, comme s'il s'était attendu à cette nouvelle, Locke se leva. « Sonnez le rassemblement. Nous partons dans cinq minutes. Divisez les troupes en trois unités égales. Les archers à l'avant, les porteurs de piques et de lances à l'arrière. Je commanderai l'ouest ; Davin, l'est. Oberon, pourrais-tu t'occuper du sud ?

— Oui. »

Il me fit un signe de tête. « Nos archers en abattront autant que possible. Repliez-vous toujours vers le château. Au besoin, c'est là que nous nous regrouperons et nous défendrons.

— Très bien.

— Parketh, lança-t-il à l'un des ses aides de camp. Trouve une armure pour le seigneur Oberon. Dépêche-toi ! »

Le nombre de soldats sous mes ordres — presque vingt-cinq mille fantassins armés de piques et de lances, plus deux mille archers et mille cavaliers — paraissait incroyable ; pourtant, en chevauchant le long des rangées d'hommes, je ne pouvais m'empêcher de penser qu'il ne suffirait pas. Cette attaque avait été parfaitement orchestrée... les créatures de l'enfer connaissaient nos effectifs et, malgré tout, elles marchaient sur nous. Nous avons dû omettre un détail important, me dis-je.

Je regardai alors cette masse noire de nuages tourbillonnants dans le ciel, au-dessus de Juniper, et me demandai si nos ennemis avaient compté sur la foudre pour nous détruire. Si nous nous repliions du côté du château, nous nous retrouverions certainement à sa portée...

Inutile de penser déjà à la retraite, songeai-je, en soupirant. Si nous l'emportions, nous n'aurions pas à craindre de nous rapprocher du château.

Je rejoignis enfin la tête de mes troupes, levai mon épée et hurlai : « En route vers la victoire ! »

Les hommes m'acclamèrent et les rangs s'ébranlèrent vers les champs, en direction du sud.

Alors que nous approchions de la forêt, des troupes sortirent des bois ; des créatures de l'enfer armées de piques déferlèrent en silence. Je ne vis pas de cavaliers, mais je savais qu'ils n'étaient pas loin derrière. Nous n'allions pas les attendre — nos archers allaient devoir faire mouche sur la première vague d'attaquants.

« Archers, en position ! » lançai-je. Le clairon sonna mes ordres afin que tous pussent les entendre.

Nos premières lignes s'agenouillèrent pour permettre aux archers de viser.

« Tirez ! » vociférai-je.

Ils se mirent à décocher leurs flèches par volées successives. Les premiers rangs des créatures de l'enfer tombèrent ; cependant, un nombre sans cesse croissant de combattants se répandaient hors des bois en un sombre flot inépuisable.

Mes archers continuaient d'envoyer leurs projectiles, mais nos adversaires étaient bien trop nombreux. Quand l'un d'eux succombait, cinq autres se précipitaient au pas de charge pour le remplacer. Soudain, des hordes de créatures de l'enfer montées se dirigèrent sur nous d'un air décidé.

« Sonnez l'engagement des piquiers ! » ordonnai-je au clairon, quand les premiers cavaliers approchèrent de nos rangs.

Il obéit ; les archers cédèrent leurs places. La rangée de piquiers se précipita en avant, hurlant de farouches cris de guerre. Les archers relevèrent leurs arcs et tirèrent par-dessus leurs camarades, tuant des créatures de l'enfer qui se trouvaient à l'arrière.

« Gardez quelques flèches pour leurs chevaux ! hurlai-je. Dès que vous en aurez l'occasion, visez les montures ! »

Les deux armées se rencontrèrent au beau milieu du champ, en un enchevêtrement inextricable de corps. De mon poste d'observation, sur le dos de ma jument, je pouvais distinguer la nuée de créatures de l'enfer émerger de la forêt, bien qu'elles fussent déjà plus de dix mille à se battre.

Nos archers tiraient dès que des cibles se présentaient. Je retins toutefois nos cavaliers. Leurs montures piaffaient d'impatience, désireuses de charger.

« Tout doux... tout doux... », murmurai-je.

La bataille tournait à l'avantage des créatures de l'enfer. La moitié de mes troupes avait péri et l'autre moitié semblait débordée. Les archers cédaient du terrain ; ils avaient des difficultés à abattre leurs cibles. Je compris qu'il était temps d'engager la cavalerie.

« Sonnez la charge ! » dis-je en brandissant mon épée.

Au son plaintif du cor, j'éperonnai ma jument ; et, accompagné de mes deux mille cavaliers, je galopai vers la zone des combats.

Nous ne fûmes bientôt plus qu'une masse indistincte, échangeant des coups, taillant, hachant, tronçonnant. Autour de moi, chevaux et cavaliers des deux camps se faisaient abattre et découper en pièces. Je luttais, faisant tournoyer mon épée, tuant des créatures de l'enfer par douzaines. Des soldats vinrent se ranger à mes côtés ; ensemble, nous fîmes des ravages parmi les lignes ennemies. Je poussai mon cri de guerre et m'enfonçai encore plus loin. Éclaboussé par le sang, je me démenai comme jamais auparavant, prenant plaisir à sentir le métal taillader les armures et les chairs, et à tuer celles qui avaient détruit ma vie, mon amour, ma maison.

Soudain, tout fut terminé. En entendant retentir leurs cors, les créatures de l'enfer tournèrent les talons et battirent en retraite. Nos archers leur tirèrent dans le dos, les atteignant par dizaines, par centaines. Autour de moi, les hommes se mirent à pousser des cris de joie.

Je m'affaissai sur ma monture, grognant comme un dément, dans un état d'épuisement indicible. Je pivotai sur ma selle et jetai un regard sur le champ de bataille ; partout gisaient des corps, des hommes, des créatures de l'enfer, empilés par trois ou quatre, à certains endroits.

Mes bras tremblaient. Ma tête était douloureuse. Je ne m'étais jamais senti aussi fatigué.

Pourtant, une joie féroce m'habitait — la victoire revêtait une dimension épique. Bien que les deux tiers de mes hommes fussent à terre, blessés ou morts, nous avions gagné cette bataille. Et nous avions exterminé deux fois plus d'ennemis qu'eux ne l'avaient fait avec nous.

« *O-be-ron ! O-be-ron ! O-be-ron !* » Les hommes scandaient mon nom.

Je brandis mon épée et me redressai. « Repliez-vous ! Au camp ! hurlai-je. Emportez nos blessés et nos morts ! »

M'acclamant toujours, ils se déployèrent dans le champ, à la recherche de survivants humains ; ils n'hésitèrent pas à achever les créatures de l'enfer encore en vie.

Cette guerre ne fera pas de prisonniers, me dis-je.

Avant même de repartir vers nos bases, des éclaireurs nous avaient rejoints pour entendre mon rapport et m'informer de ce qui s'était passé ailleurs. Ce qu'ils m'apprirent n'était guère réjouissant. Bien que les hommes de Locke fussent sortis vainqueurs de l'affrontement, ce dernier avait été grièvement blessé : arraché à son cheval et laissé pour mort par les créatures de l'enfer. Ses hommes l'avaient ramené dans sa tente où des médecins le soignaient.

C'était la seule bonne nouvelle.

Les soldats de Davin, eux, avaient perdu leur combat. Lui-même n'était pas revenu. Il gisait quelque part sur le champ de bataille, parmi les corps de quelque dix-huit mille autres hommes.

Je sautai à bas de monture et courus voir Locke. J'écartai les médecins ; je refusai d'écouter leurs appels me conjurant de laisser le général se reposer et m'agenouillai à son chevet.

Malgré l'épaisseur des bandages qui entouraient sa tête, le sang continuait de s'écouler.

« Locke, c'est moi », lui dis-je.

Il battit des paupières et ouvrit les yeux. Il se tourna lentement vers moi ; je pus constater à quel point ce geste était douloureux pour lui.

« Quelles sont les nouvelles ? demanda-t-il d'une voix rauque.

— Nous avons gagné, annonçai-je. En tout cas, pour aujourd'hui. »

Il m'adressa un faible sourire et expira.

Inspirant profondément, je tendis la main, lui fermai les yeux et me levai. Des prêtres se précipitèrent vers lui, entonnèrent des prières et préparèrent son corps pour les funérailles. Il me faudra demander à Freda ce que nous faisons de nos morts dans la famille, songeai-je d'un air absent.

« Si l'ennemi revient à la charge, envoyez des messagers, conseillai-je aux subalternes de Locke. Je dois aller prévenir notre père.

— Oui, général », me répondirent-ils.

Je me détournai avec lenteur et quittai la tente. Des officiers m'interpellèrent pour me demander des nouvelles de Locke ; je les ignorai.

Le cœur lourd, insensible à la foudre qui frappait le château de nouveau, j'entamai le long chemin du retour. Il fera bientôt nuit, me dis-je. Les attaques vont cesser. Je pourrai rentrer et leur annoncer ce qui s'est passé.

Voilà un devoir que je n'avais pas hâte d'accomplir.

Vingt

Les deux gardes en faction devant la porte de Dworkin ont été relevés, remarquai-je en approchant. Ils claquèrent des talons pour me saluer, mais ne firent aucun geste pour m'arrêter.

Je passai devant eux et entrai dans l'atelier de mon père sans frapper.

Il me jeta un coup d'œil et s'affala sur sa chaise.

« Les nouvelles sont mauvaises, n'est-ce pas ? me dit-il d'un ton impassible.

— Davin et Locke sont morts, lui répondis-je. Mais nous avons gagné la bataille, aujourd'hui.

— Et demain ?

— Demain, je prendrai le commandement. Nous combattrons et n'aurons plus qu'à espérer que tout se passe pour le mieux.

— Vas-tu le dire à Freda ?

— Oui. » Je n'ajoutai rien de plus et m'en allai.

Je rencontrai d'abord Aber, par hasard. Je m'arrêtai pour lui annoncer les nouvelles ; il ne parut pas surpris.

« Je t'avais dit que Locke n'était pas un traître.

— C'est vrai. Et tu avais raison. C'était sans doute le meilleur de nous tous. Il faut que je prévienne Freda. Je l'ai promis à père.

— Elle s'est installée dans la petite pièce, près du hall d'entrée. Elle ne veut pas en sortir. J'ai essayé toute la journée.

— Que fait-elle ?

— Je ne sais pas. »

Je soupirai. « Il faut que j'aille lui parler. » Une tâche des plus désagréables, pour couronner une journée désagréable, me dis-je.

Je me rendis dans le hall. Quand j'essayai d'ouvrir la porte de la pièce en question, elle me résista : on l'avait verrouillée de l'intérieur.

« Freda, appelai-je, en frappant. Laisse-moi entrer. »

Elle ne répondit pas.

« Freda ? répétai-je. C'est moi, Oberon. Ouvre-moi, veux-tu ? C'est important. Freda ! »

J'entendis qu'elle tirait le verrou ; la porte s'entrebâilla — suffisamment pour que je pusse me glisser à l'intérieur. Elle referma aussitôt derrière moi et remit le verrou.

« Tu n'aurais pas dû venir », dit-elle.

Elle avait mauvaise mine, les traits tirés, le teint gris, les cheveux emmêlés.

« Aber s'inquiète à ton sujet.

— À mon sujet ? » Elle laissa fuser un rire. « Je suis le moindre des soucis... pour tout le monde. C'est la fin. Nous sommes piégés. Nous allons mourir ici.

328

— Tu l'as vu dans tes Atouts ? » fis-je, indiquant de la tête son jeu étalé sur la table, superposé sur les cartes de Dworkin.

« Non. Je suis incapable de voir quoi que ce soit. »

Je jetai un coup d'œil sur les deux petites fenêtres situées en hauteur. Elle en avait tiré les rideaux, masquant ainsi les nuages et le scintillement incessant de ces étranges éclairs bleus.

« Là où il y a de la vie, il y a de l'espoir ; c'est un vieux dicton, dis-je.

— Ce n'est pas vrai. » Elle fit un geste vers la table, au centre de la pièce. Plusieurs bougies, presque entièrement consumées, éclairaient ses Atouts alignés par rangées. « Les tirages sont aléatoires, sans signification. Nous mourrons tous. Nous ne pouvons survivre sans le Logrus.

— J'y suis bien parvenu. J'ai passé toute ma vie sans lui.

— Et regarde où ça t'a conduit », répliqua-t-elle amèrement. « Tu serais mort à l'heure actuelle, si Père n'était pas allé te secourir.

— *Non*. J'ai survécu à une année de guerre contre les créatures de l'enfer, sans le Logrus, sans père et sans *toi*. J'ai passé toute ma vie, sans avoir recours à ses pouvoirs. Je ne peux toujours pas l'utiliser ; je suis néanmoins celui qui a survécu à la bataille d'aujourd'hui.

— Et... Locke... et Davin ? »

Je déglutis avec peine et détournai les yeux. « Je suis désolé. »

Elle se mit à pleurer. Je l'entourai de mes bras.

« Je ne vais pas abandonner, lui soufflai-je. Je ne

vais pas m'allonger par terre pour mourir ici, traqué comme un animal. Chaque être doit faire le sacrifice de son sang. Cela nous rend plus forts. Nous *survivrons.*

— Tu n'en sais rien », dit-elle, au bout d'un moment. Retrouvant le contrôle d'elle-même par un terrible effort de volonté, elle sécha ses larmes. « La guerre est déjà terminée... nous avons perdu.

— C'est ce que nos ennemis veulent nous faire croire. Mais moi, je n'y crois pas. »

Elle me dévisagea, étonnée. « Je ne comprends pas.

— Tu penses comme une Dame du Chaos. Ton premier réflexe est d'atteindre le Logrus... et quand tu t'aperçois que c'est impossible, tu te considères comme une infirme.

— Je *suis* infirme ! Nous le sommes tous !

— Non, tu ne l'es pas ! » Je cherchai les mots appropriés. « Écoute, je n'ai jamais emprunté le Logrus. Pas une seule fois. On n'en a pas besoin pour se servir d'une épée. On n'en a pas besoin pour marcher, courir, rire ou danser. On n'a pas besoin de lire l'avenir pour vivre. Les gens peuvent parfaitement se passer du Logrus. Ils l'ont déjà fait et continueront de le faire.

— Pas les gens véritables. Ce n'est valable que pour les enfants de l'Ombre...

— Me considères-tu comme un enfant de l'Ombre ? »

Elle marqua un temps d'hésitation. « Non... mais...

— Mais rien du tout ! Oublie le Logrus ! Oublie

qu'il existe ! Pense à ce que tu peux faire sans lui...
Trouve un moyen pour combattre, t'échapper,
duper nos ennemis et les confondre. Père est persuadé que tu es la plus intelligente de nous tous.
Prouve-le. »

Son front se plissa ; elle cessa de discuter.

Je m'approchai de la table, rassemblai ses Atouts
et les rangeai dans leur petite boîte en bois. Si un
feu avait brûlé dans la cheminée, je les y aurais jetés.

« Ne regarde pas tes Atouts, pour l'instant, lui
dis-je d'une voix ferme. Tu me le promets ?

— Je te le promets, répondit-elle avec lenteur.

— Tiens parole. » Je l'embrassai sur le front. « Je
vais te faire apporter de quoi te sustenter. Mange,
puis repose-toi. Quelque chose va se produire, tôt
ou tard. Nous trouverons un moyen de gagner le
combat... la guerre.

— Oui, Oberon, fit-elle doucement. Et...
merci. »

Je me forçai à sourire. « Je t'en prie. »

En quittant la pièce, je me mis brusquement à
réfléchir. Avec son obstination à vouloir se raccro-
cher au Logrus, Freda m'avait donné une idée. Je
savais qu'il était devenu inutilisable. Quelque
chose avait coupé Juniper de ses pouvoirs, nous iso-
lant, rendant Dworkin et toute ma famille impuissants. Sans le Logrus, ils se sentaient diminués.

Et nos ennemis comptaient là-dessus.

Notre discussion m'avait donné une idée... une
idée tellement folle que je pensais qu'elle pourrait
aboutir.

J'envoyai des domestiques aux cuisines préparer un repas chaud pour Freda, puis je retournai dans l'atelier de Dworkin. Les gardes me laissèrent passer de nouveau sans problème.

Je me dirigeai à grands pas vers la porte. Elle était ouverte. Un conseil impromptu à propos de la guerre avait lieu. Conner, la tête et l'épaule enveloppées de bandages sanguinolents, se trouvait dans la salle en compagnie de Titus et de notre père. Le fatras d'objets expérimentaux avait été posé sur le sol ou repoussé dans les coins ; des plans avaient été dépliés sur toutes les tables.

« ... ne marchera pas », disait Conner avec passion.

Tous se turent à mon entrée.

« Excusez-moi de vous interrompre. Sortez, tous les deux, déclarai-je. *Tout de suite.* Je dois parler à père, seul à seul. C'est important.

— C'est à toi de sortir, rétorqua Conner. Nous travaillons.

— Obéissez, leur conseilla Dworkin. De toute façon, nous n'aboutissons à rien. Allez dormir. Nous en reparlerons plus tard. »

Conner donna l'impression de vouloir discuter, mais finit par acquiescer de la tête. Titus l'aida à garder l'équilibre et, ensemble, ils sortirent tant bien que mal.

Je refermai la porte derrière eux et poussai le verrou. Je ne voulais pas être dérangé.

« Ils essaient de se rendre utiles », plaida Dworkin. « Tu ne peux pas diriger l'armée tout seul. Tu vas avoir besoin d'eux.

— Oublie l'armée. Aber m'a montré la façon de dessiner un Atout. Tu peux y intégrer le Logrus, t'arranger pour qu'il fasse partie de l'image... n'est-ce pas ?

— Oui, si on veut !

— Il paraît que tu es doué. C'est ce qu'il m'a dit.

— Oui. J'en ai peint des milliers, dans ma jeunesse.

— Je voudrais que tu me fasses un Atout immédiatement. Mais au lieu d'y mettre le Logrus, j'aimerais que tu y incorpores mon diagramme. »

Il leva ses sourcils gris broussailleux. « Comment ?

— Tu l'as vu. Tu as dit qu'il se trouvait à l'intérieur du rubis. Tu sais à quoi il ressemble. S'il diffère du Logrus autant que tu l'affirmes, nous pourrions peut-être l'utiliser pour quitter Juniper. Il m'a transporté en Ilerium, tu te souviens !

— Oui. » Il regardait au loin, les yeux dans le vague, fixant quelque chose... sans doute mon diagramme, le schéma qu'il avait aperçu au fond du rubis. « Quelle idée intéressante !

— Ça fonctionnera ? m'enquis-je.

— Je l'ignore.

— Je veux que tu essaies.

— Ça *pourrait* fonctionner, médita Dworkin à voix haute. Si... »

Il ne termina pas sa phrase, mais se leva et alla chercher du papier, de l'encre et un pot rempli de pinceaux. Après avoir fait de la place sur la table, il s'assit et se mit à dessiner d'une main sûre et rapide.

Je reconnus l'image immédiatement : la rue où habitait Helda. Il esquissa des ruines calcinées, là où s'était dressée sa maison, ne laissant debout que sa cheminée de pierre.

« Non..., lâchai-je. Je ne veux pas retourner là-bas. N'importe où ailleurs, mais pas là ! S'il te plaît !

— Tu connais cette rue par cœur ; cela t'aidera à te concentrer. Et c'est le seul endroit où nous sommes allés ensemble, récemment.

— Ilerium n'est pas sûr !

— Il devrait l'être, maintenant. Le temps s'écoule différemment dans ces deux Ombres... un jour, ici, correspond à deux semaines au moins, là-bas.

— Et mon diagramme ? » demandai-je. Il n'avait pas exécuté son dessin comme Aber, avec le Logrus dans le fond ; il avait commencé par la rue. « Ne vaudrait-il mieux pas que tu l'intègres dans l'image ? »

Il émit un petit gloussement. « Tu commences à voir la différence qui existe entre Aber et moi. Aber ne comprend pas pourquoi ses Atouts ne fonctionnent pas. Il ne *veut* pas comprendre. Il s'est contenté de copier bêtement mes esquisses de jadis, à l'époque où je représentais le Logrus platement sur chaque carte, à l'arrière de l'image. Cela m'aidait à me concentrer. Cependant, le Logrus n'a pas besoin de faire partie de la carte... il doit simplement se trouver au premier plan, dans la tête de l'artiste, quand celui-ci le crée. C'est lui qui donne une forme à l'image, au même titre que la main humaine qui le reproduit. Après tout, ils ne font qu'un.

— Je ne comprends pas.

— Ce n'est pas utile. C'est moi qui dessine ! »

Il trempa son pinceau dans l'encrier et termina rapidement. L'image n'était qu'une esquisse composée de grands traits crayonnés et de formes vagues, en guise de fond. Malgré le manque de détails, je sentis, en la regardant, qu'elle possédait un pouvoir indiscutable. Un pouvoir dont les Atouts du Logrus ne disposaient plus.

Je me concentrai sur la scène ; elle devint encore plus réelle... des couleurs apparurent... un ciel d'un bleu profond... du noir, pour représenter les fondations calcinées, de part et d'autre... des pavés ronds, gris-bleu, recouverts de tuiles rouges cassées... et je fus brusquement en train de contempler la rue pendant un après-midi qui tirait à sa fin. Il ne restait plus un seul bâtiment debout, rien que de sombres cheminées, par douzaines. Aucun homme, aucun animal ne s'y déplaçait... où que mon regard se portât.

Si j'avais avancé d'un pas, je serais passé de l'autre côté, sans encombre. Kingstown et Ilerium étaient à portée de main.

Dworkin couvrit alors le dessin de sa paume. Clignant des yeux, je me retrouvai de nouveau devant lui.

« Ça fonctionne ! » dit-il. Sa voix reflétait un respect mêlé de crainte. « Nous pouvons partir !

— Dessine d'autres Atouts..., lui conseillai-je, de cinq Ombres lointaines, d'endroits où chacun sera à l'abri. Nous y enverrons tout le monde ; nous éparpillerons notre famille en des lieux où nos ennemis ne nous retrouveront jamais.

— Pourquoi nous séparer ? Ensemble, ce serait sûrement...

— Un traître se cache toujours parmi nous, lui rappelai-je. Je ne connais pas son identité. Mais si seuls toi et moi savons où se trouvent tous les autres, ils seront en sécurité. Je crois que c'est pour cette raison qu'ils nous ont repérés.

— Oui », fit-il en souriant ; sa confiance était revenue. « C'est un bon plan. Freda et Pella partiront toutes les deux. Conner, avec Titus. Blaise, avec Isadora. Syara, avec Leona. Fenn, avec Aber. Personne ne pourra les débusquer, s'ils n'empruntent pas le Logrus...

— C'est ça.

— Nous serons les derniers », poursuivit-il, les yeux dans le vague. Il devait visualiser quelque Ombre particulière. « Nous devons travailler à maîtriser ton diagramme... car c'est là que résident nos futurs espoirs.

— Comme tu voudras, père. » Je me levai et étreignis son épaule. « Sois fort. Nous vaincrons. Je vais tout faire pour ça.

— Je n'en ai jamais douté. » Il me sourit.

Je le quittai pour aller rejoindre le reste de la famille. Il nous fallait abandonner un château.

Vingt et un

Étant donné que tout le monde vivait désormais au rez-de-chaussée, j'étais convaincu de ne pas mettre longtemps à retrouver ma fratrie. Aber, fébrile, m'attendait devant l'atelier de Dworkin.

« Eh bien ? demanda-t-il.

— Eh bien quoi ?

— Vu la façon dont tu t'es précipité ici, j'ai pensé qu'il y avait du nouveau. Alors ? »

Je secouai la tête. « En fait, nous *avons* réussi à établir un plan. Et je pense qu'il va fonctionner.

— Génial ! Dis-m'en davantage. En quoi puis-je me rendre utile ?

— Nous devons tous nous réunir.

— Je viens d'apercevoir Freda et Pella, aux cuisines.

— Va les chercher. Je vais tâcher de trouver les autres. »

Nous nous séparâmes. Je me dirigeai vers la salle à manger où Blaise, Titus et Conner s'étaient installés autour de la longue table — qui avait été poussée contre le mur du fond. Un souper froid composé de poulet rôti, de légumes grillés et d'une sorte de pain de viande était servi devant eux.

Ils se turent à mon arrivée ; à leurs expressions coupables, je compris qu'ils avaient parlé de moi.

Eh bien, qu'ils ne se gênent pas, songeai-je. Je n'ai rien à cacher. J'avais même l'impression que je serais bientôt leur sauveur.

« Quelles sont les nouvelles ? » demanda Conner, après quelques secondes de silence gênant.

« Père a mis au point un plan. Il veut voir tout le monde dans son atelier. Immédiatement.

— Il est plus que temps, dit Blaise, en jetant sa serviette sur la table et en se levant. Que manigance-t-il ?

— Tu le sauras plus tard quand nous serons tous réunis. Sais-tu où sont les autres ? »

Elle hésita.

« Parle !

— Il s'agit de Fenn et d'Isadora, répondit Conner brusquement. Ils ont disparu.

— Quoi ? » Je les dévisageai tous les trois. « Ne me dites pas qu'ils essaient de passer à travers les mailles du filet des créatures de l'enfer...

— Non, intervint Blaise. Ils sont partis depuis déjà trois jours, grâce à un Atout. Juste avant le début de nos ennuis. Ils sont allés chercher de l'aide. Nous n'étions censés le dire à personne... Ils nous ont fait promettre de garder le secret. »

Je poussai un juron. Ils pouvaient avoir été tués ou faits prisonniers. Puis une idée plus horrible me vint à l'esprit. Peut-être avions-nous découvert l'identité du traître — ou des traîtres, devrais-je dire !

« Savez-vous où ils sont allés ?

— C'est Locke le responsable ! s'exclama Titus. C'est lui qui en est l'instigateur.

— Ils n'ont donné aucune précision, déclara Blaise. Nous devions simplement leur servir de couverture.

— Fenn a appelé ça... une mission secrète, ajouta Conner.

— Et aucun de vous ne sait en quoi elle consistait ?

— Non », confirma Blaise.

Je soupirai. Eh bien, cela simplifiait peut-être la situation. Deux individus de moins à sauver ! Deux complications en moins pour notre fuite !

« Très bien. Allez rejoindre Père. Il me faut encore avertir Leona et Syara.

— Je crois qu'elles sont dans le grand hall, m'indiqua Blaise.

— Merci. » Je hochai la tête. « C'est là que je chercherai en premier. »

Je les regardai partir, puis me précipitai vers l'entrée. J'y trouvai effectivement Leona et Syara qui soignaient des soldats blessés ; les plus touchés avaient été transportés là, après la bataille.

« Père veut tous nous voir dans son atelier, leur expliquai-je, les entraînant un peu plus loin. Laissez les médecins s'occuper d'eux. »

Elles eurent un moment d'hésitation en regardant du côté des blessés et des mourants. Visiblement, il leur en coûtait d'abandonner la tâche qu'elles s'étaient assignée.

« C'est très important. » Je passai mon bras sous

le leur et les conduisis gentiment vers la porte. « Je ne suis pas autorisé à essuyer un refus.

— Bon, soupira Syara. Mais des hommes sont en train de mourir, ici.

— Père a un plan. Il a besoin de nous tous. »

À ces mots, elles cédèrent et me laissèrent les guider jusque chez Dworkin.

La porte était ouverte. Je les fis entrer et comptai les têtes présentes. Oui, tout le monde était là, entourant notre père, bavardant joyeusement, posant des questions auxquelles il répondait avec des sourires entendus.

« Ah ! fit-il. Voici Oberon. Prêt, mon garçon ?

— Oui. » Je verrouillai la porte.

« Quel est le plan ? » me demanda Conner.

Tous attendaient une réponse.

« As-tu fini les Atouts ? interrogeai-je Dworkin.

— Oui.

— Nous partons, annonçai-je à mes frères et sœurs. Nous allons nous séparer... nous irons dans des Ombres différentes. Je veux que vous y restiez pendant au moins un an ou deux. N'ayez jamais recours au Logrus. Nous allons voir si nous sommes capables de survivre à nos ennemis.

— Mais les Atouts..., commença Freda.

— Nous en avons quelques-uns qui fonctionnent, l'interrompis-je. C'est tout ce que vous avez besoin de savoir pour l'instant. »

Elle conserva son air bouleversé, aussi ajoutai-je : « C'est pour le bien de chacun. Nous allons partir par groupes de deux. Aucun de vous ne connaîtra la destination des autres. Avec un peu de chance, nous serons tous à l'abri.

— Qui part en premier ? demanda Dworkin.

— Leona et Syara », répondis-je. Elles se tenaient à mes côtés. « Donne-moi le premier Atout », dis-je à notre père.

Il me tendit une carte. Je la levai pour l'observer et sentis le pouvoir de l'image quand celle-ci s'anima.

Un lac paisible où nageaient des cygnes et où des voiliers filaient sur l'eau. Au-delà, s'élevait une ville aux dorures nombreuses, dotée de ponts et de tours ressemblant à du verre filé. Mes sœurs seront heureuses là-bas, songeai-je.

Je les fis passer de l'autre côté en les poussant. Elles me regardèrent avec des expressions interloquées — puis elles disparurent.

Je tenais dans mes mains une carte chiffonnée. Je la rendis à Dworkin en silence ; il l'exposa à la flamme d'une bougie. Elle prit feu aussi facilement que de l'amadou et brûla vivement, rapidement. Il laissa tomber les cendres qui se dispersèrent sur le sol.

« Les prochains sont Conner et Titus », déclarai-je.

Ils s'avancèrent. Comme la première fois, notre père me donna un de ses nouveaux Atouts. Je l'élevai en me concentrant sur l'image.

Celle-ci montrait une rue animée, dans une bourgade affairée. Hommes à cheval, grands bâtiments, négoces d'armes et d'armures — l'endroit idéal pour deux jeunes gens en quête d'aventures.

341

Quand les scènes, les odeurs et les structures de la cité prirent vie, j'y envoyai mes frères. Comme auparavant, je froissai la carte dans ma main, et ils s'évanouirent.

Dworkin la brûla également.

« Freda et Pella, proposai-je.

— Envoie-nous dans un monde agréable, Père », dit Freda d'une voix douce.

Il lui sourit affectueusement et me tendit un nouvel Atout. Je le fixai.

Un palais d'hiver sur lequel la neige tombait. Des chevaux blancs parés de rubans et de clochettes. Deux statues jumelles de Freda et de Pella, vénérées comme des déesses.

Je souris. Oui, elles y seront heureuses, me dis-je. Je les poussai quand ce monde s'anima devant moi et, juste avant de froisser la carte, j'entendis des acclamations joyeuses les accueillir. Les déesses étaient arrivées. On veillerait sur elles.

Il ne restait plus qu'Aber et Blaise. Je ne les aurais jamais fait partir ensemble, mais en l'absence de Fenn et d'Isadora, je n'avais pas d'autre choix.

« Prêts ?

— Je suppose, répondit Aber, en s'avançant bravement. Tu viens, sœurette ? »

Elle lui lança un regard furieux. « Ne m'appelle pas comme ça ! »

Oh oui, pensai-je, en roulant de grands yeux, ils vont beaucoup s'amuser tous les deux... s'ils ne se tranchent pas la gorge mutuellement, d'abord !

Sans un mot, Dworkin me donna un autre

Atout. J'avais devant moi une élégante villa d'un blanc laiteux. Quand elle devint réelle, je respirai les senteurs océanes et entendis les cris des mouettes qui virevoltaient dans un ciel d'azur, sans nuage. Ce spectacle paraissait presque idyllique.

J'aidai Blaise à traverser, puis me tournai vers Aber. En s'approchant, il m'arracha la carte des mains et la déchira en deux ; le passage vers l'Ombre disparut. Ma dernière image de Blaise fut celle d'une jeune femme, mains sur les hanches, qui nous regardait d'un air courroucé.

« Tu es fou ! À quoi ça rime ? » m'écriai-je.

Avec une grimace, Aber exposa aux flammes l'Atout déchiré. Il s'embrasa aussitôt.

« Tu oses le demander ? Je n'irai nulle part avec *elle* pendant un an ou deux ! Je préfère encore affronter une légion de créatures de l'enfer, tout nu et sans armes ! »

J'inspirai profondément, puis éclatai de rire. « D'accord », fis-je, en jetant un coup d'œil à notre père. Il avait l'air complètement dérouté.

« Je pense que nous n'avons plus le choix, à présent. Que nous le voulions ou non, tu pars avec nous.

— Où cela ? » demanda-t-il avec impatience.

Dworkin montra le dernier Atout.

« Là où on nous attend le moins », répondit-il, avec un sourire digne d'un requin s'apprêtant à dévorer sa proie.

Je baissai les yeux. Une terrible sensation de froid étreignit ma poitrine.

Il y avait peint les Cours du Chaos.

Dans la même collection

1. Isaac Asimov — *Fondation*
2. Isaac Asimov — *Fondation et Empire*
3. Ray Bradbury — *Fahrenheit 451*
4. H.P. Lovecraft — *La couleur tombée du ciel*
5. Mary Shelley — *Frankenstein ou Le Prométhée moderne*
6. Fredric Brown — *Martiens, go home!*
7. Norman Spinrad — *Le Printemps russe, 1*
8. Norman Spinrad — *Le Printemps russe, 2*
9. Dan Simmons — *L'Échiquier du mal, 1*
10. Dan Simmons — *L'Échiquier du mal, 2*
11. Stefan Wul — *Oms en série*
12. Serge Brussolo — *Le syndrome du scaphandrier*
13. Jean-Pierre Andrevon — *Gandahar*
14. Orson Scott Card — *Le septième fils*
15. Orson Scott Card — *Le prophète rouge*
16. Orson Scott Card — *L'apprenti*
17. John Varley — *Persistance de la vision*
18. Robert Silverberg — *Gilgamesh, roi d'Ourouk*
19. Roger Zelazny — *Les neuf princes d'Ambre*
20. Roger Zelazny — *Les fusils d'Avalon*
21. Douglas Adams — *Le Guide galactique*
22. Richard Matheson — *L'homme qui rétrécit*
23. Iain Banks — *ENtreFER*
24. Mike Resnick — *Kirinyaga*
25. Philip K. Dick — *Substance Mort*
26. Olivier Sillig — *Bzjeurd*
27. Jack Finney — *L'invasion des profanateurs*
28. Michael Moorcock — *Gloriana ou La reine inassouvie*
29. Michel Grimaud — *Malakansâr*
30. Francis Valéry — *Passeport pour les étoiles*

31. Isaac Asimov — *Seconde Fondation*
32. Philippe Curval — *Congo Pantin*
33. Mary Gentle — *Les Fils de la Sorcière*
34. Richard Matheson — *Le jeune homme, la mort et le temps*
35. Douglas Adams — *Le Dernier Restaurant avant la Fin du Monde*
36. Joël Houssin — *Le Temps du Twist*
37. H.P. Lovecraft — *Dans l'abîme du temps*
38. Roger Zelazny — *Le signe de la licorne*
39. Philip K. Dick et Roger Zelazny — *Deus irae*
40. Pierre Stolze — *La Maison Usher ne chutera pas*
41. Isaac Asimov — *Fondation foudroyée*
42. Fredric Brown — *Une étoile m'a dit*
43. Francis Berthelot — *Rivage des intouchables*
44. Gregory Benford — *Un paysage du temps*
45. Ray Bradbury — *Chroniques martiennes*
46. Roger Zelazny — *La main d'Oberon*
47. Maurice G. Dantec — *Babylon Babies*
48. René Barjavel — *Le Diable l'emporte*
49. Bruce Sterling — *Mozart en verres miroirs*
50. Thomas M. Disch — *Sur les ailes du chant*
51. Isaac Asimov — *Terre et Fondation*
52. Douglas Adams — *La Vie, l'Univers et le Reste*
53. Richard Matheson — *Je suis une légende*
54. Lucius Shepard — *L'aube écarlate*
55. Robert Merle — *Un animal doué de raison*
56. Roger Zelazny — *Les Cours du Chaos*
57. André-François Ruaud — *Cartographie du merveilleux*
58. Bruce Sterling — *Gros Temps*
59. Laurent Kloetzer — *La voie du cygne*
60. Douglas Adams — *Salut, et encore merci pour le poisson*

61.	Roger Zelazny	*Les Atouts de la Vengeance*
62.	Douglas Adams	*Globalement inoffensive*
63.	Robert Silverberg	*Les éléphants d'Hannibal*
64.	Stefan Wul	*Niourk*
65.	Roger Zelazny	*Le sang d'Ambre*
66.	Orson Scott Card	*Les Maîtres Chanteurs*
67.	John Varley	*Titan (La trilogie de Gaïa I)*
68.	André Ruellan	*Mémo*
69.	Christopher Priest	*La Machine à explorer l'Espace*
70.	Robert Silverberg	*Le nez de Cléopâtre*
71.	John Varley	*Sorcière (La trilogie de Gaïa II)*
72.	Howard Waldrop	*Histoire d'os*
73.	Herbert George Wells	*La Machine à explorer le Temps*
74.	Roger Zelazny	*Le signe du Chaos*
75.	Isaac Asimov	*Les vents du changement*
76.	Norman Spinrad	*Les Solariens*
77.	John Varley	*Démon (La trilogie de Gaïa III)*
78.	Roger Zelazny	*Chevalier des ombres*
79.	Fredric Brown	*Fantômes et farfafouilles*
80.	Robert Charles Wilson	*Bios*
81.	Walter Jon Williams	*Sept jours pour expier*
82.	Roger Zelazny	*Prince du Chaos*
83.	Isaac Asimov	*Chrono-minets*
84.	H. P. Lovecraft	*Je suis d'ailleurs*
85.	Walter M. Miller Jr.	*Un cantique pour Leibowitz*
86.	Michael Bishop	*Requiem pour Philip K. Dick*
87.	Philip K. Dick	*La fille aux cheveux noirs*
88.	Lawrence Sutin	*Invasions divines*
89.	Isaac Asimov	*La fin de l'Éternité*

90.	Mircea Cărtărescu	*Orbitor*
91.	Christopher Priest	*Le monde inverti*
92.	Stanislas Lem	*Solaris*
93.	William Burroughs	*Le festin nu*
94.	William Hjortsberg	*Angel Heart* (Le sabbat dans Central Park)
95.	Chuck Palahniuk	*Fight Club*
96.	Steven Brust	*Agyar*
97.	Patrick Marcel	*Atlas des brumes et des ombres*
98.	Edgar Allan Poe	*Le masque de la Mort Rouge*
99.	Dan Simmons	*Le Styx coule à l'envers*
100.	Joe Haldeman	*Le vieil homme et son double*
101.	Bruce Sterling	*Schismatrice +*
102.	Roger Zelazny et Fred Saberhagen	*Engrenages*
103.	Serge Brussolo	*Boulevard des banquises*
104.	Arthur C. Clarke	*La cité et les astres*
105.	Stefan Wul	*Noô*
106.	Andrew Weiner	*En approchant de la fin*
107.	H. P. Lovecraft	*Par-delà le mur du sommeil*
108.	Fredric Brown	*L'Univers en folie*
109.	Philip K. Dick	*Minority Report*
110.	Bruce Sterling	*Les mailles du réseau*
111.	Norman Spinrad	*Les années fléaux*
112.	David Gemmell	*L'enfant maudit* (Le Lion de Macédoine, I)
113.	David Gemmell	*La mort des Nations* (Le Lion de Macédoine, II)
114.	Michael Moorcock	*Le Chaland d'or*
115.	Thomas Day	*La Voie du Sabre*
116.	Ellen Kushner	*Thomas le rimeur*

117.	Peter S. Beagle	*Le rhinocéros qui citait Nietzsche*
118.	David Gemmell	*Le Prince Noir* (Le Lion de Macédoine, III)
119.	David Gemmell	*L'Esprit du Chaos* (Le Lion de Macédoine, IV)
120.	Isaac Asimov	*Les dieux eux-mêmes*
121.	Alan Brennert	*L'échange*
122.	Isaac Asimov	*Histoires mystérieuses*
123.	Philip K. Dick	*L'œil de la Sibylle*
124.	Douglas Adams	*Un cheval dans la salle de bain*
125.	Douglas Adams	*Beau comme un aéroport*
126.	Sylvie Denis	*Jardins virtuels*
127.	Roger Zelazny	*Le Maître des Ombres*
128.	Christopher Priest	*La fontaine pétrifiante*
129.	Donald Kingsbury	*Parade nuptiale*
130.	Philip Pullman	*Les royaumes du Nord* (À la croisée des mondes, I)
131.	Terry Bisson	*Échecs et maths*
132.	Andrew Weiner	*Envahisseurs!*
133.	M. John Harrison	*La mécanique du Centaure*
134.	Charles Harness	*L'anneau de Ritornel*
135.	Edmond Hamilton	*Les Loups des étoiles*
136.	Jack Vance	*Space Opera*
137.	Mike Resnick	*Santiago*
138.	Serge Brussolo	*La Planète des Ouragans*
139.	Philip Pullman	*La Tour des Anges* (À la croisée des mondes, II)
140.	Jack Vance	*Le jardin de Suldrun* (Le cycle de Lyonesse, I)
141.	Orson Scott Card	*Le compagnon*
142.	Tommaso Pincio	*Le Silence de l'Espace*
143.	Philip K. Dick	*Souvenir*
144.	Serge Brussolo	*Ce qui mordait le ciel*
145.	Jack Vance	*La perle verte*

146. Philip Pullman — *Le Miroir d'Ambre*
147. M. John Harrison — *La Cité Pastel (Le cycle de Viriconium, I)*

148. Jack Vance — *Madouc*
149. Johan Héliot — *La lune seul le sait*
150. Midori Snyder — *Les Innamorati*
151. R. C. Wilson — *Darwinia*
152. C. Q. Yarbro — *Ariosto Furioso*
153. M. John Harrison — *Le Signe des Locustes*
154. Walter Tewis — *L'homme tombé du ciel*
155. Roger Zelazny et Jane Lindskold — *Lord Démon*
156. M. John Harrison — *Les Dieux incertains*
157. Kim Stanley Robinson — *Les menhirs de glace*
158. Harlan Ellison — *Dérapages*
159. Isaac Asimov — *Moi, Asimov*
160. Philip K. Dick — *Le voyage gelé*
161. Federico Andahazi — *La Villa des mystères*
162. Jean-Pierre Andrevon — *Le travail du Furet*
163. Isaac Asimov — *Flûte, flûte et flûtes!*
164. Philip K. Dick — *Paycheck*
165. Cordwainer Smith — *Les Sondeurs vivent en vain (Les Seigneurs de l'Instrumentalité, I)*

166. Cordwainer Smith — *La Planète Shayol (Les Seigneurs de l'Instrumentalité, II)*

167. Cordwainer Smith — *Nostrilia (Les Seigneurs de l'Instrumentalité, III)*

168. Cordwainer Smith — *Légendes et glossaire du futur (Les Seigneurs de l'Instrumentalité, IV)*

169. Douglas Adams — *Fonds de tiroir*
170. Poul Anderson — *Les croisés du Cosmos*
171. Neil Gaiman — *Pas de panique!*

172. S. P. Somtow	*Mallworld*
173. Matt Ruff	*Un requin sous la lune*
174. Michael Moorcock	*Une chaleur venue d'ailleurs* (Les Danseurs de la Fin des Temps, I)
175. Thierry di Rollo	*La lumière des morts*
176. John Gregory Betancourt	*Les Neuf Princes du Chaos*
177. Donald Kingsbury	*Psychohistoire en péril*, I
178. Donald Kingsbury	*Psychohistoire en péril*, II
179. Michael Moorcock	*Les Terres creuses* (Les Danseurs de la Fin des Temps, II)
180. Joe Haldeman	*Pontesprit*

À paraître:

181. Michael Moorcock	*La fin de tous les chants* (Les Danseurs de la Fin des Temps, III)
182. John Varley	*Le Canal Ophite*
183. Serge Brussolo	*Mange-Monde*